Wat mutt, dat mutt!

INA SPROTTE

Wat mutt, dat mutt!

EIN ROMAN
ZWISCHEN DEN MEEREN

BOYENS

ISBN 978-3-8042-1441-5

© 2016 by Boyens Buchverlag GmbH & Co. KG, Heide
Alle Rechte vorbehalten
Titelbild: ccvision
Druck: CPI – Clausen & Bosse, Leck
Printed in Germany

✱

Das tiefe Dröhnen einer Horde Nebelhörner riss Désirée aus ihrem Dämmerschlaf. Mürrisch linste sie über den Rand ihrer Sonnenbrille und die Balustrade ihrer Dachterrasse hinweg hinaus auf die Förde. Es hatte bereits ein wildes Segeltreiben eingesetzt.

Désirée graute es immer vor diesem Tag, dem letzten Samstag der Kieler Woche, an dem traditionsgemäß und alljährlich die Windjammerparade stattfand.

Dabei störten sie weniger die Segelschiffe, die zu diesem Anlass zu hunderten um den besten Platz hinter dem Segelschulschiff Gorch Fock buhlten, welches die Parade anführte. Nein, was wirklich nervte, waren die unzähligen Besucher, die sich an der Fördeküste um die beste Aussicht kabbelten und Désirée damit um ihr vormittägliches Schläfchen auf der extrem bequemen Sonnenliege brachten.

Sie blickte herab auf die Massen, die sich um den kleinen Heikendorfer Fischereihafen und das U-Boot-Ehrenmal mit dem mächtigen Adler auf der Spitze versammelt hatten. Manche waren schon vor Stunden in das Ostseebad angereist und hatten emsig ihre Campingstühle und die am Vortrag angebrutzelten Fleischbällchen ausgepackt, um an der engsten Stelle der Kieler Förde ihren Platz in der ersten Reihe zu sichern.

„Fehlt nur noch, dass die sich mit Handtüchern die Promenadenbänke reservieren", dachte Désirée genervt und nahm einen Schluck von ihrem eisgekühlten Pfefferminzwasser. „Dabei kann man doch auch ohne Gerangel prima gucken!" Sie verzog ihre lipglossbetupften Lippen zu einem leichten Grinsen, strich sich eine widerspenstige Strähne ihres modernen Stufenschnitts aus dem Gesicht und ließ ihren Blick unverbaut über die Förde schweifen, ohne dabei auch nur ihre Liege verlassen zu müssen.

Zu ihrer Linken schob sich nun die Gorch Fock unter weißen Segeln hinter der Landzunge zur Heikendörper Bucht hervor. Herrschaftlich, das musste selbst Désirée zugeben. Um den stolzen Dreimaster herum tummelten sich kleinere und größere, modernere und traditionellere Segler wie die Fliegen um einen besonders schmackhaften Kuhfladen. Auch ein Fördedampfer versuchte, besonders nah an das berühmte Flaggschiff heranzukommen und hatte dabei bedrohlich Schlagseite, weil alle Gäste an Backbord drängten, um einen besseren Blick auf den Marinesegler zu ergattern. Durch die Besuchergruppen am Ufer ging ein Raunen, gefolgt vom anhaltenden Klicken der mitgebrachten Spiegelreflexkameras.

„Und des iss jedscht dem Kieler sei berühmdes Schiffle, gell?", schallte die schrille Stimme einer vermeintlich aus Hessen stammenden Nautik-Fachfrau herauf und vervollständigte damit das jährlich wiederkehrende Bild. „Nee, des iss jedscht dem Kieler sei berühmdes Audo", konnte Désirée sich einen gehässigen Kommentar nicht verkneifen.

Sie verdrehte die Augen, versuchte die Geräuschkulisse auszublenden und fixierte die quirlige Formation: Unter den Teilnehmern musste sich auch die „Liberty", das Boot ihres Lebenspartners Christoph und dessen Geschäftspartner Arno, befinden. Er war den Morgen in aller Herrgottsfrühe aufgestanden, um den Segler klar zu machen und Kurs Richtung Startlinie zu nehmen. Désirée hatte ihn lediglich mit einem kleinen Grunzlaut verabschiedet, vor neun Uhr war sie nicht zu Unterhaltungen aufgelegt. Ein wenig tat ihr das jetzt leid, und sie hoffte, es gleich durch ein freudiges Zuwinken wiedergutmachen zu können.

Ah, das musste es sein, dahinten, mit dem gelben Schriftzug auf den Segeln! Leider hatte sich die „Liberty" aber auf der anderen Seite der Fahrrinne eingeordnet, Christoph würde sie wohl kaum sehen können.

Dann konnte sie sich den Aufwand auch sparen und entspannt liegen bleiben. Eigentlich war es ihr ganz recht, sich nicht wie einer dieser am Ufer euphorisch mit den Armen wedelnden Touristen verhalten zu müssen, die wirkten wie gestrandete Schiffsbrüchige.
Stattdessen verschränkte sie die Arme seufzend hinter ihrem Kopf. Sie würde es sich jetzt noch ein wenig bequem machen und dann zu einer Runde Golf im nahe gelegenen Club mit ihrer Freundin Patricia aufbrechen. Joggen konnte sie heute vergessen – dafür war viel zu viel los auf dem Fördewanderweg, und auf Slalom-Lauf hatte sie nun wahrlich keine Lust. Hinterher sollte ein Stelldichein im Kieler Yachtclub mit weiteren Bekannten folgen, bevor sie zu einem Bummel über die Kieler Woche starten und von der Yacht eines Freundes aus Rea Garvey Open Air ansehen wollten.
„Herrje, auf zum nächsten Menschenauflauf", maulte Désirée leise. Da würde wohl nur das ein oder andere spritzige Gläschen Aperol helfen …

Am Ende waren es drei geworden. Dazu ein, vielleicht zwei Schluck Champagner. Désirée musste sich ein wenig konzentrieren, als sie ihren bronzefarbenen Sportwagen durch die nächtlichen Straßen lenkte. Zur Kieler Woche musste man immer mit Feiernden rechnen, die rote Ampeln eher als unverbindliche Empfehlung verstanden. Sie kniff die Augen zusammen, um ihren Blick zu schärfen.
Gerade zog die Partymeile an der Hörn mit ihren bunten Fahrgeschäften, Zelten und Bühnen links an ihr vorbei. Der Freefall-Tower krachte scheppernd zu Boden und zog zwei Dutzend Feierwütige kreischend mit sich. Blecherne Musik aus dem Bayernzelt und eine Grönemeyer-Coverband auf der Radio-Norden-Bühne dröhnten dagegen an.
„Zeit für ein wenig Ruhe", beschloss Désirée und lenkte ihren Wagen zielstrebig gen Ostufer. Sie kannte da einen

Ort, an dem sie runterkommen konnte. Sie mied die Bäder-Schnellstraße und wählte stattdessen den Weg über die Dörfer, direkt entlang der Förde.
In Mönkeberg, der Gemeinde, die Heikendorf mit Kiel verband, bog sie an der ersten Kreuzung links ab und fand nach kurzem Suchen die Sackgasse „An den Eken". Am Ende der Straße näherte sie sich langsam dem Geländer, das die dahinter liegende Wiese begrenzte, und stoppte den Motor. Vor ihren Füßen lag das Lichtermeer des gesamten Kieler Westufers und funkelte mit den Signalleuchten der Schiffe auf der Förde um die Wette. Von der Festmeile drangen gedämpfte Bässe herüber. Sie klappte ihren Sitz ein wenig nach hinten und lies den Kopf in die Nackenstütze sinken. Was für ein Abend!

Am frühen Nachmittag hatte sie sich mit Patricia im Golfclub getroffen. Wie gewohnt erwartete ihre Freundin sie schon, aufgehübscht, als wäre sie gerade der aktuellen Ausgabe des „Golf Journals" entsprungen. Das I-Tüpfelchen bildeten die modische Schirmmütze im Schottenkaro und die für sie typische Begrüßung „Désirée, Darling!" mit Bussi links und Bussi rechts. Désirée bevorzugte es da doch ein weniger dezenter: Eine eng geschnittene Caprihose und ein gut sitzendes Poloshirt - gerne auch aus Kollektionen des letzen Sommers - genügten völlig, um ihren wohlgeformten Körper in Szene zu setzen. Da gaben ihr die bewundernden Blicke der männlichen und die neidischen Blicke der weiblichen Mitglieder recht.
Da sie später noch verabredet waren, spielten sie nur die ersten neun Löcher, obwohl der traditionsreiche Platz vor einigen Jahren auf achtzehn Loch erweitert worden war.
Die anderen, zwei befreundete Pärchen, warteten schon auf ihrem Stammplatz am Fenster des Yachtclubrestaurants, als sie frisch geduscht und zurechtgemacht hereinkamen. Scheinbar waren die großen sonnendurchfluteten

und mit minzigem Hugo gefüllten Glaskelche bereits das ein ums andere Mal aufgefüllt worden, denn die Stimmung war ausgelassen.

Sandra, Besitzerin einer Modeboutique in der Dänischen Straße, berichtete gestenreich von dem kürzlichen Besuch des Ministerpräsidenten in ihrem Laden und den angestrengten Bemühungen, ein passendes Oberteil für dessen Gattin zu finden, ohne ihre genaue Größe zu kennen.

„Sie hat in etwa die gleiche Figur wie die Justizministerin", fand Sandra als Aussage des Landesoberhauptes dabei wenig hilfreich, und am Ende entschied man sich lieber für ein hochwertiges Seidentuch in Einheitsgröße. Während sie erzählte, schnipste sie nach der Bedienung und orderte mit hochgezogener Augenbraue „mehr Eis, und wenn möglich vor Einsetzen des Schmelzprozesses".

Désirée schloss in ihrem Wagen die Augen und kurz blitzten hinter ihren Lidern Erinnerungen auf, so lange her, schon gar nicht mehr wahr. Sie sah sich selbst, bekleidet mit einer eleganten Schürze und einem mit Gläsern befüllten Tablett in der Hand, im Gastraum des „Rauchfangs". Damals war sie gerade achtzehn geworden und stand kurz vor dem Abschluss ihrer Ausbildung zur Restaurantfachfrau in der Gaststätte auf der noblen Sylter Whiskeymeile. Ja damals, kurz bevor …

„Ach was", Désirée schüttelte den Kopf, um die Gedanken zu verwerfen. Es gab keinen Grund, in alter Suppe zu rühren. Auf jeden Fall wusste sie, wie es sich anfühlte, von gut betuchten, aber schlecht erzogenen Personen der so genannten „besseren Gesellschaft" wie ein Dienstbote behandelt zu werden. Und auch wenn sie heute auf der anderen Seite der Schürze war, so reagierte sie doch allergisch auf ein solches Verhalten.

„Benimm dich nicht wie ein Snob", hatte sie Sandra zurechtgewiesen, und die Runde war in ihrem schadenfrohen

Gelächter verstummt. Kurz fühlte sich Désirée, als hätte sie lediglich ein Besuchervisum auf dem Stern der Schönen und Reichen, nur weil sie ihren Wohlstand lieber in Form von Trinkgeld mit fähigem Servicepersonal teilte denn mittels abfälliger Bemerkungen.

Damit die anderen aufhören würden, sie anzustarren, schob sie in beschwichtigendem Ton „dass wir am oberen Ende der Nahrungskette hocken, heißt doch nicht, dass du gleich jeden fressen musst" hinterher und fixierte angestrengt den Boden ihres Glases. Dort waren von dem eisigen Trendgetränk nur noch die verschrumpelten und verklebten Pfefferminzblätter übrig, so wie von den eben noch ausgelassenen Gesprächen jetzt nur noch peinliches Schweigen blieb. Sandra war die erste, die wieder zu ihrer Form zurückfand, ihr Glas erhob und aufgesetzt lachte: „Süße, du bist echt zum Schreien! Immer für ein Späßchen zu haben."

Danach machten alle gute Miene zu bösem Spiel. Es schickte sich einfach nicht, an einem Abend wie diesem schlechte Laune zu verbreiten, und die nächste Runde Hochprozentiges tat ihr Übriges. Später auf der Yacht, in der warmen Abendsonne, mit einer leichten Brise auf der Haut und der Live-Musik des sympathischen Iren in den Ohren, hatten alle den Vorfall vergessen und gemeinsam den Abend und sich selbst gefeiert.

Désirée prüfte zum x-ten Mal an diesem Tag das Display ihres Handys. Noch immer kein Zeichen von Christoph. Er müsste doch längst am Timmendorfer Strand angekommen sein! Arno und er betreuten dort den Neubau und Vertrieb einer Luxus-Immobilie in Strandnähe und hatten die Windjammerparade mit einem Besuch der Baustelle per Segelboot verbinden wollen. Mit potentiellen Käufern war zudem ein kleiner abendlicher Törn in der Lübecker Bucht geplant, ungestörte Verkaufsgespräche inklusive.

Seit neunzehn Jahren waren sie und Christoph jetzt ein Paar und, trotz vieler Dienstreisen, war nie ein Tag vergangen, an dem Christoph sich nicht wenigstens per Kurznachricht gemeldet hätte.

Naja, mal abgesehen von der einen Ausnahme, als er Mitte der 90er Jahre, ziemlich am Anfang ihrer Beziehung, beim Joggen die Orientierung im Wald verloren und die Nacht unter Eulen mit durchdringenden Blicken und 360-Grad-Hälsen sowie im Laub scharrenden Wildschweinen verbracht hatte. Damals trug noch nicht jeder permanent ein Handy mit GPS-Ortung am Körper, und wenn doch, hatte man nur in den seltensten Fällen Empfang. Gott sei Dank fand ihn am nächsten Tag ein Förster, der ihn aus dem Wald des Schreckens herausführte, nicht ohne dabei immer wieder in schallendes Gelächter auszubrechen – Christophs Nachtlager befand sich Luftlinie etwa zwanzig Meter entfernt vom Waldrand und von dem angrenzenden Golfplatz, nebst Clubheim.

Seitdem frönte Désirée dem Lauf-Hobby alleine und liebte es, Christoph, den coolen Kerl, von Zeit zu Zeit nachts mit Grunz-Geräuschen in Angst und Schrecken zu versetzen.

Aber das war viele Jahre her, und langsam machte sie sich wirklich Sorgen. Sie drückte die Wahlwiederholung und lauschte dem Tuten am anderen Ende der Leitung.

„Guten Tag, dies ist die Mailbox von Christoph Wendt. Ich bin momentan nicht erreichbar. Bitte hinterlassen Sie eine Nachricht nach dem Signalton." Mist, wieder nur die verdammte Mailbox! Désirée warf ihr Handy entnervt auf den Beifahrersitz und ließ kurz ihre Stirn auf das Lenkrad sinken. Als sie wieder hochkam, waren die Lichter am anderen Ufer der Förde verschwommen und bildeten eine durchgängige Lichterkette.

„Wo bist du denn bloß?", fragte sie und ließ ihren Blick über das Wasser gleiten. Gegenüber, vor den Schleusen

des Nord-Ostsee-Kanals, warteten einige große Tanker auf den Einlass zur meistbefahrenen künstlichen Wasserstraße der Welt, direkt vor ihr fuhr ein Schiff der Wasserschutzpolizei Streife. Segler waren nur noch vereinzelt auf dem Wasser, die meisten lagen bereits im Hafen, bereit zur Nachtruhe.
Das war ein gutes Stichwort, denn auch Désirée fielen langsam die Augen zu. Es war ein langer Tag gewesen. Sie startete den Wagen und lenkte ihn durch das angrenzende Waldstück und entlang an dem kleinen Naturstrand im Süden Heikendorfs zurück zu seinem Heimathafen.

Durch die geöffneten Fenster drang das aufgeregte Kreischen der Möwen herein, die sich um die bunten Kutter im Hafen tummelten. Schon in der Nacht waren die Fischer rausgefahren, um nun am Vormittag mit ihrem frischen Fang zurückzukommen. An der Kaimauer wartete bereits eine Handvoll Liebhaber auf Scholle und Dorsch, direkt vom Kutter.
Désirée blinzelte hinter ihrer Schlafbrille hervor und stöhnte. Das letzte Glas Schampus hätte sie wohl besser abgelehnt. Die Uhr auf ihrem Nachttisch zeigte an, dass es schon längst Zeit war aufzustehen. Sie griff nach ihrem Handy. Noch immer kein Lebenszeichen von Christoph. Erneut wählte sie seine Nummer ... Nichts. Auch das Handy von Arno war ausgeschaltet.
Sie beschloss, erst einmal ihr morgendliches Läufchen zu absolvieren, um klare Gedanken fassen zu können, putzte kurz die Zähne und stieg dann direkt in ihre körperbetonte Sportkleidung und die Joggingschuhe aus dem örtlichen Fachgeschäft.
In dem kleinen Gärtchen vor ihrer Tür startete sie mit einem kurzen Aufwärmprogramm und winkte zu der freundlichen Dame aus der Tourist-Info am Fähranleger hinüber.

Zwar hatte sie noch nie mehr als drei Sätze am Stück mit der Servicetante gewechselt, aber Désirée hielt es für klug, sich gut mit ihr zu stellen. Immerhin kam es doch ab und an vor, dass einem das Kleingeld für den Bäcker oder das Feuerzeug für die Gelegenheitszigarette zum Schlummertrunk fehlte, und die Tourist-Info hatte sich in der Vergangenheit stets als Helfer bei diesen und ähnlichen kleinen Nöten bewährt.

Dann fiel sie auf dem Fördewanderweg in einen sanften Laufschritt. Unter den wachsamen Augen des Bronzeadlers um die Landzunge am U-Boot-Ehrenmal herum, vorbei am belebten Kurstrand mit seinen bunt behissten Fahnenmasten und entlang am gut belegten Campingplatz, erreichte sie schon bald den mit Zäunen gesicherten Weg, der durch das Munitionsdepotgelände zwischen Heikendorf und Laboe führte. Dieser mündete schließlich in einem Waldstück, welches sie am Yachthafen der Nachbargemeinde wieder ausspuckte.

Es war der Sonntag der Kieler Woche und das Wetter heiter bis wolkig und mild, so dass der Panoramaweg gut besucht war. Besonders als sie sich dem Zentrum des Ostseebades näherte, hatte sie Schwierigkeiten, den vielen Passanten auszuweichen, die durch die schöne Aussicht oder das tropfende Eis in ihrer Hand abgelenkt waren.

„Mensch, passen Sie doch auf!", schimpfte Désirée, als ihr ein kleines wuscheliges Etwas mit Stummelschwänzchen zwischen die Beine lief, das eine auffällige Ähnlichkeit mit seinem Besitzer aufwies – also in Sachen Frisur, mehr vermochte Désirée zum Glück nicht zu beurteilen. Der Hundehalter meckerte zurück, was aber durch den von Sing-Sang geprägten Dialekt eher wie eine Einladung zum Essen klang.

„Nordrhein-Vandale!", schnaufte Désirée für den erbosten Touri nicht mehr hörbar. „Umso höher die Socken, desto niedriger der Intellekt!"

Vor ihr tauchte jetzt die imposante 85 Meter hohe Silhouette des Marine-Ehrenmals auf. Die Menschen auf der Aussichtsplattform hatten von hier unten etwa die Größe von Ameisen. Désirée wurde schon beim Hinschauen ganz schwindelig. Ein einziges Mal hatte sie sich von Christoph überreden lassen, das Denkmal zu besuchen, und hinterher nicht mehr gewusst, was sie am schlimmsten gefunden hatte: die gemütserschwerende Gedenkhalle mit den vertrockneten Kränzen und den Namen der im Krieg auf See gebliebenen Soldaten, die endlos wirkende Ausstellungsfläche mit Schiffsmodellen und Schlachtszenarien, die 341 teilweise gitternen Stufen hinauf zur Aussichtsplattform oder einfach die allgemeine höhenbedingte Angst, mit dem ganzen Turm umzufallen.
Tatsächlich hatte sie auch jetzt kurz den Eindruck, das Ehrenmal würde sich leicht zur Seite neigen! Das würde sie wohl dringend mal mit ihrem Therapeuten angehen müssen! Eine bodenständige Höhenangst, wo gab es denn so was?
Erschrocken beschleunigte sie ihren Schritt und nahm den kleinen Sandweg, vorbei an der Meeresbiologischen Station, hin zur Steilküste. Auf der Treppe würde sie wie immer zwei Stufen auf einmal nehmen, das straffte den Po! Als sie die steile Holzkonstruktion ins Visier nahm, die just in diesem Augenblick in ihrem Blickfeld erschien, verfing sie sich um ein Haar in einem Stück rot-weißem Flatterband, das halb im Sand vergraben lag.
Richtig, darüber hatte sie in den Lokalnachrichten gelesen! Gerade gestern war hier der Angler angespült worden, dessen kleines Ruderboot zwei Tage lang herrenlos durch die Kieler Bucht gedümpelt war.
„Igitt!", entfuhr es Désirée. Sie stoppte und stocherte mit einem Stöckchen den klebrigen Sand aus ihrer Sohle. Ein bisschen pietätlos war es ja, das musste sie sich eingestehen. Auf der anderen Seite hatten die Laufschuhe mit der

extra weich federnden Sohle und dem Anti-Transpirant-System schlappe 300 Mäuse gekostet und waren so gut wie neu. Da durfte man ja wohl in Sorge um deren Zustand sein, den Angler würde es schon nicht mehr stören.
Als sie gerade einen besonders großen Klumpen entfernt hatte, hielt sie plötzlich inne und ließ ihr improvisiertes Werkzeug sinken. Christoph! Er würde doch nicht ... Hilflos sah sie hinaus aufs Meer, das ohne Sonnenschein gerade sehr grau erschien.
„Nein!", beschloss Désirée resolut. Ihr Liebster war nicht der Typ Mann, der unter der profilierten Sohle eines Sportschuhs landete. Er war ein Gewinnertyp ... zumindest gelang es ihm immer ganz wunderbar, sich so darzustellen.
Emsig nahm sie die ersten Stufen, als sie ihr Handy in der Gesäßtasche vibrieren spürte. Sie nahm das Gespräch über die Freisprecheinrichtung ihrer Kopfhörer entgegen, aus denen bis eben noch eine speziell auf ihr Lauftempo abgestimmte Musikauswahl erklungen war.
„Polizeihauptmeister Petersen hier, guten Tag. Spreche ich mit Deetje Clausen?", meldete es sich vom anderen Ende der Leitung. Wie vom Blitz getroffen blieb Désirée stehen. Da war sie wieder. Ihre Vergangenheit, die sie doch tatsächlich ausgerechnet beim Laufen einholte. Sie hätte wohl nicht haltmachen dürfen.

Keiner hatte sie mehr bei ihrem alten Vornamen gerufen, seit sie damals ihrer Heimatinsel Sylt den Rücken gekehrt hatte, um mit Christoph aufs Festland zu gehen.
Sie begegneten sich erstmals im „Rauchfang" und, passend zur Kulisse, fingen sie sofort Feuer. Sie, die gerade volljährige Auszubildende, die noch nicht viel gesehen hatte, wofür man den Hindenburgdamm hätte überqueren müssen, er, der aufstrebende Immobilienmakler mit kräftigen Schultern und unerschütterlich wirkendem Selbstbe-

wusstsein. Anstelle der sonst bei den Gästen des Lokals typischen Wolke aus „Le Male" und „Acqua di Giò", umgab ihn etwas für Deetje Unwiderstehliches: der Duft der großen weiten Welt, der sie aus ihrer würde entführen können.

Darin war es seit kurzem still geworden. Und die Stille war so laut, dass sie kaum noch zu ertragen war.
Kein Lachen drang mehr in ihr Zimmer, so wie sie es von den Abenden kannte, an denen ihre Eltern zusammen noch eine Runde Karten gespielt hatten.
Kein ungeduldiges Rufen forderte sie morgens mehr auf, zum Frühstück zu kommen.
Keiner schimpfte mehr mit ihr, wenn sie ihre Schuhe beim Nachhausekommen achtlos in die Ecke warf.
Es war keiner mehr da, um die Stille zu brechen.
Als Deetjes Mutter, einige Monate zuvor und viel zu früh, einem Krebsleiden erlegen war, hatte sie den Vater gleich mitgenommen. Wenn auch nicht dessen Körper, dann doch seinen Geist.
In den guten Zeiten hatte Deetje ihren Vater Hinnerk so oft wie möglich beim Einlaufen mit seinem Muschelkutter am Hafen von Hörnum abgeholt. Als sie noch ganz klein war, zusammen mit der Mutter, später meistens alleine.
Das Haus ihrer Familie lag nur einen Katzensprung vom Anleger entfernt, so dass sie sich meistens nicht mal die Mühe machte, die Schuhe anzuziehen. Also stand sie da, oft tänzelnd, weil das Pflaster entweder zu heiß oder zu kalt unter ihren Füßen brannte, und wartete. Sobald sich Hinnerks Boot dem Hafen näherte und er seine Tochter an der Kaimauer stehen sah, zog er immer seinen rechten Schuh aus, einen knallgelben Chuck, und winkte freudig zu ihr rüber.
Das war ihr Ritual gewesen. Bevor alles anders wurde. Bevor ihr Zuhause keins mehr war.

Als sich der Autozug, auf dem sie mit Christoph eingecheckt hatte, damals ratternd in Bewegung setzte und die Hochhäuser von Westerland im Rückspiegel immer kleiner wurden, hatte sie sich nicht einmal mehr umgedreht. Bis heute nicht. Nur manchmal, wenn sie alleine zu Hause im Bett lag und die Dieselmotoren der auslaufenden Kutter das einzige nächtliche Geräusch bildeten, sah sie sich wieder als Mädchen am Hafen stehen.

„Hallo? Frau Clausen? Können Sie mich hören?", holte sie der Anrufer ins Hier und Jetzt zurück. Désirée verscheuchte mit einem Kopfschütteln die trüben Gedanken an ihre Vergangenheit.
„Am Apparat", antwortete sie mit zittriger Stimme. Sie umging es bewusst, ihren früheren Namen zu bestätigen.
Was konnte die Polizei von ihr wollen? War sie etwa bei ihrer gestrigen Promillefahrt erwischt worden? Nein, sie konnte sich beim besten Willen nicht vorstellen, dass ihr Fahrstil so auffällig gewesen sein sollte. Immerhin hatten sich ihre Drinks auf viele Stunden verteilt und der frische Seewind ihnen zwischendurch auf der Yacht den Kopf freigeblasen.
„Gut, also noch mal", begann ihr Gesprächspartner erneut. „Hier spricht Polizeihauptmeister Petersen von der Heikendorfer Dienststelle. Gut, dass ich Sie telefonisch erreiche. Wir waren eben bereits bei Ihrer Wohnung, konnten Sie aber nicht antreffen. Ist es Ihnen möglich, aufs Revier zu kommen? Wir müssen eine Vermisstensache mit Ihnen besprechen. Es geht um ihren Lebensgefährten, Herrn Wendt."

Eine gute halbe Stunde später stieß Désirée die massive Holztür zum Polizeibüro auf.
Sie konnte sich nicht erklären, warum sie sich kein Taxi genommen, sondern ihre Joggingrunde stattdessen wie ge-

plant fortgesetzt hatte. Vielleicht stand sie unter Schock, vielleicht hoffte sie so, eine schlechte Nachricht aufschieben zu können. Das Herz schlug ihr zumindest bis zum Hals, sicher eine Kombination aus sportlicher Anstrengung und Angst vor dem Ungewissen.

„Moinsen", wurde sie sofort von einem kleinen rundlichen Polizisten begrüßt, als sie eintrat. Der Raum sah aus, als wäre er einem Einrichtungskatalog für Büros aus den achtziger Jahren entsprungen. Der Tresen, der den Besucher vom Arbeitsbereich trennte, war ebenso mit einer grünen Lackierung überzogen wie die Schreibtischplatten und die Telefone.

„Immerhin keine Wählscheiben", stellte Désirée ironisch fest. Dafür stand auf einem der Plätze eine ebenfalls in grün gehaltene Schreibmaschine. Désirée schaffte es kaum, ihren Blick abzuwenden. Arbeitete man hier tatsächlich noch mithilfe solch vorsintflutlicher Gerätschaften, während sich das kriminelle Gegenlager in den sozialen Netzwerken organisierte? Also, sollte Christoph was passiert sein, würde sie sofort einen anderen Bearbeiter verlangen ... sofern das überhaupt möglich war. Dass man freie Arztwahl hatte in Deutschland, war Désirée bekannt, aber konnte man sich auch den Beamten aussuchen, der den eigenen Fall übernahm?

Der Polizist schien ihre Gedanken vermeintlich erraten zu haben:

„Glauben Sie nicht, dass wir noch mit der Schreibmaschine arbeiten."

Désirée nickte erleichtert, doch Herr Petersen fuhr fort: „Das hat uns die Obrigkeit in Kiel schon lange untersagt und uns stattdessen mit diesen neumodischen Apparaten ausgestattet." Missmutig nickte er zu dem Rechner mit Flatscreen-Monitor, der in den altbackschen Räumlichkeiten wirkte wie Lady Gaga im Heimatmuseum. „Stürzt ständig ab oder macht anderen wilden Krams. Da war unsere Gute hier doch viel zuverlässiger. Wenn da ein Fehler auf dem Blatt war, wusste man wenigstens noch, woran es lag." Liebevoll strich er über das Gerät und versank sichtlich in Melancholie.

Das war jetzt aber nicht sein Ernst, oder? Bestellte sie ein mit den wenig harmonischen Stichworten „Vermisstensache" und „Lebensgefährte" und sinnierte jetzt über seinen Fetisch für hässlich lackierte Büroausstattung!

„Wenn ich Sie mal unterbrechen dürfte!", entfuhr es Désirée in einem Ton, der keinen Widerspruch zuließ. „Ich möchte gerne zu Herrn Petersen, ich wurde angerufen."

„Ah ja, dann sind Sie sicher Frau Clausen." Augenblicklich nahm sein Gesicht einen ernsthaften Ausdruck an. Sicherlich hatte er das an der Polizeischule im Fach „Psychologie für Anfänger" so beigebracht bekommen und würde gleich seine Hand auf ihre Schulter legen. Ach, da war sie auch schon. Etwas unbeholfen tätschelten seine kleinen Wurstfinger ihren rechten Nacken.

„Bitte, setzen Sie sich doch erstmal." Sie nahm auf einem der mit grünem, rissigem Leder bezogenen Armlehnenstühle Platz und schaute den Beamten in ängstlicher Erwartung an. Dieser holte einmal tief Luft, bevor er ansetzte:

„Heute Morgen hat Herr Arno Jalowski ihren Lebensgefährten als vermisst gemeldet. Sie wissen, dass die beiden zusammen segeln waren?"

Désirée reagierte ungehalten:

„Ja, natürlich weiß ich das, was glauben Sie denn? Immerhin leben wir zusammen!"

„Ha!", entfuhr es Petersen spöttisch. „Wenn Sie wüssten, was wir hier tagtäglich erleben! Da kann man sich keiner Sache mehr sicher sein. Erst letzte Woche hatten wir ein verkrachtes Pärchen hier sitzen, weil der werte Gatte durch einen Strafzettel erfahren hatte, dass sich seine Teuerste das Wochenende mit ihrer Affäre in Berlin am amüsieren war, anstatt wie angekündigt mit ihrer Freundin Wellness an der Nordsee zu machen. Und dann wollte der auch noch, dass wir herausfinden, wer der Typ ist. Und dabei sind wir noch nicht mal für den Strafzettel zuständig. Als wären wir das Ordnungsamt ... tsss!" Herausfordernd schaute er Désirée an und machte keinerlei Anstalten fortzufahren.

„Ja, und weiter?", wurde Désirée ungeduldig. Wo war sie hier bloß gelandet?

Der Polizeibeamte schaute verwundert. „Was weiter? Habe die beiden nach Hause geschickt und gesagt, sie sollen einen Schnaps trinken auf den Schrecken. Und dass er nicht so streng mit seiner Frau sein soll. Jeder fährt doch mal ein wenig zu schnell."

Jetzt war es Désirée, die Petersen sprachlos anstarrte. Dazu fiel ihr gerade nichts mehr ein.

Meinte der das ernst oder war sie gerade Opfer einer versteckten Kamera? Skeptisch blickte sie über ihre Schulter, ob sie irgendwo etwas Verdächtiges entdecken konnte. Nichts. Trotzdem fuhr sie sich verunsichert durch ihr vom Wind zerzaustes Haar. Ein unfreiwilliger Fernsehauftritt, in dem sie aussah wie ein in die Steckdose geratener Pudel, würde ihr jetzt gerade noch fehlen.

„Aber kommen wir doch zurück zu Ihrem Fall", holte Petersen sie unverhofft in die Wirklichkeit zurück. „Wie Herr Jalowski zu Protokoll gab, sind die beiden heute zum Sonnenaufgang in der Lübecker Bucht aufgebrochen. Herr Wendt hatte wohl Sehnsucht nach Ihnen und wollte deshalb möglichst früh aufbrechen." Er blinzelte ihr freundlich zu und machte eine kurze Pause.

Sollte sie sich jetzt darüber freuen oder was erwartete dieser Komiker von ihr? Mit einem energischen Kopfnicken ermunterte sie ihn fortzufahren.

Tatsächlich wirkte er ein wenig enttäuscht, setzte aber wieder an: „Ja, und dann hat sich Herr Jalowski nach dem

Auslaufen noch einmal hingelegt. Die Nacht war wohl sehr kurz, weil die beiden nach einer abendlichen Tour mit Kunden noch im ‚Nautic Club' feiern waren. Herrgott, da war ich das letzte Mal, als ich noch die Polizeischule in Eutin besucht habe. Krachen lassen haben wir's da, das können Sie glauben! Die Mädchen von der Ostsee waren schon immer die hübschesten im Land. Und ich habe mir die allerschönste geschnappt. Sind jetzt seit 45 Jahren verheiratet. Kann man das glauben? So was gibt es ja heute schon gar nicht mehr …"

„Herr Petersen!", wand Désirée mahnend ein, bevor dieser sich völlig verlor. „Was ist mit Christoph passiert?"

„Ach so, natürlich." Petersen wirkte ehrlich zerknirscht und überlegte kurz, wie er es am besten im Worte fassen konnte.

„Also, der ist wohl über Bord gegangen."

Ihr war anscheinend kurz schwarz vor Augen geworden, zumindest fand sie sich auf einer Pritsche wieder, umgeben von kahlen Wänden und kaltem Licht. Sie hob vorsichtig ihren Kopf und starrte auf eine geschlossene Tür mit kleinem Gitterfenster auf Augenhöhe. Wo war sie nur? Gerade versuchte sie aufzustehen, als Petersen mit einer dampfenden Tasse in der Hand die Tür öffnete.

„Ah, da sind Sie ja wieder!", begrüßte er sie zurück unter den Lebenden. „Ihnen ist ein wenig schwindelig geworden, deshalb habe ich Sie in unsere Zelle getragen. Haben sich ganz schön Ihr hübsches Köpfchen angeschlagen, als Sie vom Stuhl gerutscht sind." Ja, jetzt merkte sie es auch. Auf ihrer Stirn pochte eine dicke Beule. Na super!

„Warum bin ich hier?", fragte Désirée, als die Erinnerung unvermittelt zurückkehrte.

„Christoph!", wimmerte sie, und bekam als Antwort die Tasse Tee unter die Nase gehalten.

„Jetzt trinken Sie erstmal einen Schluck. Dann sieht die Welt schon wieder ganz anders aus", versuchte der Polizeihauptmeister sie aufzumuntern. „Schon meine Oma hat das immer gesagt. Und die hat immerhin zwei Kriege miterlebt, muss also was dran sein."

„Bitte, Herr Petersen", unterbrach Désirée seine Ausführungen, „halten Sie jetzt einfach mal den Mund. Dann trink ich sogar freiwillig ihren billigen Beuteltee."

„Na-na, Mädchen", zeigte Petersen sich unbeeindruckt. „Du bist nicht die Erste, die meint, mich als Polizeibeamten beleidigen zu müssen. Meist sind es diejenigen, denen es einfach hier oben ein wenig fehlt", er ließ seinen Zeigefinger an der Stirn kreisen, „oder solche, die meinen, etwas Besseres zu sein als Menschen mit Beuteltee. Aber denk doch mal darüber nach, ob du nicht lieber anders sein möchtest. Sympathisch zum Beispiel. Passt bestimmt richtig gut zu dir."

Oha. Ganz so meschugge war der Dorfpolizist wohl doch nicht. Wieder zum Mädchen degradiert, nahm Désirée brav einen Schluck von ihrem Heißgetränk und überlegte, ob sie beleidigt sein oder eher einsehen sollte, dass sie diesen kleinen Einlauf verdient hatte.

„Sie sind vorhin nicht fertig geworden", überging sie einfach die Entscheidung. Es gab jetzt Wichtigeres als ihren Stolz. „Was heißt das, Christoph ist über Bord gegangen? Hat man ihn etwa …", ihr versagte fast die Stimme, „hat man ihn gefunden?" Petersen nahm ihr behutsam die Tasse aus den zitternden Händen.

„Es tut mir leid, Genaues wissen wir noch nicht. Fest steht nur, dass Ihr Lebensgefährte nicht mehr an Bord des Schiffes war, als Herr Jalowski am Fehmarnbelt wieder an Deck kam. Das Boot trieb unter Segeln auf die Küste zu, er konnte gerade noch verhindern, dass es auf Grund lief. Zurzeit sucht die Deutsche Gesellschaft zur Rettung Schiffbrüchiger das gesamte Gebiet ab. Auch die Bundes-

wehr ist mit ihrem Rettungshubschrauber vor Ort, und die Kripo wird in Kürze beim Schiff eintreffen. Leider wissen wir nicht, ob Herr Wendt eine Rettungsweste getragen hat, Herr Jalowski war sich da nicht sicher."
Désirée war während der Ausführungen auf ihrer Pritsche immer tiefer gesunken. Jetzt horchte sie auf:
„Was soll das heißen, er ist sich nicht sicher? Er wird doch wissen, wie viele Rettungswesten an Bord waren und ob eine davon fehlt!"
„Nun ja ..." Der Beamte wirkte beschämt.
„Nun ja, was?"
„Nun ja, wie man hört, hatten die Herren gestern Nacht noch Damenbesuch, und dabei kam es wohl auch zum Einsatz der Rettungswesten. Die Details möchte ich Ihnen gerne ersparen ... Herr Jalowski sprach, wie drückte er sich aus, ach ja, von ‚maritimem Strippoker'."
Petersen setzte ein entschuldigendes Lächeln auf. „Glauben Sie mir, ich verurteile das genauso wie Sie. Ich habe meine Mausi in all den Ehejahren nicht einmal betrogen. Und denken Sie nicht, dass bei uns immer alles eitel Sonnenschein war. Nee, nee, das nun wirklich nicht. Gerade, als sie ihre Phase hatte, in der sie zu Hause nur noch in so einem furchtbaren Flanelloverall herumlief, da ..." Er schaffte es nicht, seinen Satz zu beenden, denn Désirée sprang empört auf und drohte dem Polizeibeamten mit dem Zeigefinger:
„Sie sagen mir jetzt sofort, wo ich Arno finde!"
Petersen wich zurück. Er kannte diese Art von Frauen. Wütend konnten sie in etwa so gefährlich sein wie sein Kollege Bernd, wenn er seine nachmittägliche Telenovela wegen eines Einsatzes verpasste. Oder ein Aufeinandertreffen von Hells Angels und Bandidos. Beides fürchtete er bis aufs Blut.
„Der müsste bei seinem Schiff im Hafen von Düsternbrook sein. Die Kripo wollte dort die Spurensicherung

vornehmen", rückte er raus, ohne ihren Finger auch nur eine Sekunde aus den Augen zu lassen. Dann hörte er nur noch die Bürotür krachend ins Schloss fallen.

Désirée hielt sich nicht damit auf nachzudenken. Stattdessen nahm sie die Beine in die Hand und sprintete die Bergstraße hinunter, die mit saftigem Gefälle direkt zum Hafen führte. Dort angekommen nahm sie Kurs auf die Südmole, wo sie auf den Gehilfen des Hafenmeisters stieß, der gerade sein kleines Motorboot festmachte.

„Du da", verlor sie keine Zeit. „Du musst mich zum anderen Ufer bringen."

„Wat?", fragte der Junge und schaute sie irritiert an.

„Mensch, frag nicht, mach die Leinen los!" Désirée wurde immer nervöser. Am liebsten wäre sie einfach in die Nussschale gesprungen und hätte den Motor gestartet. Konnte ja nicht so kompliziert sein.

Der Hafenmeistergehilfe wendete sich wieder seiner Arbeit zu: „Ach, und wie stellen Sie sich das vor? Ich kann nicht einfach so weg. Das gibt einen fetten Anschiss vom Chef. Vor allem, nachdem ich letzte Woche fast die Außenmole gerammt hätte. Und drüben festmachen kann ich auch nicht so einfach. Da muss man Liegegebühren zahlen und der Hafen is ausgebucht. Schon mal was von Kieler Woche gehört?"

Désirée verdrehte theatralisch die Augen. Das waren Argumente, aber keine Hinderungsgründe. Und sie wusste genau, wie sie damit umzugehen hatte. 200 Euro würden genügen, um seine Meinung zu ändern. Als so ein Hilfsbengel verdiente man mit Sicherheit nur lächerlich wenig. Gut, dass sie immer einige große Scheine beim Laufen in ihrer Socke versteckte. Sicher war sicher.

„Hier, du Leichtmatrose. Und jetzt fahr gefälligst!" Während sie ihm das Geld in die Hand drückte, bestieg sie

schon das dadurch bedrohlich schaukelnde Bötchen. Kurz wirkte der Junge noch unentschlossen, dann begann er, den gerade kunstvoll geschlungenen Knoten, der sein Boot am Anleger hielt, wieder zu lösen. „Ach, der Alte wird schon nichts merken. Aber wehe, Sie verpfeifen mich."
„Willst du den Motor nicht starten?", fragte Désirée irritiert, als er danach anstatt zum Ruder zu seiner Thermoskanne griff, um sich in aller Seelenruhe einen Kaffee einzuschenken.
„Lady, jetzt schauen Sie sich doch mal um", antwortete er und nahm schlürfend einen Schluck seines Getränks. „Fällt Ihnen irgendwas auf?" Für Spielchen war Désirée jetzt gar nicht zu haben. Trotzdem riskierte sie einen Blick über ihre Schulter. Gerade nahm ein riesiges Kreuzfahrtschiff mit seinem aufgedruckten Kussmund Kurs auf die offene See. Bald würde es Heikendorf passieren, aber da war doch noch genug Luft! Dieser Bengel machte echt nur Probleme.
„Dann beeil dich halt! Gib Gas!"
Der Hafenmeistergehilfe verdrehte die Augen.
„Damit Sie mir bei dem Wellengang das Boot vollkotzen? Vergessen Sie's! Wir warten hier, bis der Koloss durch ist. Basta!"
Völlig entnervt ließ sie ihren Kopf in die Hände sinken und atmete tief durch. Als sie wieder aufschaute, hatte sich der Kreuzfahrtriese schon so weit genähert, dass man die Passagiere erkennen konnte, die sich zum Auslaufen auf dem Oberdeck versammelt hatten. Wie wild schwenkten sie ihre Arme, um sich von dem eben besuchten Hafen zu verabschieden.
Auf Désirée wirkte das in diesem Moment wie Hohn. Für sie ging es gerade um Leben und Tod, während Herr und Frau Müller am Bug von Deck 12 über die Reling strahlten, zu ihr rüber winkten und so nonverbal von ihrem

Glück erzählten. Hatte sie etwa danach gefragt? Nein, verflucht!

Gut, ein wenig konnte sie es ja verstehen. Zwischen Frühstück, Teezeit, Mittag, Kaffee, Abendbrot, Cocktailtime und Mitternachtssnack blieb auf einem dieser Futterschiffe natürlich kaum Zeit für körperliche Ertüchtigung. Da kam das Auslaufritual gerade recht. Winkearme gegen Winkearme quasi. Aber auf ihre Kosten? Sie würde einen Teufel tun, den Gruß zu erwidern. Lieber verwendete sie ihre Energie darauf, den weißen Stahlriesen grimmig anzustarren. Vielleicht würde das den nötigen Schub verleihen, damit der Weg schnell wieder frei wäre.

Als hätte es geholfen, erreichten sie jetzt die ersten kleinen Bugwellen, die der Kreuzfahrer bei seiner Fahrt durch die Förde auslöste. Ihr Bötchen verfiel in ein kontinuierliches Schaukeln.

„Bitte nicht!" Désirée konzentrierte sich auf einen fixen Punkt an der Hafenmole, um das aufkommende Unwohlsein zu unterdrücken. Sie war schon immer seekrank geworden, sobald auch nur die leichteste Bewegung auf See aufkam.

Damals, als Fischerstochter, war ihr das sehr unangenehm gewesen. Ihrem Vater vermutlich auch.

„Kinder haben auf einem Muschelkutter nichts verloren", schimpfte er, nachdem sie bei ihrer Jungfernfahrt speiend über der Reling gehangen hatte, und ersparte sich und ihr damit weitere mitleidige Blicke seiner Kollegen. Aus Scham oder um sie zu schützen? Wer wusste das schon so genau ... er war kein Mensch der großen Worte oder Gesten. Aber sie war sich seiner Liebe immer sicher gewesen.

Heute würde sie darauf keines ihrer etlichen Paar Schuhe verwetten. Wie auch? Sie konnte sich ja kaum noch daran erinnern, wie er überhaupt aussah. Trotzdem hallte jetzt

seine Stimme in ihrem Ohr, wie er ihr von der Brücke aus zurief:
„Suche dir einen festen Punkt am Horizont, Deetje-Deern. Das hilft gegen die Seekrankheit." „Deetje-Deern." So hatte er sie immer liebevoll genannt. Sogar, wenn er sauer war, dann jedoch mit einem grimmigen Unterton.

„So, nun können wir", riss sie der Jungspund aus ihren Tagträumereien und startete so abrupt, dass das Boot einen Hopser machte und sie fast über Bord gegangen wäre. Ein Schwall Ostseewasser schwappte an Backbord über den Rand und durchnässte sowohl ihren Hosenboden als auch die sauteuren Turnschuhe. Désirée wollte ihrem unvorsichtigen Steuermann die Leviten lesen, doch der Fahrtwind verschluckte alle Worte, sobald sie ihren Mund verließen. Ihr blieb nichts anderes übrig, als sich ihrem Schicksal zu beugen und sich weiter darauf zu konzentrieren, ihren Mageninhalt bei sich zu behalten. Ihr Glück, dass der Weg über die Förde mit dem kleinen Motorboot schnell geschafft war. Der Junge hatte sie geschickt zwischen den vielen Segelbooten hindurch manövriert. Sie konnte bereits klar die klassizistische Fassade des Kieler Yachtclubs und das dahinter liegende Wäldchen erkennen.
„Mach an der Außenmole fest!", befahl sie ihrem Nachwuchskapitän.
„Aye, aye, Sir!", salutierte dieser und nahm Kurs auf eines der Molenenden neben der Hafeneinfahrt. „Sie sind der Boss!"
Langsam näherten sie sich der Steinmauer, die den Hafen einrahmte, bis das Boot sanft mit dieser zusammenstieß. Verunsichert schaute Desiree die Wand hinauf. Etwa in Kopfhöhe begann eine rostige Leiter, die wohl für weitaus größere Schiffe gedacht war.
„Und wie soll ich da jetzt hochkommen, du Scherzkeks?"

„Da müssen Sie schon den Boss fragen, ich bin hier nur der Handlanger", entgegnete der Hafenmeistergehilfe und grinste von einer Backe zur anderen.

„Das hast du extra gemacht, du, du ..." Désirée versuchte mit einem kleinen Hopser hinaufzukommen, gab aber schnell wieder auf, als sie damit beinahe das Boot zum Kentern brachte und einsah, wie doof sie dabei wirken musste. Das Wasser war hier mehrere Meter tief und sie trug keine Schwimmweste. Weder hatte sie daran gedacht, eine anzulegen, noch war sie bereit, auszusehen wie ein bei der Müllabfuhr beschäftigtes Michelin-Männchen.

„Mach mir eine Räuberleiter", gab sie erneut eine Instruktion. Anstelle der erwünschten Reaktion hielt ihr Begleiter die Hand auf: „Und das sollte ich tun, weil ...?"

„Na, weil ich dich sonst sofort den Haien zum Fraß vorwerfe", giftete Désirée.

Der Junge lachte: „Na, Sie sind gut, Lady. Die Haie, die hier schwimmen, knabbern mir höchstens die Fußnägel ab. Und da sag noch einer, Menschen mit viel Geld haben keinen Humor." Plötzlich wurde er ernst und machte eine fordernde Handbewegung: „Also, was ist jetzt?"

Désirée merkte, dass er am längeren Hebel saß: „Was glaubst du eigentlich, wie viel Kohle ich in meiner Socke mit mir herumtrage?"

Er griente wieder: „Na, ich hätte nicht mal geglaubt, dass jemand so bekloppt ist, beim Joggen zwei grüne Scheine dabei zu haben!" Er überlegte. „Gut, ich helfe Ihnen for free. Weil ich so ein guter Mensch bin. Alles, was ich will, ist ein Foto, auf dem Sie mir einen Wangenkuss geben. Muss meinen Freunden doch beweisen, was für einen guten Fang ich heute gemacht hab." Schon zückte er sein Handy und machte es bereit für das Selfie.

Désirée verzog angeekelt das Gesicht. Der Bengel hatte eine Haut wie ein Warzenschwein in der Pubertät. Sicher würde sie Herpes bekommen. Außerdem sah man auf diesen unsäglichen Selbstporträts immer aus, als hätte man eine Mischung aus Mumps und Gelbsucht. Aber sie musste mit Arno sprechen, und das dringend. Dafür würde sie auch diese Prostitution für Einsteiger überstehen.

Sie schürzte die Lippen und verpasste dem kleinen Erpresser einen Schmatzer auf die rechte Gesichtsseite, während er geübt den Auslöser seiner Handykamera betätigte.

„Klasse, das kommt direkt auf Facebook." Schon drückte er in einer Geschwindigkeit auf seiner Tastatur herum, die selbst Pronto Salvatore mit seinen Hütchen hätte schwarz aussehen lassen.

„So Casanova, jetzt sieh zu, dass du mir eine Räuberleiter machst", unterbrach Désirée sein social networking. „Die Welt kann sicher noch ein paar Minuten darauf warten, dass du mich zum Horst machst."

Unbeholfen stieg sie in seine gekreuzten Hände und schaffte es wenig galant, die steile Leiter empor zu klettern. Oben angekommen, blickte sie in die belustigten Gesichter einer oberkörperfreien Männergruppe, die ihr Manöver vom Sonnendeck der eigenen Yacht aus verfolgt hatte. Als sie die Füße auf den hinter der Mauer liegenden Steg setze, johlten sie und stießen mit ihrem Bier auf sie an.

„Hübsche Meerjungfrauen gibt es hier! Suchst du vielleicht noch deinen Prinzen?", grölte einer von ihnen und schürzte seine alkoholbenetzten Lippen.

Angeekelt rückte Désirée ihr Sportoberteil zurecht, straffte die Schultern und zog ab, den Kopf so weit erhoben, wie es ihr in den vor Wasser schmatzenden Turnschuhen möglich war.

Von vergangenen Turns wusste sie, wo sie den Liegeplatz der „Liberty" finden würde. Aber auch so wäre es nicht schwer gewesen, das Schiff auszumachen: An Deck wuselten etliche in weiße Mülltüten gehüllte Menschen herum.

Einzig Arno stand in gedeckter Freizeitkleidung bewegungslos am Heck der Yacht und starrte auf die Förde. Als Désirée mit einem großen Schritt an Bord gehen wollte, wurde sie wenig galant von einem der weißen Männchen gestoppt.

„Hier ist kein Zutritt. Oder was glauben Sie, was wir hier machen?"

„Ich dachte, es wäre vielleicht Tag der sauberen Gemeinde", entgegnete Désirée und löste ihren Arm wirsch aus dem engen Griff ihres Gegenübers. „Ich bin die Lebensgefährtin von dem Verschollenen. Das hier ist quasi mein Boot."

„Warten Sie hier", zeigte sich der Mann unbeeindruckt und schrie ein paar nicht verständliche Sätze durch die Einstiegsluke, die unter Deck führte. Kurz darauf erschien ein grauhaariger Schädel, dem ein schlaksiger Körper in Stoffhose und Wildlederjacke folgte.

„Kommissar Brenner von der Kripo, moin. Sie sind also die Partnerin des Vermissten?" Désirée nickte folgsam.

„Gut, dann würde ich Sie bitten, mir gleich ein paar Fragen zu beantworten. Zwar sieht erstmal alles nach einem Unfall aus, trotzdem werden wir alle TV befragen. Herr Jalowski hat seine Aussage bereits zu Protokoll gegeben. Wir müssen aber kurz warten, bis die Spusi abgeschlossen ist."

Désirée verstand nur Bahnhof: „Kripo, TV, Spusi ... was soll das sein? Ein neuer Song von Fanta Vier? Oder muss ich vielleicht erst noch Konsonanten kaufen, um Ihr Fachchinesisch zu verstehen?"

„Ah, eine ganz Lustige, was? Interessant, wie viel Energie Sie noch aufbringen, um mich anzugehen, wo doch gerade Ihr Gatte vermisst wird?" Der Kommissar bedachte sie mit einem so durchdringenden Blick, dass sie sich sofort schuldig fühlte. Jetzt wusste sie auch, was mit TV gemeint war. Nicht, dass der jetzt auf falsche Gedanken kam. Sie tatverdächtig? Welchen Grund hätte sie schon, sich Christophs zu entledigen? Es ging ihr doch prima an seiner Seite. Immerhin finanzierte er ihr seit Jahren ein sorgenfreies Leben. Oh-oh, das sagte sie vielleicht lieber nicht zu laut …

„Lebensgefährte, nicht Gatte", flüsterte sie stattdessen, während sie versuchte, seinem Blick so standzuhalten, wie es von jemandem erwartet wurde, der nichts zu verbergen hatte. Gerade wollte sie einknicken, da gesellte sich Arno zu ihnen.

„Désirée. Es tut mir ja so leid!" Er umarmte sie liebevoll. „Ich weiß nicht, wie das passieren konnte. Ich habe mich doch nur kurz hingelegt. Es ging ihm gut, und er meinte, er würde alleine zurechtkommen. Ich hätte bei ihm an Deck bleiben sollen." Fast wollte Désirée den merklich geknickten Freund trösten, doch dann fiel ihr ein, was sie vom redseligen Dorfpolizisten erfahren hatte:

„Schenk dir das, Arno! Erklär mir lieber, was genau ich mir unter ‚maritimem Strippoker' vorstellen kann. Wie ich gehört habe, könnte dieses Stelldichein in direktem Zusammenhang mit eurer Müdigkeit und fehlenden Schwimmwesten stehen?" Wütend funkelte sie ihn an.

„Sie scheinen sehr erbost darüber zu sein?", schaltete sich der Kommissar ein, „hatte ihr Partner öfter außerpartnerschaftliche Beziehungen, die sie aufgewühlt haben?"

Mist, sie sollte jetzt wirklich besser die Klappe halten. Zumindest ohne ihren Anwalt, das kannte sie aus dem Kieler Tatort, den sie gerne am Sonntagabend mit Christoph sah. Und ja, zugegeben, auch aus dem nachmittäglichen Crash-TV.

Aber was sollte das hier überhaupt? Warum suchte man nach einem Täter, wenn Christoph doch scheinbar über Bord gegangen war? Den Wind oder eine fiese Welle würde man wohl kaum auf die Anklagebank zerren.

„Ich denke, es gab einen Unfall? Was kann ich schon damit zu tun haben, wenn Christoph die Balance verliert oder den Baum gegen den Kopf bekommt?", startete Désirée jetzt einen Gegenangriff. Sie hatte genug von dem Herumgeeiere. Jetzt musste mal Klartext gesprochen werden, sonst würde sie völlig den Verstand verlieren.
„Sie wissen also, was passiert ist?", fragte Kommissar Brenner süffisant nach.
„Nein, nein, woher auch", stotterte sie, unsicherer, als ihr lieb war. „Aber man fällt ja nicht einfach so ins Wasser ..."
„Sehen Sie", half Brenner ihr auf die Sprünge, „das ist der Punkt. Und ob Ihr Partner tatsächlich nur großes Pech hatte oder jemand nachgeholfen hat, versuchen wir hier herauszufinden. Wenn Sie also so gütig wären, mit unter Deck zu kommen? Da gibt es auch einen heißen Kaffee für Sie. Sie sehen mitgenommen aus."
Folgsam stieg Désirée hinter Arno und dem Kommissar die schmale Treppe hinunter. Mitgenommen sah sie also aus, soso!
Nach nur zehn Kilometer Joggen, der Nachricht vom Unglück des Partners, die das ganze Leben auf den Kopf zu stellen drohte und der Überquerung der Förde in einer wakeligen Nussschale mit einem pubertierenden Idioten als Kapitän sah sie bestimmt nicht mehr aus wie zurechtgemacht für einen roten Teppich. Tja, entweder hatte man einen kriminalistischen Sinn oder eben nicht - Kommissar Brenner schien ihn zu besitzen, dem Mann entging nichts. Aber Désirée hatte keine Kraft mehr, um sich über die Unfähigkeit, der ihr heute begegneten Beamten, aufzuregen. Fertig ließ sie sich auf die Eckbank sinken und nahm dankbar den dampfenden Kaffee entgegen, den ihr ein weiteres weißes Männchen reichte.
„Danke", sagte sie und dachte an diese dicken Plüsch-Maskottchen, die immer tollpatschig an Stränden oder in Freizeitparks herumliefen und mit denen sich alle Kinder

unbedingt fotografieren lassen wollten. Bei denen wusste man auch nicht, wer sich hinter der Maskerade verbarg: ein fieses Pickelgesicht, jemand, der morgens gerne drei Mettbrötchen mit extra Zwiebeln verdrückte oder es mit dem Duschen nicht so genau nahm? Sie schüttelte sich kurz, auch weil der angereichte Kaffee stärker war als der Mitteilungsdrang von Verona Pooth.
„Und jetzt erzählen Sie mal. Wo waren Sie heute früh?"
Désirée verschluckte sich fast an dem schwarzen Gesöff.
„Sie glauben jetzt aber nicht wirklich, dass ich auf dem Boot war, um Christoph ins Meer zu schubsen? Sie wissen schon, dass mein Freischwimmer unmöglich dafür genügen kann? Ganz ehrlich, Herr Brenner. Christoph schnarcht furchtbar … und manchmal könnte ich ihm den Hals umdrehen, wenn er wieder mal Milch direkt aus der Packung trinkt. Aber das ist doch kein Grund, ihn umzubringen! Unser Penthouse hat fünf Zimmer. Wenn ich ihn nicht sehen möchte, mache ich einfach die Tür zu."
„Beantworten Sie bitte einfach meine Frage." Brenner fixierte sie mit einem dieser fiesen Blicke, die selbst Schwerverbrecher zu sofortigen Geständnissen animierten.
„Naja", begann Désirée stockend, „nachdem ich gestern mit Freunden auf der Kieler Woche war, habe ich heute morgen ein wenig länger geschlafen. Bis um zehn genauer gesagt. Und dann bin ich joggen gegangen."
„Gibt es dafür irgendwelche Zeugen?"
„Also, Herr Kommissar, was glauben Sie denn von mir? Natürlich lag ich alleine in meinem Bett!" Das hätte der Lulatsch wohl gerne, dass sie ihm jetzt einen wollüstigen Liebhaber als Motiv präsentierte.
„Nein, Frau Clausen. Ich meine, hatten Sie vielleicht Besuch, hat Sie jemand auf Ihrem Festnetztelefon angerufen oder wurden Sie beim Laufen gesehen?"

Jetzt kam sie sich ein wenig dumm vor. Aber welches Alibi konnte sie Brenner liefern, wo doch heute kein Mensch unter Vierzig mehr einen Festnetzanschluss hatte? Na klar, die Tourist-Info-Tante!
„Ja, ja, ja! Sicher wurde ich gesehen. Als ich das Haus verließ, habe ich der einen Dame von der Tourist-Info gewunken. Wir kennen uns. Nicht gut, aber flüchtig. Genügt das?"
Brenner rieb nachdenklich sein Kinn.
„Es gibt mir zumindest Aufschluss darüber, ob sie mir die Wahrheit sagen und ich Ihren Aussagen grundsätzlich glauben kann. Ich werde das prüfen. Und zu Ihrer Ausgangsfrage: Nein, ich glaube natürlich nicht, dass Sie selber auf dem Boot waren. Wie hätten Sie auch im Vorwege sicherstellen sollen, dass Herr Jalowski nichts davon mitbekommt? KO-Tropfen vor dem Auslaufen? Das erscheint mir doch ein wenig weit hergeholt. Allerdings muss man sich für so etwas ja nicht selbst die Hände schmutzig machen. Sie wirken auf mich wie jemand, der weiß, wovon ich rede. Haben Sie eine Reinigungsfrau?"
Désirée guckte verdattert. Was hatte Frau Mertens denn jetzt bitte damit zu tun? Wusste er etwa, dass ihre Putze nicht offiziell angemeldet war, und wollte er ihr daraus einen Strick drehen? Das war doch nun wirklich ein Kavaliersdelikt und ein anderes Kaliber als Mord und Totschlag! Oder galt Schwarzarbeit in Ermittlerkreisen als Einstiegsvergehen, so wie Haschisch als Anfängerdroge?
„Ja, aber ...", entschloss sie sich trotzdem für die Wahrheit.
„Sehen Sie", unterbrach sie der Kommissar. Und auch für Drecksarbeiten der anderen Art gibt es, sagen wir mal, Dienstleister. Auch wenn diese selten in den gelben Seiten stehen." Er machte eine bedeutungsvolle Pause und atmete einmal schwer ein und aus. „Sie sollten wissen, dass Herr Jalowski Andeutungen gemacht hat, die mich an einem

Unfall zumindest zweifeln lassen. Daher muss ich Ihnen leider auch noch eine weitere Frage stellen: Ist Ihnen an Ihrem Partner in der letzten Zeit eine Veränderung aufgefallen? Wirkte er bedrückt, gestresst oder depressiv?"

Hilfesuchend sah Désirée Arno an, der seinen Blick aber starr auf die Tischplatte richtet. „Ich darf sicher fragen, was hinter dieser Frage steckt?"

„Sie dürfen. Herr Jalowski hat den Verdacht geäußert, dass es Herr Wendt bei einigen seiner Immobiliengeschäfte mit Gesetz und Moral nicht so genau genommen hat. Details möchte ich jetzt nicht benennen. Es könnte aber sein, dass Ihr Lebensgefährte gespürt hat, dass das Verfallsdatum seiner Betrügereien näherrückte. Und das wiederum könnte ihn zu einer Verzweiflungstat getrieben haben. Eine weitere Möglichkeit ist, dass er sich Feinde gemacht hat. Mächtige Feinde, wenn Sie verstehen, was ich meine."

Noch immer starrte Arno ein Loch in die massive Holzplatte. Mit voller Wucht schlug Désirée ihre Faust vor ihm auf den Tisch. Er zuckte zusammen wie ein verängstigtes Kaninchen.

„Arno! Jetzt sag doch auch mal was! Was willst du Christoph hier unterstellen? Ihr seid doch Freunde!" Weiter kam sie nicht, denn Brenner legte beschwichtigend seine Hand auf die ihre. Sie zitterte mittlerweile am ganzen Körper. Auf der Haut trocknende Sportkleidung, Koma-Kaffee, Schock-Nachricht und Schweige-Arno vertrugen sich nicht besonders.

„Bitte, Frau Clausen. Das sind alles nur Verdachtsmomente. Aber sollte da etwas dran sein, könnte es uns wichtige Hinweise darauf geben, was geschehen ist. Der Fokus liegt momentan jedoch auf der Vermisstensuche. Und ich sage es Ihnen ganz ehrlich: Sollte ihr Partner noch im Wasser sein, sinken die Chancen minütlich, dass wir ihn lebend finden."

Désirée schloss die Tür hinter sich und ließ sich geschwächt dagegenfallen. In was war sie da nur hineingeraten? Sie konnte kaum einen klaren Gedanken fassen. In ihrem Kopf schwirrte es ganz gewaltig, und auch ihr Magen fühlte sich an, als hätte Witwe Bolte mit ihrem riesigen Kochlöffel darin herumgerührt.
Ein Zischen und Scheppern ließ sie zusammenzucken. War da wer in ihrer Wohnung? Sofort bekam sie es mit der Angst zu tun.
„Mächtige Feinde" hatte der Kommissar gesagt. War sie jetzt etwa in ihren eigenen vier Wänden nicht mehr sicher? Sie griff zu einem Regenschirm mit Entenkopf als Schirmstock. Nicht die klassische Waffe, aber besser als nichts. Langsam näherte sie sich dem Wohnzimmer, aus dem sie die Geräusche vernommen hatte. Ihr Herz sprang ihr fast aus der Brust, als sie vorsichtig ihren Kopf durch den Türspalt steckte. Was sie sah, übertraf jede Horrorvision von einem kaltblütigen Killer:
In der Mitte des Raumes stand ihre Quasi-Schwiegermutti Irma in orange-grün-karierter Schürze am Bügelbrett und schwang emsig das Eisen.
Vorsichtshalber behielt Désirée ihr tierisches Verteidigungsinstrument fest in der Hand. Bei Irma wusste man nie, wann man es gebrauchen konnte. Zwar war die rüstige alte Frau ein herzensguter Mensch, der absichtlich keiner Fliege was zuleide tat, doch hatte sie ihre ganz eigenen Foltermethoden: Irma konnte einem schneller den letzen Nerv rauben als Christoph ihr damals die Unschuld – und das sollte schon was heißen.
Wie lange hatten sie sich nicht mehr gesehen? Vier Monate, fünf? Irma lebte seit dem frühen Tod ihres Mannes allein in einer Doppelhaushälfte am Fuße des Bungsbergs und beschäftigte sich seitdem ausschließlich mit ihrem

Haushalt, ihrem Kochtopf und ihrem Singkreis. Ehrlich gesagt zog es Christoph und Désirée eher unregelmäßig zu ihr und dem dazugehörigen kleinbürgerlichen Leben. Wobei das nicht ganz richtig war, schließlich ergaben auch die Besuche zu Weihnachten und ihrem Geburtstag im August eine gewisse Regelmäßigkeit.

Irma schaute auf und bemerkte Désirée, die noch immer lauernd im Türrahmen stand. Sofort breitete sich ein bedrücktes Lächeln auf ihrem runden Gesicht aus.

„Désirée, Kindchen!" Sie kam mit ausgebreiteten Armen hinter ihrem Arbeitsgerät hervor und knuddelte ihre Schwiegertochter in spe fest genug, um ihr auch den letzen Atem zu rauben.

Aufgrund der geringen Größe von gerade mal gut eineinhalb Metern drückte sie ihr Gesicht dabei an Désirées Brust, was ein von ihr ausgestoßenes Seufzgeräusch ein bisschen so klingen ließ wie das gruselige Keuchen von Darth Vader in Star Wars. „Wie geht es dir?"

Désirée ließ sie eine Weile gewähren bevor sie sich mehr oder weniger sanft aus der unfreiwilligen Umarmung löste. Irma hob ihr altmodisch dauergewelltes Haupt und sah zu ihr hoch.

„Ich habe mich sofort auf den Weg gemacht, als ich es gehört habe. Polizeihauptmeister Petersen hat mich angerufen. Ein bezaubernder Mann." Kurz hielt sie mit trauriger Miene inne, doch dann erhellte sich ihr Gesicht:

„Sicher hast du den ganzen Tag nichts gegessen, mein Schatz. Ich mache dir gleich etwas, damit du wieder zu Kräften kommst, und dann reden wir in Ruhe über alles. Aber vorher muss ich dir noch beichten, was mir mit diesen Dingern hier passiert ist."

Sie ging zurück zum Bügelbrett und hielt mit spitzen Fingern ein kleines Stück Stoff hoch, was noch entfernt an einen von Désirées schweineteuren Seidentangas erinnerte.

Mit energischem Schritt und einer bösen Vorahnung eilte Désirée zum Wäschekorb. Darin lagen einige ihrer besten Wäschestücke, in Gänze ruiniert.
„Was hast du damit angestellt, Irma?", fragte sie entgeistert und befühlte die beschädigten Stoffe.
„Was soll ich damit gemacht haben?", gab Irma sich ahnungslos. „Ich gebe mein Untendrunter immer in die Kochwäsche und da ist noch nie was passiert. Waren die Teile vielleicht von schlechter Qualität? Also ich kaufe ja schon lange nicht mehr bei dem billigen Textilmarkt um die Ecke. Aber sei man nicht so traurig, die Dinger lassen sich eh ganz schlecht bügeln."
Désirée schnappte nach Luft. Sie brauchte jetzt ihre Ruhe. Ganz schnell. Wütend griff sie nach dem Korb und flüchtete ins Schlafzimmer, wo sie sich weinend aufs Bett schmiss.
„Kindchen?", drang es durch die Tür. „Ich mache dir jetzt was Leckeres. Mit vollem Bauch geht es dir gleich besser. Sicher beruhigen sich dann auch deine Nerven." Das anschließende Klirren und Klappern aus der Küche verlieh Irmas Drohung Nachdruck.
Richtig, Irma gehörte zur Generation, die glaubte, mit einem deftigen Essen könnte man alle Probleme dieser Welt lösen. Fett und Kalorien als Allheilmittel, wenn es doch bloß so einfach wäre. Tausche Narben an der Seele gegen Speck auf den Hüften – von wegen. Das war genauso schwachsinnig wie das „Tee-vertreibt-alle-Sorgen-Geschwafel" von diesem Petersen.
Désirée vergrub ihr Gesicht noch tiefer im Kissen. Wenn sie nur so täte, als wäre sie ganz weit weg, würde der Schmerz bestimmt nachlassen.
Das tat er nicht, dafür klopfte es irgendwann an der Tür. Als sie nicht antwortete, betrat Irma unaufgefordert den Raum. Sie trug ein Tablett, das sie neben Désirée aufs Bett stellte. Darauf türmten sich Butterbrote, belegt nach dem

Irmaschen Ein-Finger-Prinzip: ein Finger dick Butter, ein Finger dick Wurst. Verheult schob Désirée die Kalorienbomben von sich weg.

„Ach, Irma. Hast du denn noch nie was von Low-Carb gehört? Wenn ich das jetzt esse, sind die Bemühungen von Wochen dahin."

„Nein, Kindchen, das kenn ich nicht. Aber wenn es um diesen verschwenderische Macke geht, die Rinde vom Brot abzuschneiden, dann mache ich da bestimmt nicht mit. Was meinst du, wie froh wir früher waren über jedes Stück Brot, das wir hatten. Sogar die Lehrer wurden damit bestochen. Kinder von Eltern, die Geld für Brot hatten, bekamen immer die besseren Noten und weniger mit dem Stock. Da lernt man, auch die Rinde zu schätzen, glaub mir." Gedankenverloren knabberte sie bereits an ihrer zweiten Hälfte.

„Totschlag-Argumentation in Perfektion", dachte Désirée. Hungersnotberichte stahlen modernen Ernährungsmethoden und Diät-Strategien grundsätzlich ihren Glanz. Da war es von Vorteil, dass Désirée in ihrem Umfeld solchen Themen nie näherkam, als ein Häppchen-naschender Gast auf einer Charity-Veranstaltung. Ganz ehrlich, war es denn sinnvoller, aus lauter Dank alles in sich hineinzustopfen? Bei Irma sah man ja ganz gut, wohin das führte. Gerade landete ein Klumpen Schmierfett auf der Stelle ihrer Baumwollbluse, die so eng über dem üppigen Busen spannte, dass das Blumenmuster darauf einem expressionistischen Kunstwerk glich.

„Und jetzt iss, damit du zu Kräften kommst", schuf Irma Tatsachen und steckte Désirée eine dicke Stulle in den Mund. Sofort quoll die dicke Butter-Wurst-Mischung heraus und brachte Désirée beinahe zum Würgen. Dieser Biss enthielt mehr leere Kalorien, als sie die gesamte letzte Woche zu sich genommen hatte. Mit Mühe versuchte sie, ge-

gen die immer mehr werdende Weißbrotpampe anzukauen.
„Irma, wasch mascht schu hier?"
„Was sagst du, mein Schatz?"
Mit Müh und Not brachte Désirée den Bissen runter.
„Ich habe dich gefragt, was du hier machst. Und wie bist du überhaupt in die Wohnung gekommen?"
„Du Dummerchen", lachte Irma. „Es ist doch selbstverständlich, dass ich da bin, nach allem, was passiert ist. Da hält die Familie doch zusammen! Glaubst du, ich sitze zu Hause, wenn mein Junge verschwunden ist? Nee, nee, da kennst du die Irma schlecht. Ich bin für dich da, bis alles wieder in Ordnung kommt, versprochen. Den Schlüssel hat mir der Jung mal gegeben. Für Notfälle. Und das hier ist ja wohl einer." Liebevoll tätschelte sie Désirées Wange. Wäre Christoph nicht schon über Bord gegangen, hätte sie ihn jetzt zum Mond geschickt. Was fiel ihm ein, seiner Mutter ungefragt Zugang zu ihrer intimsten, na ja, zweitintimsten Zone zu gewähren? Als hätte sie nicht genug Probleme!
„Das ist lieb von dir", versuchte Désirée die Situation zu klären, „aber völlig unnötig. Fahr ruhig nach Hause, und ich rufe dich an, sobald es etwas Neues gibt. Sicher musst du deinen Garten wässern. Und ist nicht morgen früh dein Singkreis? Da solltest du nicht fehlen, sonst gerät noch der gesamte Chor in Schieflage."
Milde sah Désirée Irma an und wartete darauf, dass diese sich erheben würde. Aber weit gefehlt. Irma legte ihre mittlerweile vierte Scheibe Brot aus der Hand und umschloss damit stattdessen die Finger ihrer Schwiegertochter in spe:
„Wo denkst du hin? Ich habe mich zu Hause bis auf weiteres abgemeldet. Der Nachbar kümmert sich um meinen Garten, und die Irmtraud übernimmt meinen Part im Sing-

kreis. Ich bleibe natürlich, bis unser Christoph wieder da ist, keine Angst, Liebchen."
Désirée vergrub ihr Gesicht wieder in den Laken. Christoph musste gefunden werden! Und zwar schnell. Ganz schnell.

Ein lautes Scheppern ließ Désirée hochfahren. Kurz musste sie sich orientieren, sowohl räumlich als auch gefühlsmäßig, bis sie verstand, dass sie in ihrem Bett lag. Alleine. Die bunte Pille aus ihrem Notfalldöschen hatte ganze Arbeit geleistet, sie hatte geschlafen wie ein Stein und das, ein Blick auf die Uhr zeigte es, ganze achtzehn Stunden lang.
Wie ein Stich durchfuhren sie jetzt die Erinnerungen an den gestrigen Tag. Sie musste herausfinden, ob es etwas Neues gab. Und Irma nach Hause schicken, am besten sofort.
Sie stand auf und wankte, noch ein wenig schlaftrunken, in die Küche. Normalerweise war sie es gewohnt, hier auf einen schlichten Hochglanz-Kochblock nebst Arbeitsplatte zu treffen, geschmückt lediglich durch den Hochleistungs-Kaffeevollautomaten, den Christoph ihr, semi-romantisch wie er war, zum letzen Jahrestag geschenkt hatte.
Heute aber offenbarte sich ihr ein anderes Bild:
Auf der Küheninsel türmten sich Teller, Gläser, Töpfe und Tassen, die Arbeitsplatte war übersät mit einzelnen Besteckteilen, und auf der Anrichte unter dem Fenster standen zwei Kuchen und eine vielfach geschichtete Sahnetorte. Inmitten der chaotischen Kulisse war Irma, mit ihrem mächtigen Hinterteil in die Höh' gestreckt, bemüht, eine zersplitterte Tasse mit Handfeger und Schaufel vom Boden zu kehren.
„Was zur Hölle ist hier los?", entfuhr es Désirée ein bisschen energischer, als sie es eigentlich gewollt hatte. Irma

erschrak und stieß sich beim Hochkommen ihren Kopf an der Ecke der Arbeitsplatte.
„Autsch!" Wimmernd rieb sie sich die betroffene Stelle, änderte ihren Gesichtsausdruck aber abrupt, als sie Désirée sah.
„Kindchen, guten Morgen! Ich hoffe, du hast gut geschlafen. Sei nicht böse, aber ich musste mich einfach beschäftigen. Die Sorge um Christoph macht mich wahnsinnig. Und wenn ich nervös bin, dann backe ich. Na, und dabei ist mir dann aufgefallen, dass deine Küche völlig falsch sortiert ist. Man könnte den Eindruck bekommen, hier wird nicht gekocht." Missbilligend schüttelte sie den Kopf, als sei eine kalte Küche eine der sieben Todsünden. „Die Messer neben den Kuchengabeln, also wirklich ..."
„Schon gut", besänftigte Désirée ihre Schwiegermutti, bevor diese sich weiter über ungeschriebene Anordnungsgesetze von Küchenutensilien auslassen konnte.
Natürlich hatte Irma auch Angst um ihren Sohn, aber musste sie deshalb ihren gesamten Hausstand auf den Kopf stellen? Sie schlug Irma doch auch keine Farbberatung vor, nur weil sie noch immer nichts von Christoph gehört hatte. Und das, obwohl sie bei dem Anblick ihrer heute mit allen Farben und Formen dieser Welt bedruckten Kochschürze fast erblindete.
Aber der Gedanke war gar nicht so schlecht! Sie würde sich heute eine Auszeit von allem gönnen, und das ging am besten bei ihrer Star-Friseurin Monique. Außerdem konnte diese gut zuhören und wusste immer Rat, weil es in ihrem Beruf nichts gab, was sie noch nicht gehört hatte.
Aber vorher musste Désirée noch prüfen, ob inzwischen bezüglich Christoph etwas herausgefunden worden war. Zwar hatte Brenner versprochen, sie sofort zu informieren, wenn man Christoph finden würde, aber man wusste ja nie ... Sie schluckte ihren Ärger vorerst runter.

„Ich werde mal den Kommissar anrufen. Vielleicht gibt es was Neues."
Irma guckte beleidigt. „Glaubst du denn, das hätte ich nicht schon längst getan? Ich bin doch die Mutter und liebe meinen Sohn!" Jetzt war es an Désirée, beleidigt dreinzuschauen. Ja, sie liebte Christoph auch, doch gegen die rosa Dragees kam halt auch die größte Liebe nicht an. Vielleicht sollte sie Irma mal eine davon in den Kaffee tun, dann hätte sie wenigstens vor ihr Ruhe.
„Das heißt, es gibt kein Lebenszeichen, gar nichts?"
„Herr Brenner sagte, es sei, als hätte sich unser Christoph in Luft aufgelöst." Irma schluchzte leise und gab die Scherben so behutsam in den Abfalleimer, als würde sie eine Rose auf einem frischen Grab ablegen. Jetzt tat ihr Irma wirklich leid. Wie musste es für eine Mutter sein, um das Leben ihres einzigen Sohnes zu bangen?
„Lass das doch", sagte Désirée behutsam und versuchte, Irma den Handfeger aus der Hand zu nehmen. „Gleich kommt sowieso unsere Reinigungskraft. Die bringt das hier wieder in Ordnung."
Irma schaute zu ihr hoch, ohne dabei ihr Putzwerkzeug aus der Hand zu geben.
„Also, wenn du Frau Reimers meinst, die war schon da."
„Wie, die war schon da? Hier sieht es doch noch aus wie bei Hempels unterm Sofa?"
„Natürlich, sie hat ja auch nichts gemacht. Ich habe ihr gesagt, dass sie nicht mehr kommen braucht. Jetzt bin ich ja da, was brauchst du da eine fremde Hilfe?"
Désirée konnte das alles nicht länger ertragen. Die ganze Warterei, die Traurigkeit, die Ungewissheit und jetzt auch noch ein wild gewordenes Schwiegermonster. Ihre Welt war völlig aus den Fugen geraten, und sie würde ihr jetzt wieder einen Hauch von Normalität und Farbe verleihen. Pietät hin oder her.

Knappe zwei Stunden später saß sie auf dem Stuhl von Monique und schlürfte hingebungsvoll ihren fair gehandelten und laktosefreien Latte Macchiato. Himmlisch. Dank der Foliensträhnchen glich Désirée einem Marsmännchen auf Koks, und die Wärmehaube ließ vermuten, dass sie sogleich ihr Raumschiff besteigen würde. Monique, übrigens auch von einem anderen Stern, war noch immer völlig aufgeregt ob des eben Gehörten und wurde nicht müde, mit dem Thema den ganzen Laden zu unterhalten.
„Und die haben echt Hubschrauber eingesetzt und ihn trotzdem nicht gefunden?", rief sie gerade gegen den Lärm der Haube an, während sie einer Kundin am anderen Ende des Raumes einen Kurzhaarschnitt verpasste.
Désirée nickte nur. „Japp. Und mit Schiffen."
„Krass!" Eigentlich hätte es Désirée ja gefallen, Monique eine Geschichte auftischen zu können, die diese aus der Reserve lockte … Wäre es nur eine weniger bedrückende gewesen. Jetzt schämte sie sich eher vor den anderen Kunden. Als gute Freundin sollte sie zu Hause sein und in ihre Laken weinen, anstatt ihr Schicksal als Titelstory in die Welt hinauszuposaunen, noch bevor das Ende überhaupt geschrieben war.
Aber so war sie nun mal nicht. Sie war nicht Irma. Sie war eine starke, emanzipierte Frau, die auch einer solchen Krise mit erhobenem Haupt begegnete und sich dafür nicht zu schämen brauchte. Trotzdem war sie froh, als es endlich ans Bezahlen ging. Hundertdreiundvierzig Euro fünfzig. Ein stolzer Preis, aber für Désirée kein Grund, mit der Wimper zu zucken. Gute Arbeit und ein schickes Ambiente hatten eben ihren Preis, und den zahlte sie gerne. Schon zückte sie ihre Geldkarte und ließ sie geübt in das Lesegerät gleiten.
„Karte gesperrt", erleuchtete es auf dem Display. Gut, so etwas kam vor. Sie probierte es einfach noch mal.
„Karte gesperrt", wiederholte sich die Fehlermeldung. Komisch.

„Ach, weißt du was, Monique, ich zahle einfach nächstes Mal", versuchte Désirée, sich nicht zu ärgern, und steckte das Plastikkärtchen wieder ein. Monique kaute ausladend auf ihrem Kaugummi.

„Du, sorry, aber das geht nicht. Klare Anweisung vom Boss."

Wollte die sie jetzt verarschen? „Geht nicht" hörte Désirée gar nicht gerne! Das würde sie dieser Friseuse, Star-Hairstylisten-Status hin oder her, jetzt mal beibringen.

„Jetzt hör mal gut zu, meine Liebe. Ich finanziere euch hier mit meinen Besuchen den halben Laden. Du solltest das lieber möglich machen."

„Sorry, Désirée, wirklich. Da machen wir keine Ausnahmen."

Das war ja wohl die Höhe! Wutschnaubend holte Désirée ihr Handy aus der Tasche und wählte die Nummer ihrer Freundin Patricia. Die hatte sie gestern kurz per SMS über die prekäre Situation informiert, sicher war Patricia froh, helfen zu können.

Tatsächlich meldete sie sich nach nur zweimaligem Klingeln.

„Désirée, Süße! Wie geht es dir?"

„Patricia, hi. Von Christoph gibt es noch nichts Neues. Aber du musst mir bitte aus der Patsche helfen. Ich bin gerade bei Monique, und meine Karte funktioniert nicht. Du musst mich bitte auslösen. Schaffst du es in der nächsten halben Stunde?" Mit ihrem Auto würde die Freundin im Nu da sein.

„Du, das tut mir jetzt leid, Süße. Aber ich bin selber gerade bei der Pediküre und kann das jetzt unmöglich unterbrechen. Außerdem wollte ich danach in dieses neue Restaurant in der Kai-City, bin da verabredet mit Manu. Also sei mir nicht böse, beim nächsten Mal gerne. Und sag mir Bescheid, wenn es News gibt, ok? Tschau, Süße, tschau!" Klick, weg war sie. Ungläubig starrte Désirée aufs Handy.

Und jetzt? Wen sollte sie anrufen? Verwandtschaft hatte sie hier nicht, und die meisten Freundschaften gingen nicht über ein oberflächliches Miteinander in feierfreudigen Runden hinaus.

„Grrrr!", Désirée hätte platzen können vor Wut. Es blieb ihr nichts anderes übrig. Mit schnellen Fingern hieb sie auf das Nummernfeld ein.

„Ja, bitte?", erklang ein Häufchen Elend am anderen Ende der Leitung. Weinte die etwa immer noch?

„Irma, ich bin's. Du musst mich bitte in der Stadt abholen. Und bring Geld mit. Hundertfünfzig Euro." Désirée wusste, dass Irma immer eine ordentliche Summe Bargeld bei sich trug, da ihr eine EC-Karte nicht ins Haus kam. Christoph hatte immer darauf gedrängt, dass seine Mutter mit der Zeit gehen sollte, aber Irma beharrte darauf, einmal gehört zu haben, dass man mittels Plastikgeldes ausspioniert würde. Von den USA, der NASA, der NSA, dem FBI oder Außerirdischen – egal. Irma war nicht vom Gegenteil zu überzeugen, und so fuhr sie jede Woche einmal mit dem Bus nach Lütjenburg, um dort ihr Portmonee zu füllen. Beschäftigung braucht der Mensch.

„Gut, ich bin in eineinhalb Stunden da", gab sich Irma gewohnt zuverlässig und durch die erteilte Aufgabe wieder oben auf.

„Eineinhalb Stunden?", fragte Désirée.

„Ja, ich geh jetzt zum Bus und hoffe, dass er gleich kommt. Und dann werde ich ja sicher noch einmal am Hauptbahnhof umsteigen müssen. Wo genau ist denn dein Friseur, und welche Linie fährt dahin? Ach, weißt du was, ich frage einfach den Busfahrer, der wird mir sicher gern weiterhelfen."

„Holtenauer Straße, Ecke Beselerallee", instruierte Désirée. „Aber komm doch bitte mit dem Taxi, das geht schneller." Sie hörte, wie Irma die Straßennamen beim notieren leise wiederholte, bevor sie antwortete.

„Bist du verrückt? Weißt du, was das kostet? Nee, nee, Kind. Mit den öffentlichen Verkehrsmitteln kommt man ganz prima von A nach B. Und man findet auch immer nette Leute zum Plaudern. Also, ich bin gleich da." Und wieder informierte ein Klicken Désirée darüber, dass das Gespräch beendet war.

Eine gefühlte Ewigkeit war vergangen, Désirée nippte inzwischen an ihrem vierten Kaffee, da tauchte Irma endlich auf.
„Da bin ich, Schätzchen!", winkte sie wild mit einer C&A-Tüte, als sie durch die Tür in den noblen Salon hereinschneite. Ich hab dir nur noch kurz neue Schlüppis gekauft. Aber diesmal richtige, aus Baumwolle, damit du einen warmen Po bekommst. Nicht, dass du dir noch die Blase verkühlst in diesen Strichteilen. Und bügeln kann man die auch viel besser." Sie schien sich tatsächlich zu freuen über ihren Einkauf. Gleiches konnte man wohl auch von Monique und den Kunden im Laden behaupten, welche allesamt damit beschäftigt waren, leicht giggelnd so zu tun, als hätten sie nichts von der peinlichen Szene mitbekommen.
„Gib mir bitte das Geld, und dann gehen wir", begrüßte Désirée Irma wenig herzlich. Doch diese nahm ihr das nicht krumm. Stattdessen kramte sie mühsam Fünfer und Zehner aus ihrer Geldbörse und schichtete diese sorgsam übereinander.
„Wofür brauchst du eigentlich so viel Geld? Bei meinem Friseur zahle ich immer genau fünfundzwanzig Euro, und da sind schon achtzig Cent Trinkgeld mit drin. Oder ist das hier so ein spezieller Laden, der dir woanders die Haare macht, damit alles besser in deine kleinen Höschen passt? Also, Kindchen, das solltest du nicht machen. Der liebe Gott hat dir Haare gegeben, also solltest du sie auch da lassen, wo sie sind."

Irma schaute Désirée besorgt an. Wollte sie darauf wirklich eine Antwort? Monique konnte kaum an sich halten, und man sah ihr schon an, dass sie es gar nicht erwarten konnte, diese Geschichte in die Top Five ihrer besten Tratschstories aufzunehmen. Désirée hatte Mühe, zwischen ihren schmalen Lippen etwas herauszupressen:
„Nein, Irma. Das hier ist ein Friseur und kein Enthaarungsstudio. Ein sehr guter Friseur. Daher der Preis." Doch damit gab sich Irma nicht zufrieden.
„Wenn das hier so ein guter Friseur ist, warum hast du dann keine ordentliche Wasserwelle bekommen?"
„Weil ich keine Locken wollte."
„Und warum gehst du zum Friseur, wenn du gar keine Locken willst?"
Sie meinte das wirklich ernst.
„Um mir die Haar neu schneiden und färben zu lassen!"
Langsam reichte es Désirée. Irma nicht.
„Also Kindchen, das hätte ich dir doch aber auch machen können. Ich habe Christoph früher immer die Haare geschnitten, und Farbe hätten wir da auch noch rein bekommen. Hättest du doch was gesagt. Hundertfünfzig Euro für das, pffft!" Verständnislos sah sie Désirée an, legte dann aber doch endlich den abgezählten Scheinhaufen auf den Tresen.
„Und jetzt lass uns nach Hause. Ich habe uns Abendessen gekocht." Es war vierzehn Uhr dreißig.

Nur mit Mühe konnte Désirée Irma überreden, vor dem Abendessen noch der Bank einen Besuch abzustatten. Zwar verstand Irma die Dringlichkeit des Vorhabens, sehr viel wichtiger erschien es ihr aber, ihre Bratensauce, die es abends geben sollte, zu verfeinern.
„Wir nehmen dann aber spätestens den Bus um 16 Uhr, ja?", konkretisierte Irma ihre Vorstellungen ein weiteres Mal, als sie schnellen Schrittes auf die Filiale in der Nähe

des Kieler Rathauses zusteuerten. „Ich weiß, mit dem Kochen hast du es nicht so", sie warf Désirée einmal mehr einen mitleidigen Blick zu, „aber lass dir gesagt sein: Ein Aroma, das sich nicht entfaltet, ist wie ein Hefeteig, der nicht aufgeht."

„Na, und wenn schon", dachte Désirée, erwiderte aber nichts. Sie würde diese vor Fettaugen triefende Plörre sowieso nicht runterbekommen. Das ging doch direkt auf die Hüften, da müsste sie ja drei Tage durchlaufen, um die Kalorien wieder zu verbrennen.

Zum Glück hatten sie ihr Ziel jetzt erreicht. Sie durchquerten die Drehtür – was für einen Vorteil diese sperrige Erfindung hatte, die einem immer in die Hacken stieß, war Désirée schon immer ein Rätsel gewesen – und schossen auf den erstbesten Schalter zu. Der kerzengerade dahinter sitzende Angestellte blickte ausdruckslos zu ihnen auf.

„Die Damen, was kann ich für Sie tun?"

„Es geht um mich. Genauer gesagt um meine EC-Karte", antwortete Désirée. „Eben bei meinem Hair-Stylisten war es mir nicht möglich zu zahlen. Meine Schwiegermutter musste extra vom anderen Fördeufer kommen, um mich auszulösen. Und das erklären Sie mir jetzt bitte mal." Bestimmt hielt sie dem Bankfachmann ihre Karte unter die Nase.

„Natürlich. Ich werde das prüfen", zeigte dieser sich noch immer wenig beeindruckt und tippte mit geschickten Fingern eine endlos erscheinende Zahlenkombination in seinen Computer. Als er mit seiner Recherche fertig war, sah er zufrieden zu seinen beiden Kundinnen auf.

„Tja, Frau Clausen. Wie ich das unserem System entnehme, ist Ihr Konto, milde ausgedrückt, nicht gedeckt. Genauer gesagt, befinden Sie sich schmerzlich über ihrer Dispo-Grenze."

Désirée konnte es nicht glauben. Ihr Konto nicht gedeckt? Das hatte es ja noch nie gegeben! Gut, interessiert hatte sie

sich nie für die Buchhaltung und das gemeinsame Konto mit Christoph, aber es war ja auch immer alles problemlos gelaufen. Karte in den Schlitz und gut.
„Dann erhöhen Sie dieses Dispo-Ding eben!", polterte sie los. Was erlaubten die sich heute eigentlich alle mit ihr?
„Tut mir leid, Frau Clausen. Da sind mir die Hände gebunden. Wir haben Ihnen und Ihrem Partner bereits einen sehr großzügigen Dispo eingeräumt. Für eine Erweiterung benötige ich zur Prüfung Ihre Einkommensnachweise."
„Na, Sie sind lustig. Christoph, also Herr Wendt, hatte einen Unfall und wird seitdem vermisst. Es wird mir also kaum möglich sein, Ihnen die benötigten Unterlagen zu liefern. Also, drücken Sie jetzt verdammt noch mal ein paar Knöpfchen auf Ihrer tollen Tastatur und schaffen Sie dieses Problemchen gefälligst aus der Welt."
Désirée imitierte mit ihren Händen auf dem Counter die tippenden Bewegungen. „Und vorher sagen Sie mir doch mal, wo denn bitte unser ganzes Geld geblieben ist." Désirée war vor Aufregung ganz heiß, und ihr Gesicht glühte in feurigem Rot.
„Wie gesagt, Frau Clausen", gab der Bankangestellte sich betont geduldig. „Außerhalb eines regulären und zu prüfenden Darlehens können wir Ihnen leider kein weiteres Geld zur Verfügung stellen. Schon gar nicht, wenn mit Ihrem Lebensgefährten Ihr Haupteinkommen wegfällt. Mein Beileid übrigens ..." Er hüstelte, unsicher, ob eine Kondolenz in dieser Situation angemessen war. „Aber ich schaue gerne einmal in Ihre Kontoauszüge." Wieder tippte er eine ganze Weile auf der Tastatur herum, den Blick starr auf den Bildschirm vor sich gerichtet.
Irma zippelte Désirée am Ärmel herum.
„Kannst du das nicht selber zu Hause machen? Du weißt doch, die Sauce ..." Fertig wurde sie nicht, denn Désirée fuhr sie giftig an: „Irma, deine blöde Sauce ist mir jetzt so was von egal! Was denkst du, womit ich unsere Raten be-

zahlen soll, wenn ich kein Geld mehr auf dem Konto habe? Das Auto, der Golfclub, was soll ich essen? Kannst du dir vorstellen, dass das gerade wichtiger für mich ist als 8000 eingedickte Kalorien?"
Irma wich ein wenig vor ihrer aufgebrachten Schwiegertochter zurück, konnte sich aber einen weiteren Kommentar nicht verkneifen.
„Warum gehst du nicht einfach an deinen Sparstrumpf, bis Christoph wieder da ist? Oder vielleicht kündigst du deinen Bausparvertrag oder eine Lebensversicherung? Frag den netten Herren doch gleich mal. Sicher habt ihr alles bei eurer Bank gemacht." Hoffnungsfroh sah sie Désirée an.
„Mensch, Irma, du bist wirklich von gestern. Kein Mensch hat mehr einen Sparstrumpf. Plastik ist die neue Währung, und sein Geld steckt man nicht in verstaubte Lebensversicherungen, sondern in rentable Immobiliengeschäfte, wenn man nicht möchte, dass es immer weniger wird. Was weiß ich, wie Christoph das organisiert hat ... um die Finanzen kümmert er sich."
„Tja", folgerte Irma pikiert, „du magst mich altmodisch nennen, aber immerhin hatte ich vorgesorgt, als mein Mann, Gott hab ihn selig, von uns ging. Das hast du nun von eurer modernen Art, mit Geld umzugehen. Nichts mehr da." Da konnte Désirée leider nicht widersprechen, auch wenn Ursache und Wirkung für sie hier in keinem Zusammenhang standen.
„Sooo", meldete sich nun ihr Kundenbetreuer wieder zu Wort. „Wie es aussieht, wurden in den letzten Monaten zwar immer wieder kleinere und größere Beträge abgebucht, jedoch verzeichne ich keinerlei Eingänge. Wie ich sehe, ist Ihr Partner selbstständig gewesen ..." Das „gewesen" nuschelte er, tunlichst um die richtige Form bemüht, so leise, dass man es hören konnte, aber nicht musste.
„Gab es Probleme mit seiner Firma?"

Jetzt fing der Kerl auch noch davon an. Als hätte der Kommissar nicht schon genug Fragen aufgeworfen.
Hatten Christoph und sie denn die letzte Zeit in unterschiedlichen Welten gehaust? Hätte ihr etwas auffallen sollen an der Art, wie er abends vor der Glotze saß oder der Häufigkeit, mit der er sein ständig vibrierendes Smartphone checkte? Wie er seine Krawatte band, bevor er zu Tages- und Nachtzeit zu wichtigen Terminen aufbrach? Wie er sie kurz küsste, um sich mal wieder mit einem flüchtigen „Auf Wiedersehen" zu verabschieden?
Als sie jetzt darüber nachdachte, musste sie die Frage wohl mit „ja" beantworten. Die Leben, die sie seit einiger Zeit führten, hatten manchmal nicht mehr miteinander zu tun gehabt als die gleiche Postanschrift und die Erinnerung an eine gemeinsame Zeit, in der Christoph noch lieber in ihren Augen las als in seinem E-Mail-Account.
Désirée erkannte, dass sie hier nicht weiterkommen würde.
„Lassen Sie's gut sein", gab sie sich daher geschlagen und nahm ihre Karte wieder entgegen, die künftig wohl nicht mehr wert sein würde als das verarbeitete Plastik. Mit gesenktem Kopf und einer tippelnden Irma an den Hacken verließ sie die Bank wieder durch die bescheuerte Drehtür.
„Und nun?" Ratlos sah sie ihre Schwiegermutter an.
„Jetzt fahren wir nach Hause und essen erst einmal schön Abendbrot. Mit leerem Magen denkt es sich schlecht."

Wie versprochen, gab es am Abend Hausmannskost. Krustenbraten mit Rotkohl und Kartoffelbrei.
„Was Leichtes für warme Sommertage", schoss es Désirée durch den Kopf, und sie konnte sich ein Grinsen über Irma nicht verkneifen, welche gerade voller Enthusiasmus in einem Kochtopf rührte, der von der Größe her auch locker in einer Schulmensa eingesetzt werden konnte. Ihre kurzge-

lockten Haare verfielen dabei durch den Wasserdampf in anarchische Zustände.

Irgendwie war es doch süß, wie Irma es schaffte, sich an alltäglichen Ritualen hochzuziehen und Mut aus ihnen zu schöpfen.

Vielleicht war das eine Generationenfrage. Die Frau von damals nahm an keinem Selbstfindungsseminar teil und fand bei keiner Reinkarnationstherapie unter Hypnose heraus, ob sie im vorherigen Leben als Zirkusdompteur von einem Löwen gefressen und deshalb noch heute von der unbändigen Angst vor Katzen gebeutelt wurde.

Für Frauen wie Irma hatte immer die Versorgung der Familie im Mittelpunkt gestanden. Ging es ihren Lieben gut, so war auch für sie die Welt in Ordnung. Und zwischen Karottenschälen, Wäscheaufhängen, der Kontrolle der Schulaufgaben und dem samstäglichen Stelldichein mit dem werten Gatten, auf das er so viel Wert gelegt hatte, blieb auch keine Zeit für Grübeleinen, Selbstzweifel oder Sinnesfragen.

Konnte es sein, dass man die in Zeiten der Emanzipation hart erkämpften Freiräume nicht zu nutzen wusste? Oder warum hatte sie plötzlich das Gefühl, dass Irma irgendwie zu beneiden war?

Gerade drehte diese sich mit einem Lächeln auf den Lippen zu ihr um, fast so, als hätte Rotkohl berauschende Wirkung. Da hätte sie jetzt auch gerne einen kräftigen Zug von. Also von einer frischen Tüte Gras, nicht von dem Dampf kleingehackten Gemüses.

War es wirklich schon über zwanzig Jahre her, dass sie mit ihrer Schulfreundin Silke rauchend in den Dünen gesessen hatte, immer darauf bedacht, nicht erwischt zu werden?

Gott, hatten sie sich doof angestellt! Die selbstgebaute Tüte glich einem aus der Haut geplatzten Miniwürstchen, und aus Angst, jemand könnte das Gras an ihnen riechen, schoben sie sich nach jedem gepafften Zug einen Kaugum-

mi in den Mund. Außerdem konnte sie an jenem Abend unmöglich einschlafen. Die Angst davor, mit der heißen Asche versehentlich einen Brand ausgelöst zu haben, ließ sie halbstündlich zur Patrouille ans Fenster treten.
Aber gelacht hatten sie, so viel gelacht! Über die Wolke in Form eines überdimensionierten Penis, das Bauarbeiterdekolleté eines dicklichen Badegastes am Strand, die Grimassen, mit denen sie versuchten, ihre biestige Lehrerin Frau Nebel nachzuäffen und besonders über den Liebesbrief, den Silke am Vormittag von dem immer leicht nach Schweiß riechenden Bernd erhalten hatte, und der mit – Désirée wusste es noch genau – „Silke, du schöne Meerjungfrau" begann. Zum Schreien! Désirée war sich sicher, nie wieder so unbeschwert gelacht zu haben wie an diesem an sich stinknormalen Sommertag.
Hätte sie damals gewusst, wie wertvoll dieser Moment sein würde, hätte sie versucht, mehr von der Erinnerung an Silke in sich aufzunehmen als von dem qualmenden Glimmstängel.
Was ihre ehemals beste Freundin wohl heute machte? Ach, sicher war sie mit so einem Bauern von der Insel verheiratet und hatte fünf bis acht Kinder. Sie war schon immer der rustikale Typ gewesen, also war kaum anzunehmen, dass ihr mittlerweile eine Schönheitsfarm in St. Tropez gehörte. Ob sie später einmal googeln sollte, ob das Netz etwas über Silke wusste?
„Deckst du den Tisch, Liebes?", wurde sie von Irmas Stimme unterbrochen.
„Lass uns auf der Dachterrasse essen", entgegnete Désirée, von ihren Erinnerungen merkwürdig positiv gestimmt. „In der Abendsonne schmeckt dein Braten bestimmt noch mal so gut."
Irma strahlte.
„Das heißt, du isst mit? Pass auf, ich lege dir ein extra Stück Schwarte auf den Teller."

„Übertreib's nicht!", antwortete Désirée und wollte sich gerade ein paar Teller aus dem Küchenschrank angeln, als ihr Handy klingelte. David Guetta. Fast war sie versucht, mitzusummen und gar nicht ranzugehen, doch dann sah sie, dass es Kommissar Brenner war, der versuchte, sie zu erreichen.

„N'abend, Frau Clausen", begrüßte er sie, sobald sie abgenommen hatte, und redete nicht lange um den heißen Brei herum. „Ich muss Ihnen leider mitteilen, dass die Suche nach Ihrem Lebensgefährten mittlerweile abgebrochen wurde. Wir haben weder ihn noch irgendwelche Hinweise auf seinen Verbleib finden können. Es tut mir leid." Er schwieg einen Moment, um Désirée die Gelegenheit zu geben, die traurige Nachricht zu verarbeiten. „Ist Ihnen mittlerweile etwas eingefallen, was uns weiterhelfen könnte?"

Désirées Laune sank schlagartig wieder auf das vorherige Niveau. Das war er jetzt wohl. Der „point of no return". Der Moment, an dem einem jeder sagte, man solle die Hoffnung nicht aufgeben, obwohl klar war, dass wohl nur noch ein Wunder helfen konnte.

Désirée glaubte weder an Gott noch an Wunder. Nicht mehr, seitdem ihr dieser viel gepriesene Herr die Mutter genommen hatte. Wäre das nicht der perfekte Moment für ein Wunder gewesen? Oder hatte der zuständige Engel im Himmel an dem Tag keine Sprechzeit gehabt? „The angel you have called is temporarily not available." Na, herzlichen Dank auch!

Sie nahm sich zusammen und räusperte sich hörbar. Trotzdem klang ihre Stimme wie ein Bonnie-Tyler-Double nach einer durchzechten Nacht.

„Verstanden. Danke für die Nachricht, Herr Brenner." Sie machte eine Pause und überlegte, ob sie den Kommissar über die leeren Konten informieren sollte. Half sie damit bei der Suche nach Christoph oder verunglimpfte sie nur

die Erinnerung an ihn? Gerade Irma sollte sich das Bild von ihrem fleißigen, erfolgreichen Sohn erhalten können. Trotzdem war es in diesem Augenblick wohl wichtig, alle Fakten zusammenzutragen. Vielleicht würde das Detail einen wichtigen Hinweis liefern.
„Es gibt da tatsächlich etwas, was Sie interessieren könnte. Wie es aussieht, hatte Christoph finanzielle Probleme, von denen ich nichts wusste. Zumindest ist unser gesamtes Geld vom Girokonto verschwunden. Über weitere Anlagen kann ich Ihnen keine Auskunft geben, weil Christoph bei uns der Finanzmensch ist." Sie vermied bewusst die Vergangenheitsform.
Brenner gab mit knurrenden Lauten zu verstehen, dass er ihr zuhörte.
„Das könnte tatsächlich ein Indiz sein, vielen Dank, Frau Clausen. Wir werden das sofort prüfen." Wieder entstand eine kurze Pause, bevor er fortfuhr: „Und Sie, kommen Sie zurecht?"
„Na ja", begann Désirée und war selbst erstaunt, als sie sich fortfahren hörte, „ich denke schon. Meine Schwiegermutter ist hier und sorgt für mich."
„Gut, dann bin ich beruhigt. Ich melde mich sofort, wenn es was Neues gibt. Bis dann." Das erwiderte „Tschüss" hörte er schon gar nicht mehr.
Désirée ließ den Hörer sinken und wandte sich zu Irma, die sich während des gesamten Telefonats fast meditativ die Hände in der Kochschürze abgeputzt hatte.
„Kindchen? Spuck's aus. Was sagt der Kommissar?"
Die Hoffnung in den Augen ihrer Schwiegermutter brach Désirée fast das Herz.
„Irma." Sie musste jetzt stark sein. Immerhin war Irma nicht mehr die Jüngste und hatte bereits ihren Mann verloren. Mehr Familie als ihren Jungen hatte sie nicht mehr.
„Sie konnten Christoph nicht finden und stellen jetzt die Suche ein."

Irmas Blick war leer, fast starrte sie durch Désirée hindurch. Doch dann kehrte Leben zurück in ihre Augen.
„Liebes, nur Mut. Gottes Wege sind unergründlich. Glaube, Liebe, Hoffnung, diese drei werden uns helfen. So leicht haut meinen Jungen nichts um, das fühl ich als Mutter. Und jetzt setz dich, der Braten wird kalt."

Mit dieser Reaktion hatte Désirée nicht gerechnet. Sie wusste, dass Irma penetrant war, aber so tough und stark? Sicher gab es noch so einiges, was sie von ihr nicht wusste. Kannten sie sich überhaupt? Waren ihre Gespräche jemals über Alltägliches hinausgegangen?
Trotz ihrer dominierenden Traurigkeit schlich sich ein schlechtes Gewissen bei Désirée ein. Sicher musste Irma die letzten Jahre sehr einsam gewesen sein. Was waren Christoph und sie doch immer genervt gewesen, wenn die seltenen Telefonate, die sie mit Irma führten, mit einem verlässlichen „Ach, lebt ihr auch noch?" begannen und mit der Frage nach dem nächsten Besuch gefüllt waren? Aber man hatte ja schließlich auch noch das eigene Leben mit eigenen Pflichten. Da war es doch verständlich, dass sie nicht jeden Sonntag zum Kaffeekränzchen bei Irma erscheinen konnten. Oder?
Désirée beobachtete, wie Irma in ihrem Mus stocherte. Ganz so leicht, wie sie tat, nahm sie die Nachricht wohl doch nicht auf. Der Appetit war bei Irma eigentlich unverwüstlich, soviel wusste Désirée immerhin. Wenn sie glücklich war, aß sie vor Zufriedenheit, wenn sie stinkig war, aß sie vor Wut, wenn sie traurig war, aß sie zur Aufmunterung. Stochern war gar kein gutes Zeichen. Das konnte man sich ja nicht mit ansehen!
„Komm, Irma, wir gehen ein bisschen auf den Anleger und lassen die Beine ins Wasser baumeln", versuchte Désirée den Versuch einer Aufmunterung.
Augenscheinlich traf sie damit den richtigen Nerv:

„Au, fein, das hab ich als Kind immer gemacht! Lass uns nur kurz aufessen." Und schon schaufelte Irma in gewohnter Manier das Essen in sich hinein, als hätte sie mit dem Häufchen Elend von eben rein gar nichts zu tun.
„Na, toll!", dachte Désirée. Da würde ihr wohl jetzt ein bunter Strauß an Kindheits-Erinnerungen blühen. Dabei wäre sie jetzt viel lieber allein gewesen mit einer oder zwei Flaschen Wein und „The Power of Love" in Endlosschleife. Oder mit einer Freundin an der Seite, bei der sie sich ausheulen konnte. Doch leider hatte sich noch immer keine ihrer sogenannten Freundinnen bei ihr gemeldet. Und zum Hinterhertelefonieren war sie zu stolz. Oder zu enttäuscht, das konnte sie noch nicht so richtig definieren.

Der Wind hatte zum Abend hin aufgefrischt und ließ das Leuchtfeuer des historischen Feuerschiffes an der Südmole wanken, wie einen Seemann nach Verlassen der Kneipe.
Sie schlenderten entlang der kleinen Fischerboote, die ebenfalls sanft im Hafenwasser schaukelten. Am Kopf der Mole stiegen sie die Stufen zum Anleger der Fördeschifffahrt hinab und ließen sich schnaufend am Rande des Plateaus zwischen den zwei mächtigen Metallpollern nieder, die den Dampfern zum Festmachen dienten.
Zwar war die Plattform zu hoch, als dass man mit den Füßen das Wasser hätte erreichen können, trotzdem sah man Irma an, wie gut ihr der kleine Ausflug tat. Sie hatte ein zufriedenes Lächeln aufgesetzt und inhalierte mit geschlossenen Augen die frische Abendluft.
Désirée nutzte die Gelegenheit, ebenfalls einmal durchzuschnaufen. Vor ihr glitzerten die Strahlen der tief stehenden Sonne auf der Wasseroberfläche, und sie musste die Augen leicht zusammenkneifen, um den Leuchtturm an der Einfahrt zum Nord-Ostsee-Kanal gegenüber scharf zu stellen.

Anders als in den durch Blödel-Otto geprägten Vorstellungen von Ortsfremden war dieser weder rot-weiß noch rotgelb gestreift, sondern aus einfarbigem, rotem Backstein. Insgesamt ergaben die Leuchttürme in der Kieler Bucht aber ein recht vielfältiges Bild: Es gab kleine und große, gehalten in Weiß, Schwarz, Rot oder Grün, gebaut aus Stahl oder Stein, auf Landzungen, in Häfen, oder mitten im Wasser. Und damit präsentierten sie sich genau so bunt wie Schleswig-Holstein.

Denn so war ihr Zuhause, auch wenn viele noch immer meinten, im Norden sei es so provinziell, dass die wöchentliche Übungsstunde des Trachtenvereins das kulturelle Highlight sei, und so grau, dass die gelbe Ölkleidung nur erfunden wurde, um verirrte Einheimische im Einheitsdunst wiederzufinden.

Herrje, Désirée konnte die Gespräche mit guten oder weniger guten Bekannten aus den Metropolen Deutschlands kaum zählen, in denen Sie versucht hatte, den Norden als das weltoffene Stückchen Erde zu verkaufen, das es ihrer Ansicht nach war.

Am Ende hatte man sie, garniert mit einem herzlichen Lacher und einem wohlgemeinten „Chin-Chin", trotzdem als Fischkopp abgestempelt, worüber sie sich immer maßlos geärgert hatte. Dabei galt Kiel mit einem der wichtigsten Kreuzfahrthäfen Nordeuropas als Tor zur Welt und beherbergte mit der Kieler Woche die größte Segelveranstaltung überhaupt. Internationaler ging es ja wohl kaum!

Doch aus Sicht der Münchener Schickeria, der Berliner Hipster oder der Düsseldorfer Yuppies gab es hinter Hamburg nur plattes Land, das man mit Absätzen, die höher waren als das Profil von Gummistiefeln, lieber nicht betrat und – wenn überhaupt – überflog, um auf Sylt Gleichgesinnte zu treffen, die aber um Gottes Willen nicht von der Insel zu stammen hatten.

Désirée kam sich in Gesellschaft solcher Leute wieder vor wie die einfältige Fischerstochter, und das gefiel ihr überhaupt nicht. Wozu hatte sie sich hier schließlich ein anerkanntes Leben in besten Kreisen aufgebaut? Bestimmt nicht, um sich dafür belächeln zu lassen.
Sie schielte hinüber zu Irma. Diese genoss noch immer den Augenblick.
„Beneidenswert", dachte Désirée. Ihre Schwiegermutti musste sich bestimmt nicht mit solchen Problemen herumschlagen. Die Überlegung, ob es am nächsten Tag Bohneneintopf oder doch lieber Zwiebelsuppe geben sollte, war da ebenso unkritisch wie die Entscheidung zwischen der Kochschürze mit floralem Muster oder der einfarbigen mit der praktischen Brusttasche.
„Weißt du", begann Irma unvermittelt, ohne ihre Position zu verändern, „ich habe mir Gedanken gemacht".
Huch? Konnte Irma jetzt Gedanken lesen? Also, wenn sie jetzt verkündete, dass es morgen Bohneneintopf geben sollte, würde Désirée Irma sofort als Medium vermarkten. Dann hätten sie wenigstens wieder ein Einkommen … und Irma eine sinnvolle Beschäftigung außerhalb von Désirées Tanzbereich.
Irma fuhr fort: „Solange hier alles in Unordnung ist, sollten wir in Deckung gehen. Ich habe bereits alles mit deinem Vater Hinnerk besprochen. Wir können bei ihm unterkriechen, bis sich die Wogen wieder geglättet haben."
Fast wäre Désirée vor Schreck vom Anleger gefallen. Was war das, bitte? Träumte sie gerade und gleich würde Leonardo Di Caprio mit der Titanic anlegen und sie zu einem Tête-à-Tête in den Oldtimer auf dem Autodeck bitten?
Wieso sollte sie hier bitte weg wollen, was hatte Irma zum Kuckuck mit ihrem Vater am Hut, und was bedeutete in diesem Zusammenhang überhaupt das beängstigende Wörtchen „wir"?

Désirée krallte ihre beiden Hände fest in die Holzbohlen, auf denen sie saßen. Wenn sie nur einen Moment wartete, würde der Schwindel sicher wieder vergehen. Leider galt das aber nur fürs Symptom, die Ursache blieb.

„Du hast was?", zischte sie durch schmale Lippen und fixierte Irma ängstlich. Langsam sah sie wieder scharf. Irma zog es jedoch vor, den Blick auf ihre baumelnden Beine zu richten.

„Sagte ich doch bereits. Ich habe Hinnerk angerufen. Kindchen, das musste ich doch tun! Dein Vater hat schließlich das Recht zu erfahren, wenn es seiner Tochter nicht gut geht. Und er hat auch richtig positiv reagiert, als ich ihm vorschlug, dass wir uns eine Weile bei ihm einquartieren."

Désirées Gesichtsausdruck wechselte jetzt ins Skeptische, was Irma durch einen vorsichtigen Seitenblick vernahm.

„Na ja, so positiv es einem Brummbären von der Küste eben möglich ist", räumte sie ein.

„Jetzt mal ganz langsam." Der erste Schreck war überwunden, so dass es Désirée gelang, sich zu sammeln. „Was hast du überhaupt mit meinem Vater am Hut? Woher kennst du seinen Namen und seine Nummer?" Sie konnte sich beim besten Willen nicht erinnern, einmal in Irmas Gegenwart über Hinnerk gesprochen zu haben.

„Wieso? Christoph hat mir die Telefonnummer schon vor Jahren gegeben. Was für Eltern wären wir denn gewesen, wenn wir uns nicht für die Familie unserer Schwiegertochter interessiert hätten?" Irma bedachte Désirée mit einem empörten Blick. „Wir telefonieren mindesten einmal im Monat. Und ich erzähle ihm dann, was es bei euch so Neues gibt, damit er wenigstens ein bisschen was mitbekommt von seiner Tochter. Wo sie es doch nicht für nötig hält, sich bei ihrem alten Vater zu melden …"

Irma wusste, dass sie zu weit gegangen war, und sprach lieber nicht weiter.

„Das geht dich gar nichts an", presste Désirée hervor, geladen wie eine 55er Magnum kurz vorm Schuss. „Und meinen Vater geht es auch nichts an, was ich mache. Als wenn ihn das überhaupt interessieren würde."
„Also, da irrst du dich jetzt aber, Kindchen", nutzte Irma ihre Chance. „Er ist es, der nach dir fragt. Oder was glaubst du, warum ich ihm regelmäßig die Fotos von unseren Kaffeenachmittagen schicken muss?"
Jetzt war Désirée baff. Über Irmas Tick, bei jedem ihrer Zusammenkünfte ein gemeinsames Foto machen zu wollen, hatte sie sich gerne in geselliger Runde lustig gemacht und Christophs Mutter dabei als altes Weib mit wenigen Lebensinhalten dargestellt. Nie und nimmer wäre sie auf die Idee gekommen, die Aufnahmen auf dem hochlehnigen Polstersofa könnten für ihren Vater bestimmt sein. Was sollte sie davon halten? Sie hatte jetzt echt überhaupt keine Lust, die ollen Kamellen wieder aufzuwärmen. Und der Vorschlag, nach Sylt zu gehen, war einfach nur lächerlich.
„Vergiss es, Irma. Eher wandere ich nach Finnland aus und eröffne eine Rentierfarm."
Irma giggelte.
„Was gibt es denn da jetzt zu lachen? Findest du es etwa lustig, dass du mich so hintergangen hast?"
„Das nicht", antwortete Irma, „aber wie willst du eine Rentierfarm leiten, wo du doch schon Angst vor den kleinsten Schoßhunden hast?"
Désirée verdreht die Augen.
„Darum geht es doch jetzt gar nicht!"
„Also weißt du ..." Jetzt schien Irma wirklich verwirrt. „Über deinen Vater willst du nicht sprechen, über was anderes auch nicht. Vielleicht möchte das gnädige Fräulein dann einen Vorschlag machen, worüber wir uns unterhalten sollen?"

„Da kann ich dir sogar einen super Vorschlag machen", sagte Désirée. „Am besten halten wir jetzt beide unseren Mund und beschränken uns darauf, die wunderbar salzige Luft hier einzuatmen. Ich denke, das ist nicht nur für unsere Lungen, sondern auch für unsere Nerven das Beste."
Gerade glitt die große weiße Schwedenfähre an ihnen vorüber, die jeden Tag gegen Abend ihren Seeweg antrat. Wie eine weiße Wand schob sie sich vor das Uferpanorama auf der anderen Fördeseite. Jetzt erreichten die ersten Bugwellen den Heikendorfer Hafen und umspielten die Füße der beiden Streithammel.
Irma entfuhr ein Jauchzen.
„Entschuldige", sagte sie und ließ offen, ob es der Einmischung in Désirées Leben galt oder lediglich dem unpassenden Gefühlsausbruch.
„Schon gut", erwiderte Désirée, ebenfalls ohne zu konkretisieren.

Am nächsten Mittag, Irma war gerade ins Dorf gegangen, um beim Schlachter ein halbes Schwein fürs Abendessen zu besorgen, klingelte es an der Penthousetür.
Désirée kam gerade, bekleidet nur mit einem Bademantel und einem kunstvoll drapierten Handtuch auf dem Kopf, aus der Dusche.
„Moment bitte!"
Das Klingeln wurde fordernder. Oh, Mann, bestimmt wieder dieser nervige Eismann, der ihr Tiefkühlware für die nächsten Jahre aufschwatzen wollte. Wann würde der nur endlich kapieren, dass eher die Hölle einfrieren würde als Lebensmittel in ihrem Eisfach? Das war reserviert für crushed ice, Wodka und Himbeeren für ihren geliebten Bacardi Razz, und dabei würde es auch bleiben. Wie würde sich das gute Zeug denn sonst fühlen, neben panierten Schnitzeln aus Fleischersatz?

Noch schlimmer als gefrorenes Billigfleisch waren allerdings diese Zeugen Jehovas, die nicht müde wurden, ihr, vorzugsweise nach harten Nächten, die ewige Verdammnis zu prophezeien. Da halfen auch Désirées Drohungen nicht, dass sie ihnen die sofortige Verdammnis zeigen würde, sollten sie sie noch einmal aus dem Bett klingeln. Diese Leute waren so was von verbissen! Wie Zecken. Selbst wenn man die einmal los wurde, blieb zumindest noch der Kopf stecken, um unschuldige Opfer weiter zu piesacken und ihnen Lebenssaft auszusaugen.

Wie sah das wohl bei diesen Zeugen aus, wenn ein Junge ein Mädchen gut fand, dieses ihn aber nicht? Ging er dann auch so lange bei der Angebeteten klingeln, bis diese endlich ihr Einverständnis gab oder eine einstweilige Verfügung zur Abstandshaltung gegen ihn erwirkte? Oder musste sie ihm als letztes Mittel eine gefrorene Hähnchenkeule über den Kopf ziehen? Damit wäre zumindest wieder der Bogen zum Eismann hergestellt, dem eindeutig geringeren Übel.

Schwungvoll öffnete Désirée die Tür, bereit, ihre Tiefkühltruhe und das ganz persönliche Recht auf Verdammnis bis aufs Äußerste zu verteidigen. Was sie sah, entsprach allerdings so gar nicht ihren Vorstellungen. Vor ihr stand ein bulliger, muskulöser Kerl mit Glatze, dessen adrettes Hemd und schwarzer Aktenkoffer so gar nicht zu seiner sonstigen Erscheinung passen wollten.

„Schwarz. Gerichtsvollzieher. Moin!", stellte er sich mit knappen Worten vor. „Madame Clausen?"

Madame? Was war das denn für ein Clown? Vielleicht sollte sie ihn reinlassen und ihm ein Croissant und einen Café au lait anbieten? Und im Himmel war Jahrmarkt!

„FRAU Clausen, ja", bestätigte Désirée. „Sie wünschen, Monsieur?"

Ein kurzes Lächeln huschte über sein Gesicht, bevor er antwortete:

„Ich habe meinen Freund, den Kuckuck, dabei. Der Vollstreckungsbescheid muss Ihnen bereits vor einigen Tagen zugegangen sein. Darf ich?" Schon versuchte er einzutreten.
„Sie dürfen nicht!", stemmte sich Désirée gegen den Mann, hatte aber wenig Chancen.
„Das war eine rhetorische Frage, Frau Clausen. Wenn Sie mir den Zutritt jetzt verweigern, stehe ich morgen wieder mit einem entsprechenden Beschluss vor der Tür. Ersparen Sie uns bitte den Ärger und bieten mir lieber einen Kaffee an. Mit Milch bitte."
Das war ja wohl an Dreistigkeit nicht zu überbieten! Schon war Herr Schwarz an ihr vorbei und sah sich suchend um.
„Ihre Wagen stehen in der Tiefgarage, nehme ich an?"
Désirée hatte die Hände in die Hüften gestemmt und funkelte den Eindringling wütend an.
„Ich wüsste nicht, was Sie das anginge."
„Na, deswegen bin ich doch hier." Unbeeindruckt strich der Gerichtsvollzieher mit dem Finger über die Flurkommode.
„Edelholz?"
„Wofür sind Sie hier?"
„Na, das steht doch alles im Vollstreckungstitel. Herr Wendt, ich nehme an, Ihr Lebenspartner, hat offene Forderungen beim Autohaus. Es handelt sich um eine Summe von", er blätterte kurz in seiner Aktenmappe, „von rund 78.000 Euro. Und sofern Sie mir diese nicht jetzt sofort in bar überreichen können, bin ich leider gezwungen, Ihre Autos und weitere Wertgegenstände zu pfänden, die dem Wert der Forderung entsprechen. Also?"
Mit offenem Mund lauschte Désirée seinen Ausführungen. Es war Christophs Aufgabe, die Post aus dem Briefkasten zu holen, sie hatte da keinen Gedanken dran verschwendet. Aber so oder so verstand sie nicht, von welchen Schulden der bullige Typ da sprach. Sie war immer davon ausgegangen, dass die Autos längst bezahlt seien. Immerhin war ihr

Sportwagen ein Geschenk zum achtzehnten Jahrestag gewesen.

Jetzt rächte es sich, dass sie Christoph nicht nur die Finanzierung ihres gemeinsamen Lebens, sondern auch die Verwaltung der Finanzen immer allein überlassen hatte.

„Sie müssen sich irren!", gab sich Désirée trotz ihrer Zweifel selbstbewusst und versuchte, einen Blick in die Unterlagen zu erhaschen, was ihr der Gerichtsvollzieher aber verwehrte.

„Dies ist doch die Wohnung von Christoph Wendt?", vergewisserte sich Herr Schwarz.

„Schon, aber ..."

„Dann ist ein Irrtum ausgeschlossen. Und jetzt würde ich Sie um die Autoschlüssel bitten wollen. Solange Sie diese holen, werde ich in der Wohnung meines Amtes walten."

Ohne sie weiter zu beachten, machte er sich auf die Pirsch nach Pfändbarem. Schon klebte der erste Kuckuck auf dem 65 Zoll LED-Fernseher, den sich Christoph Anfang des Jahres für seine Bundesliga-Nachmittage gegönnt hatte. Désirée hätte auch ein günstigeres Modell gereicht – bei ihrer Lieblingsserie, „Grey's Anatomy", war es manchmal sogar besser, wenn das Bild nicht zu scharf und deutlich war. Wer sah schon gerne abgetrennte Extremitäten oder entzündete Analfissuren in Voll-HD? Nur für den McDreamy lohnte sich die gute Auflösung, der war jeden zusätzlichen Pixel wert.

Jetzt hatte sie aber leider keine Zeit für einen ihrer in weiße Baumwollkittel gehüllten Tagträume. Was sollte sie tun? Einen Wutausbruch kriegen, weinen, um Gnade winseln? Gerade, als sie sich dazu entschied, das gesamte Programm in genau dieser Reihenfolge abzuspielen, betrat Irma mit einem prall gefüllten Einkaufskorb die Wohnung.

„Ich hab gleich drei Kilo vom Nacken mitgebracht. Der war im Angebot und man kann ihn ja einf ..." Weiter kam sie nicht, denn sie wurde jäh unterbrochen:

„Wie alt ist denn Ihr Kaffeevollautomat, Frau Clausen?" Nein, nicht der Kaffeevollautomat! Sie würde nicht überleben können ohne Espresso, Schokochino, Café Latte … Stand nicht sogar jedem Hartz-IV-Empfänger eine Kaffeemaschine zu? Also, das ging jetzt wirklich zu weit, sie würde dem Lackaffen jetzt mal ein paar Takte erzählen!
„Was ist hier los?", kam Irma ihr zuvor. Sie stand noch immer mit Jacke in der Tür und starrte verwundert auf den Gerichtsvollzieher. „Kindchen, überfällt dich dieser Mann gerade? Das will ich ihm nicht empfehlen! Wir machen in unserer Sportgruppe seit Jahren Übungen, um uns im Notfall zu verteidigen, und ich werde mich nicht scheuen, ihm mächtig den Hintern zu versohlen, wenn nötig!" Angriffslustig ließ Irma den Korb fallen und begab sich in Angriffsposition. Désirée fand, dass ihre Schwiegermutti eher aussah, als hätte sie auf dem Pott einen Hexenschuss erlitten, aber das behielt sie lieber für sich. Die alte Dame war schon aufgeregt genug.
„Nein, Irma. Der Herr ist gekommen, um Dinge zu pfänden. Angeblich hat Christoph einen ganzen Haufen Schulden, und ich bin nicht in der Lage, ihn auszuzahlen."
Irma entspannte sich ein wenig.
„Weil du wieder kein Bargeld bei dir hast! Liebchen, du solltest dir wirklich angewöhnen, etwas bei dir zu tragen. Ich kann doch nicht immer kommen und dir aus der Patsche helfen. Und jetzt zu Ihnen", sie wandte sich mit in die Seite gestemmten Armen Herrn Schwarz zu, der das Gespräch belustigt verfolgte. „Euch Verbrecher kenn ich. Da hab ich letztens eine interessante Reportage auf dem Ersten gesehen. Lasst euch bezahlen, um unbescholtene Bürger zu bedrohen. Pfui! Wir haben keine Angst vor Ihnen, auch wenn Sie noch so viele Muskeln haben." Sie piekste ihn mit einem Finger in den Oberarm. „Und jetzt gehen Sie schön zu Ihrem Auftraggeber und sagen Sie ihm, dass seine Mafiamethoden bei uns nicht ziehen. Da muss er

schon einen richtigen Gerichtsvollzieher schicken, sonst passiert hier gar nichts. Nullkommanull. Comprende, muchacho? Oder sprechen Sie nur Russisch?"
Wow! Désirée war beeindruckt.
Nicht von Irmas Spanisch-Kenntnissen. Die hatte sie wahrscheinlich aus einem lange zurückliegenden Volkshochschulkurs oder einem alten Gangsterfilm. Auch nicht von Irmas unfreiwillig komischem Talent, Situationen mit Anlauf falsch einzuschätzen. Aber Schneid hatte die Frau, das musste man ihr neidlos zugestehen. Vielleicht hatte man in dem Alter einfach nicht mehr so viel zu verlieren.
Der Gerichtsvollzieher schien noch immer amüsiert. Wahrscheinlich kam Irma ihr Alter zugute, zumindest wirkte er nicht beleidigt.
„Danke für die Blumen, Verehrteste", begann er einen Versuch der Rechtfertigung. „Ich wollte schon immer einer dieser durchtriebenen Gangster sein, die alleinstehende Damen nicht nur um den Verstand, sondern auch um ihr Geld bringen." Er lächelte breit. „Leider bin ich aber nur Gerichtsvollzieher im öffentlichen Dienst, fahre anstelle eines schwarzen BMW mit getönten Scheiben und 250 PS einen Ford Focus und schlafe nicht mit Batwoman, sondern mit meiner Frau."
Irma schien die ganze Situation suspekt, immerhin verkniff sie sich jetzt aber weitere Kommentare. Mensch, der Kerl hatte ja echt Humor! Was ihn aber noch lange nicht dazu berechtigte, ihr die morgendliche Dosis Koffein zu entziehen.
„Nicht die Maschine", wählte Désirée jetzt die Mitleidsmasche. „Ohne meinen Kaffee bin ich nur ein halber Mensch."
„Dann versuchen Sie es doch mal mit einem Filter aus Plastik. Soll auch funktionieren, habe ich gehört." Und

zack, wurde die edel verchromte Küchenmaschine mit einer hässlichen Pfandmarke verziert.
Désirée war enttäuscht. Eigentlich wirkte sie auf Männer überaus überzeugend … ein tiefer Blick, ein kleines Lächeln, und schon fraßen sie ihr aus der Hand. Dieses Exemplar der männlichen Gattung war anscheinend von einem anderen Kaliber. War es krankhaft, dass sie das jetzt sexy fand? Ob sie ihm gedanklich einfach mal einen weißen Arztkittel überschmeißen sollte?
„Schluss jetzt!", rief sie sich selber zur Raison. Das war nun wirklich nicht der passende Augenblick für Doktorspielchen.
„Ich denke, das war's", kündigte der Gerichtsvollzieher in diesem Moment, Gott sei Dank, das Ende der Aktion an. „Die Sachen werden die Tage abgeholt. Seien Sie bitte erreichbar. Die Tiefgarage finde ich schon. Ich empfehle mich, schönen Tach noch." Weg war er und mit ihm Désirées Stolz.
Sie war noch immer fassungslos. War das gerade wirklich passiert? Vielleicht sollte sie mal in den Briefkasten schauen, bestimmt konnte ihr der Vollstreckungsbescheid auf die Sprünge helfen.
Sie nahm den Fahrstuhl ins Erdgeschoss und öffnete nervös den Briefkasten. Tatsächlich fiel ihr zwischen vielen weiteren Sendungen, Werbung und Zeitungen ein förmlich anmutender Umschlag in die Hände. Und da, noch einer. Von ihrem Vermieter, was konnte das wohl sein? Neugierig öffnete sie den Brief und überflog den Inhalt. Das genügte, um die wichtigsten Stichpunkte zu erfassen: Miete, Verzug, 24.000 Euro. Mutlos ließ sie sich gegen die Flurwand fallen und glitt daran herunter.
Hoffentlich rechnete Irma nicht damit, dass sie ihr das Geld für den Nacken zurückgeben würde – wie es aussah, müsste sie sich bis zu ihrer Menopause von verdünnter Kohlsuppe ernähren.

„Und, was hast du jetzt vor?", fragte Irma, als Désirée wieder zur Haustür hereinkam. Sie schien nervös zu sein, denn sie verging sich schon wieder mit einem Geschirrtuch an den Küchentöpfen.
Am liebsten hätte Désirée Irma eine patzige Antwort hingeschmettert und sie mit ihren blechernen Therapieutensilien alleine gelassen. Aber ihr schwante, dass das keine kluge Entscheidung sein würde. Irma war, so traurig das sein mochte, alles, was ihr noch blieb. Die Frau, für die sie zuvor nur Spott und Mitleid übrig gehabt hatte, erwies sich in dieser Krisensituation als bunt-beschürzter Fels in der Brandung. Ein Fels, der noch immer abwartend den Boden des Edelstahltopfes polierte.
„Ich fürchte, uns bleibt keine Wahl." Entmutigt streckte sie ihrer Schwiegermutti das Vermieter-Schreiben entgegen. „Pack deinen Koffer, Irma. Wir fahren nach Sylt."
Mit einem unterdrückten Jauchzer und einem kleinen Luftsprung warf Irma Topf und Lappen in die Spüle und sauste in ihr Zimmer.
Désirée blieb resigniert und verwirrt zurück.
Fast schien es, als würde sich Irma über die Misere, in der sie steckten, zu freuen! Wie einsam musste diese Frau gewesen sein, dass die anstehende Flucht auf eine Insel am äußersten Rand der Republik, trotz des vermissten Sohnes, dieses Hochgefühl in ihr auslöste? Irma hatte wohl noch nie einen Winter auf Sylt verbracht, sonst wüsste sie, wie deprimierend das ständige Grau und der ewige Wind sein konnten. Oder wie sehr ihr Vater, der alte Grummelkopp, der er zuletzt gewesen war, auf das Gemüt schlug.
Gar nicht auszumalen, wie das Wiedersehen sein würde! Wenn es gut liefe, würde er Désirée gar nicht groß beachten und ihr einfach nur nonverbal zu verstehen geben, was für eine große Enttäuschung sie für die Familie darstellte. Liefe es schlecht, würde er ihr bestimmt ins Gesicht sagen, dass sie nicht mehr seine Tochter wäre.

Désirée überlegte noch, ob und wie sehr sie eine solche Reaktion treffen würde, da stand Irma schon mit ihrem kleinen Köfferchen im Flur.
„Kann los gehen!"
„Jetzt?"
„Natürlich jetzt! Dann sind wir pünktlich zum Abendessen bei deinem Vater."
„Du spinnst doch!" Désirée schüttelte ungläubig mit dem Kopf.
„Wir können hier doch nicht alles stehen und liegen lassen. Was soll denn aus der Wohnung werden? Außerdem muss ich mich zuerst bei meinen Freunden abmelden oder sollen die glauben, ich wäre auch verschütt gegangen?"
Irma machte eine Pause, bevor sie vorsichtig nachfragte:
„Kindchen, ich will nicht gemein sein, aber welche Freunde meinst du genau? Die, die dir so wahnsinnig toll beistehen, jetzt wo du knietief im Mist steckst?"
Sie hatte den Nagel mit voller Wucht auf den Kopf getroffen, und Désirée zuckte zusammen. Ja, es tat weh! Verdammt weh sogar. Sie hatte doch irgendwie geglaubt, ihren Freunden würde etwas an ihr liegen. Tatsächlich aber hatten sie sie weggeschmissen wie ein altes Paar Socken. Sie hätte es wissen müssen: Heutzutage, und vor allem in den Kreisen, in denen sie sich bewegte, stopfte man keine Löcher.
Das erste Mal seit vielen, vielen Jahren dachte sie mit einem Hauch Wehmut an Sylt zurück. Es mochte vielleicht ein banales Symbol sein, aber die Insulaner waren sich seinerzeit nicht zu schade gewesen, ihre Socken zu stopfen. Immer parat, wartete das Flickzeug im Korb neben der Couchgarnitur auf seinen Einsatz. Und eine Freundschaft galt, war sie erst einmal geschlossen, als lebenslange Verbindung.

Leise summte sie das Lied ihrer Heimatinsel, das sie so oft mit ihren Eltern am Kamin oder beim jährlichen Biike-Brennen in den Dünen gesungen hatte:

Kumt Riin,
Kumt Senenskiin,
Kum junk of lekelk Tiren,
Tö Söl' wü hual'
Aural;
Wü bliiv truu Söl'ring Liren!

Kommt Regen, kommt Sonnenschein, kommen dunkle oder glückliche Zeiten. Zu Sylt halten wir immer. Wir bleiben treue Sylter Leute.

Die Sylter waren einfach, aber stolz wie Könige. Wenn ihr Vater das Lied früher sang, dann, wenn auch krumm und schief, immer mit geschwellter Brust und voller Inbrunst. Vergleichbar mit eingefleischten Fußballfans beim Einspielen der Vereinshymne.
Man konnte sich also vorstellen, wie sehr es ihn getroffen haben musste, dass sich ausgerechnet seine eigene Tochter als illoyal erwies. Aber hatte er sich wohl mal selbst gefragt, wie es sich für sie angefühlt haben musste, als er sich nach dem Tod der geliebten Mutter einfach in sich zurückzog?
Vorher hatte sie zwei Anker gehabt, unverwüstlich bei jeder Wetterlage. Plötzlich trieb sie orientierungslos auf die offene See hinaus. Christoph war es, der ihr wieder den dringend benötigten Halt gab, nicht ihr Vater!
In ihr stieg ein Gefühl hoch, das sie seither begleitete, eine verwirrende Mischung aus Enttäuschung, Traurigkeit und schlechtem Gewissen. Letzteres, weil sie natürlich wusste, dass auch ihr Vater damals mit seiner Frau einen Teil seiner selbst verlor. Seine Liese, mit der er alles teilte, seit sie

sich 1975 in England bei einem von Hinnerks Einsätzen vor der Küste kennengelernt hatten.
Désirées Mutter war damals süße siebzehn Jahre alt gewesen und zum Schüleraustausch in Großbritannien. Heimisch war sie allerdings auf Föhr, so dass die beiden zuvor anstelle der gesamten Nordsee lediglich ein tiefer Priel getrennt hatte. Erzählten sie ihre Geschichte, schauten sie sich immer glücklich in die Augen und betonten noch einmal den Zufall, ausgerechnet in der Ferne zusammengefunden zu haben – gerade sie, die hinterher nie wieder einen Fuß hinaus aus Nordfriesland setzten. Zwar wollten sie immer noch einmal aufbrechen, zu den Wurzeln ihrer Liebe, aber dazu war es leider nicht mehr gekommen.

„Morgen, Irma", gab sich Désirée einen Ruck. „Wenn du willst, fahren wir morgen." Dann stockte sie: „Aber wie kommen wir überhaupt hin? Der Bulle hat doch die Autos einkassiert."
„Na, du fragst Sachen, Liebchen. Mit der Bahn natürlich! Ich ruf gleich mal die Auskunft an", gab sich Irma lösungsorientiert und wollte schon zum Telefon greifen.
„Mit der Bahn?" Désirée verzog angewidert das Gesicht. „Nee, das ist doch furchtbar mit so vielen Leuten im Abteil. Stinkig und laut! Das haben wir einmal gemacht. Klassenfahrt, 10. Klasse. Nie wieder, danke."
Irma verdrehte die Augen:
„Ach, sind wir noch immer ein bisschen etepetete? Können wir uns das denn wirklich noch leisten?" Spöttisch sah sie Désirée an.
Mensch, die Alte konnte aber auch nerven. Und am meisten ärgerte es Désirée, dass sie mit dem, was sie sagte, auch noch recht hatte.
„Ok. Aber wir buchen die erste Klasse. Und ich guck gleich ins Internet. Kein Mensch ruft mehr eine Auskunft an."

„Zweite."

„Grmpf ... und was passiert mit der Wohnung?"

Auch darauf wusste Irma Antwort:

„Ich habe dir doch erzählt, dass ich ein paar Rücklagen habe. Davon werde ich eure Mietschulden begleichen. Ich brauch ja nicht viel zum Leben, dafür reicht meine Rente." Sie machte eine kurze Pause. „Und wie es weiter geht, entscheiden wir ganz in Ruhe auf Sylt. Ich hoffe ja weiterhin, dass Christoph bald gefunden wird. Dann löst sich das Problem vielleicht in Wohlgefallen auf. Ansonsten wird dir wohl nichts anderes übrig bleiben, als diesen Palast hier", eine ausladende Geste unterstützte ihre Worte, „zu kündigen. Aber das können wir dann ja sehen."

Das war zwar nicht das, was Désirée gerne hören wollte, aber irgendwie beruhigte es sie, dass zumindest Irma einen Plan zu haben schien. Keinen guten, aber einen Plan. Das war weit mehr, als sie momentan vorzuweisen hatte. Also sollte es wohl so sein.

Am nächsten Tag, die beiden hatten das Nötigste gepackt und sich ein Taxi zum Bahnhof gegönnt, schoben sie mit ihren Rollkoffern über den Kieler Hauptbahnhof. Mit deutlichem Ekel in der Mimik versuchte Désirée, ihr Gepäck, immerhin ein Designerstück, um die am Boden zertretenen Kaugummireste und Zigarettenstummel herumzumanövrieren, während Irma, flink wie ein Wiesel und ungeachtet des Emblems auf dem von Désirée geliehenen Koffer, auf die Fahrplantafel zusteuerte.

„Gleis 6", folgerte sie, während ihr Finger über das Glas glitt. „Über Rendsburg nach Husum. Da steigen wir um."

„Nicht dein Ernst", antwortete Désirée genervt. „Wir fahren nicht durch? Und nimm deinen Finger von der schmierigen Tafel. Was meinst du, wer da schon alles draufgegrabscht hat?"

Verwundert drehte sich Irma zu ihrer nörgelnden Schwiegertochter um.

„Das ist doch kein Problem, Kindchen. Ich habe uns ‚UNO' mitgenommen, da wird die Zeit vergehen wie im Flug. So eine Zugfahrt kann sehr lustig sein." Nervös sah sie auf die große Uhr über dem Eingang. „Und jetzt sollten wir uns beeilen, der Zug fährt gleich ab." So schnell, wie es der Menschenstrom zuließ, gelangten sie zum Gleis.

„Es ist doch noch gar kein Zug da!", merkte Désirée an und stellte sich auf die Zehenspitzen, um über die Köpfe anderer Reisender hinweg besser in die Ferne spähen zu können. Ein Blick auf die Anzeigentafel bestätigte ihr, dass der Zug erst in fünfzehn Minuten abfahren würde.

„Irma!", meckerte Désirée. „Wir haben noch ewig Zeit!"

„Besser ein wenig zu früh als zu spät", konterte Irma. „Außerdem kann ich mir so noch die neue ‚Freizeit für sie' am Kiosk kaufen, die lese ich immer so gerne im Urlaub."

Désirées Antwort „Das hier ist kein verdammter Urlaub", hörte sie schon nicht mehr. Klein wie Irma war, wurde sie sofort von der Menge verschluckt.

Inzwischen war der Regionalexpress eingefahren, und es fanden immer mehr Reisende den Weg zum Gleis 6. Nur Irma machte keine Anstalten wiederzukommen.

„Na, toll", dachte Désirée. Wenn sie Pech hatten, müssten sie nun die ganze Fahrt über stehen. Erst eine Minute vor Abfahrt tauchte Irmas Lockenkopf wieder auf. Mit geröteten Bäckchen präsentierte sie stolz eine Tüte vom Bäcker.

„Guck mal, Kindchen. Schokobananen. Die haben mein Mann und ich uns immer geholt, wenn wir mit der Bahn in den Schwarzwald gefahren sind. Das machen wir uns gleich so richtig gemütlich, ja?"

„Wenn du dich jetzt nicht beeilst, müssen wir unser Picknick hier auf dem Bahnsteig abhalten!" Mit Nachdruck schob Désirée Irma in die Bahn, gerade rechtzeitig, denn schon erklang der grelle Pfiff des Schaffners und die Türen schlossen sich.

Wie erwartet, waren nahezu alle Plätze besetzt. Nur im Mittelteil, natürlich direkt neben der müffelnden Toilette, die wohl extra zentral platziert worden war, damit auch jeder eine Nase abbekam, fanden sie noch zwei einzelne Plätze.

„Ich mach es mir hier bequem", entschied Irma verblüffend schnell und ließ sich neben einer jungen Frau nieder, die mit überdimensionierten Kopfhörern auf den Ohren aus dem Fenster blickte.

„Natürlich. Du Hexe!", dachte Désirée, als ihr der Grund für Irmas spontanen Entschluss klar wurde: Der zweite leere Platz befand sich neben einem stark adipösen und schwitzenden Herren mittleren Alters, der gerade stark schnaufend dabei war, eine Banane aus seinem Aktenkoffer zu holen. Jetzt pulte er die Schale ab und verschlang laut schmatzend Bisse, deren Größe einen ausgewachsenen Orang Utan für Tage gesättigt hätten.

Selten hatte sie jemanden gesehen, der die Abstammung des Menschen vom Affen so deutlich werden ließ. Ärgerlich, dass gerade sie, so ganz ohne Forschungsauftrag, jetzt die nächsten Stunden mit diesem müffelnden Exemplar Entwicklungsgeschichte verbringen musste.

Vielleicht war Stehen doch gar nicht so schlecht, dann könnte sie auch gleich ein paar Beckenbodenübungen einschieben - Dreißig Sekunden am Tag sollten ja Wunder wirken …

Jemand stieß Désirée von hinten an, so dass sie dem sitzenden Herrn fast in den Schoß gefallen wäre. Ein gewaltiger Schwall abgestandener Schweiß schlug ihr entgegen und nahm ihr den Atem für eine Entschuldigung.

„Eine ganz Stürmische, was? Setzen Sie sich doch", brabbelte der Mann stattdessen anzüglich mit vollem Mund

und hielt ihr den restlichen Bananenstumpen hin. „Auch mal lecken?"

„Eher verhunger' ich", lehnte Désirée wenig höflich ab und ließ sich resigniert auf das Stückchen sinken, das von der Sitzbank übrig blieb. Links hatte sie jetzt direkten Körperkontakt mit der wabernden Masse ihres Nachbarn.

„Stürmisch und wild. So mag ich das." Er grinste sie breit an, zwischen seinen Zähnen hingen Musreste.

Désirée schüttelte sich. Die Urin-Note aus der Toilette vermochte es kaum, die Ausdünstungen ihres Sitznachbarn zu überdecken, welcher sich zudem auch noch als widerlicher Lustmolch entpuppte! Bestimmt würde sie Herpes bekommen, so ekelig war das hier. Nie, nie wieder würde sie mit den öffentlichen Verkehrsmitteln reisen!

„Meine sehr verehrten Damen und Herren, im Namen der Deutschen Bahn begrüße ich Sie herzlich im Regionalexpress von Kiel nach Husum und wünsche eine gute Fahrt." Es ratterte und ruckelte und schon zog der Bahnhof am Fenster des Abteils vorbei.

Mit Wehmut warf Désirée einen letzten Blick auf die Fördespitze. Die Terrassen der Restaurants und die Promenaden waren gut besucht, und an den Kaimauern versuchten Angler ihr Glück. Gerade öffnete sich die Klappbrücke, um einem alten Segelschiff Durchlass zu gewähren. Die Möwen, die auf dem Geländer Platz genommen hatten, flogen auf und hinterließen vor Schreck und zum Ärger des einen oder anderen Passanten einen gepflegten Schiss auf Holzbohlen und Jacken. Wenigstens die alten Himmelsratten würde sie nicht missen müssen. Davon gab es auch auf Sylt mehr als genug.

Der Zug bog um eine Kurve und wurde von Gebäuden und Lärmschutzwänden eingehüllt.

Das war's. Adieu, du schöne Kieler Förde, adieu, du gutes Leben. Ab jetzt würde es, auch wenn sie gerade auf der Landkarte nach oben fuhren, nur noch bergab gehen. Kinderzimmer statt Penthouse, Linienbus statt Sportwagen, Schwiegermutter an der Backe statt Mann an der Seite. Womöglich würde sie sogar arbeiten müssen, zurück in ihren alten Job als Restaurantkauffrau. Das war das einzige, was sie jemals gelernt hatte ... Repräsentationsdienste als Lebensgefährtin würden wohl in einem Lebenslauf keine lohnenswerte Qualifikation darstellen.

„Moin, moin. Die Fahrkarten, bitte!", erklang es melodisch aus dem vorderen Teil des Wagens. Désirée sah zu Irma, die gerade eine vorsintflutliche Kamera aus ihrem Rucksack zog.

Ja, Irma war eine der Frauen, die auch heute noch Rucksack trugen. Zum Glück fiel diese Modesünde angesichts ihrer wenig körperbetonten, dafür aber umso bunter gemusterten Röcke und der Biotreter mit Rundsohle kaum auf.

Als der Schaffner an Irma herantrat, hielt sie ihm den Fotoapparat unter die Nase.

„Wären Sie wohl so liebenswürdig, ein Foto von mir und meiner Schwiegertochter zu machen? Wir wandern heute aus. Nach Sylt. Aber wohl nur für eine gewisse Zeit. Gedreht hab ich schon, sie müssen nur noch auf den Knopf drücken."

Skeptisch betrachtete der Bahnangestellte den schwarzen Kasten in seinen Händen. Désirée schätze sowohl den Schaffner als auch den Apparat auf Mitte zwanzig, so dass davon auszugehen war, dass die beiden sich bisher nicht hatten kennenlernen dürfen. Gleich würde er sicher versuchen, auf dem Bildschirm herumzuwischen, um den Blitz zu aktivieren.

„Einfach hier drücken", erklärte Irma noch einmal die Bedienung und ging zu Désirées Platz, um mit ihr zu posieren.

„Lächeln, Kindchen!" Mit dem Sound eines Duracel-Häschens beim Beamen lud der Blitz, dann drückte der unfrei-

willige Fotograf den Auslöser. Es klickte einmal laut, und sogleich startete ein eierndes Surren. Der Schaffner hob entschuldigend die Arme:
„Ich habe nur den Knopf gedrückt!"
Irma nahm ihm den Apparat mit dem lapidaren Kommentar „Film voll" wieder ab und bedankte sich. „Dabei hab ich den erst seit Weinachten drin, und es ist ein Sechsundreißiger."
Wenn man bedachte, dass jeder Jugendliche heute pro Tag mehr Schmollmund-Selfies bei Facebook hochlud, erschien der Kommentar wie aus einer abgefahrenen Parallelwelt. Der Bahnbedienstete aber hatte wohl in seinem, wenn auch noch jungen, Berufsleben schon zu viel erlebt, als dass ihn eine wirre Alte umhaute. Er ging nahtlos wieder zum Tagesgeschäft über:
„Wenn ich die Damen dann um ihre Fahrscheine bitten dürfte."
„Selbstverständlich dürfen Sie", erwiderte Irma, während sie ihren Steinzeitapparat wieder verstaute. „Gib ihm die Karten, Liebchen."
Désirée erstarrte. „Ich?"
„Ja, sicher!", gab sich Irma bestimmt. „Du hast doch gesagt, du holst sie aus deinem Internetz. Weil man die gar nicht mehr so holen kann."
„Mensch, Irma", verdrehte Désirée die Augen. „Ich habe gesagt, dass sich keiner mehr eine Auskunft per Telefon holt, sondern man das heutzutage per Internet macht, weil es schneller geht. Natürlich kann man die Karten weiterhin auch anders bekommen." Unsicher sah sie den Schaffner an: „Kann man doch, oder?" Dieser nickte nur, so dass Désirée fortfuhr: „Aber das musst du doch am besten wissen. Ich denke, ihr seid immer so toll mit der Bahn in euern Rentner-Honeymoon gefahren?"
„Nun, unser Rentner-Hanni-Dings, was auch immer das sein soll", Irma strafte Désirée mit einem scharfen Blick

ab, „ist ja nun mal schon ein paar Jahre her. Und wenn du mir sagst, dass sich die Verfahren geändert haben, dann glaube ich dir das auch. Man muss ja schließlich mit der Zeit gehen." Und als würde sie die Angelegenheit nichts mehr angehen, drehte sie ihren Kopf zum Fenster und ließ den Blick schweifen.

„Sagt eine Frau, die selbstgehäkelte Deckchen auf ihrem gekachelten Stubentisch dekoriert und Autogrammkarten von den Flippers sammelt", spottete Désirée.

„Hähäm", räusperte sich der Bahnbedienstete. „Wirklich ein beeindruckendes Schauspiel, meine Damen. Aber veräppeln kann ich mich allein. Diese Nummer zieht bei mir nicht. Wenn Sie keinen gültigen Fahrschein besitzen, muss ich Ihnen den doppelten Fahrpreis berechnen. Und denken Sie mal darüber nach, ob Ihr Verhalten fair den zahlenden Gästen gegenüber ist."

Eine Moralpredigt von einem Jüngling, dessen rote Krawatte am Morgen sicherlich die Mutter gebunden hatte. Noch so eine Erfahrung, auf die Désirée gut und gerne verzichtet hätte. Unglücklich sah sie zwischen dem Schaffner und Irma hin und her.

„Jetzt sag doch mal was, Irma!"

Betont gelangweilt drehte diese ihren Kopf.

„Damit du mich wieder fertigmachen kannst?"

Désirée konnte es nicht glauben. Das war nun wirklich die denkbar ungünstigste Situation, beleidigte Leberwurst zu spielen. Es gab Momente im Leben, da musste man seine Gefühle mal hintenan stellen und sich auf das eigentliche Problem konzentrieren. Zum Beispiel, wenn man während eines Fallschirmsprungs pinkeln musste. Da galt es erst einmal zu überleben. Alles andere konnte man später erledigen. Oder eben beseitigen. Je nachdem.

„Irma, könntest du dich jetzt bitte zusammenreißen? Wir scheinen hier ein kleines Problem zu haben. Hast du Geld dabei?"

Tatsächlich ließ sich Irma dazu herab, wieder am Gespräch teilzunehmen. Wahrscheinlich wäre sie sonst auch geplatzt, Schweigen war nicht unbedingt eine ihrer Tugenden.

„Meine Liebe." Ihr Tonfall war streng. „Dir sollte inzwischen bekannt sein, dass ich nicht ohne Bargeld aus dem Haus gehe. Das ist aber noch lange kein Grund, dieses mit vollen Händen aus dem Fenster zu werfen. Ich bin nicht dein Goldesel, jetzt wo Christoph …" Gerade rechtzeitig ruckelte der Zug einmal ordentlich, so dass der Rest des Satzes durch lautes Knarren und Quietschen übertönt wurde.

Im Nachhinein schien auch Irma froh über die Unterbrechung zu sein. Ohne noch einmal anzusetzen, zahlte sie anstandslos die nachgelösten Fahrkarten und begab sich dann wieder auf ihren Platz.

Auch als sich die Situation wieder beruhigt hatte, brodelte es in Désirée noch gewaltig. Als wäre es ihre Schuld!

Irma war es doch, die unbedingt nach Sylt wollte. Und das auch noch mit der gottverdammten Bahn! Jeden Scheiß plante diese Frau bis ins Detail, nur wenn es mal drauf ankam … Und den Kommentar mit Christoph hätte sie sich wirklich verkneifen können!

Warum bitteschön sollte sich Désirée für sechs Euro fünfzig die Stunde den Arsch abarbeiten, wo ihr Liebster doch genug für sie beide verdiente? Außerdem hatte es Christoph sehr genossen, immer eine gut zurechtgemachte und trainierte Freundin an seiner Seite zu haben.

Glaubte Irma denn, dass ein BMI von einundzwanzig und eine jederzeit nahezu perfekte Garderobe einfach so vom Himmel fielen? Irma war doch der beste Beweis dafür, wie schnell man diesbezüglich vom rechten Pfad abkommen konnte. Auch mit Mitte sechzig musste man schließlich nicht aussehen wie ein Mütterchen mit Mumps!

„Also, wenn Sie Trost suchen ...", sprach sie ihr beleibter Sitznachbar an und stieß ihr augenzwinkernd in die Seite.
„Auch in diesem Fall lehne ich dankend ab", antwortete sie und unterstrich ihre Worte mit einem angeekelten Gesichtsausdruck. Das war sicher deutlich, jetzt würde er sie in Ruhe lassen.
„Von mir aus können wir uns auch gern einfach so vergnügen. Ohne diesen ganzen nervigen Gefühlskrams", zerschlug er ihre Hoffnung sofort wieder und schnalzte lasziv mit der Zunge.
Sie musste hier weg. So schlimm konnte kein Disput mit Irma sein. Mit einem gefühlten „Flopp" löste sie sich aus ihrer beengten Sitzhaltung und flüchtete zu ihrer Schwiegermutter. Diese hatte bereits unzählige Tupperdöschen auf ihrem Schoß verteilt und war gerade dabei, auch das Refugium ihrer Sitznachbarin für ihre Plastikschüsselinvasion einzunehmen.
„Ah, das passt ja gut, dass du kommst, Kindchen. Hunger?" Wie selbstverständlich hielt sie ihr eine Dose mit kleinen Gürkchen unter die Nase. Wenigstens war sie nicht nachtragend.
„Nein, danke." Bei dem Gestank im Abteil konnte Désirée keinen Bissen runterbekommen. Da glaubte man ja, alles wäre einmal in einen Dip aus Pipi und Schweiß getunkt worden, igitt! Allein schon die Griffe, an denen sie sich gerade fieberhaft festhielt, um nicht in jeder Kurve durch die Gegend zu purzeln, waren wahrscheinlich das Zuhause von Abermillionen Bakterien und anderem Seuchenzeugs. Vor ihrem geistigen Auge sah Désirée schon eine riesige Bazillen-Kompanie schnurstracks ihren Arm hochwandern, bewaffnet mit schwerer, hochinfektiöser Artillerie. Auch das Gürkchen in Irmas Hand hatten die Biester schon erobert. Ihr lauter Siegesjubel verstummte erst mit dem Verschwinden des Cornichons in Irmas Mund.

„Wir haben Glück. Meine Sitznachbarin steigt in Rendsburg aus, dann haben wir noch schön Zeit zum Kartenspielen", freute sich Irma, ohne die Angreifer zu bemerken.
„Yeah!", sagte Désirée in gespielter Euphorie und fügte in kindlicher Stimme hinzu „Können wir dann auch ‚Ich sehe was, was du nicht siehst' spielen? Bitte, bitte!"
Irma war nicht nur resistent gegen Widerrede, sondern auch gegen Ironie:
„Na, wenn du dir das wünscht. Damit können wir aber auch gleich anfangen. Also", überlegte sie angestrengt. „Ich sehe was, was du nicht siehst, und das ist grün."
„Dein Gurken", stöhnte Désirée, was Irma völlig vom Hocker riss.
„Mensch, bist du gut. Spielst du das öfter mit Christoph?"
„Klar", dachte Désirée, milde amüsiert. „Nur haben wir dabei meistens nichts an und müssen auch nicht lange raten, was gesucht wird." Sie lächelte traurig. Auch weil sie natürlich am besten wusste, dass etwaige Spielchen schon lange vor dem Tag X den zwar gemeinsamen, aber leider züchtigen und wesentlich weniger aufregenden Fernsehstunden auf dem heimischen Sofa gewichen waren.
Jetzt überqueren sie die Rendsburger Hochbrücke.
„Hui, das ist aber hoch!", kommentierte Irma die Fahrt und hielt sich die Hände vors Gesicht, nur um dann doch durch ihre Finger zu luschern. „Guck mal, die da unten haben doch glatt ihre Wäsche im Garten hängen. Haben die denn gar keine Angst, dass ihnen da was aus der Zugtoilette drauf fällt?"
Désirée blickte ungläubig zu ihr rüber. „Du glaubst jetzt aber nicht wirklich, dass heute noch einfach unten raus plumpst, was du oben rein machst, oder?"
„Doch, doch!", beharrte Irma. „Das habe ich im Fernsehen gesehen. Da war so ein netter, älterer Herr, dem sind auch immer die Fäkalien im Garten gelandet. Der hat deswegen

sogar die Bundesbahn verklagt." Sie sah Désirée triumphierend an.
„Aha. Die Bundesbahn also. Und das war ein Bericht aus welchem Jahrtausend?"
„Hmmm, also ein paar Jährchen wird das wohl her sein", räumte Irma ein. Aber länger als '95 auf keinen Fall!"
Désirée verdrehte wieder die Augen. Wenn sie das noch öfter täte, würden sie irgendwann so stehenbleiben. Das zumindest hatte ihr Hinnerk immer gedroht. Ob er sich noch daran erinnern konnte?
„Und dann behaupte noch mal, du wärst nicht von gestern! Kannst du dir vielleicht vorstellen, dass sich da in zwanzig Jahren etwas geändert haben könnte? Oder wann hast du das letzte Mal Klopapier auf den Gleisen liegen sehen?"
„Hmmm", überlegte Irma wieder. „Jetzt wo du es sagst ... das war aber auch immer eine Sauerei. Na, dann brauchen sich die fleißigen Hausfrauen da unten ja keine Sorgen um ihre Wäsche zu machen."
„Oder Hausmänner", warf Désirée ein.
„Wie meinst du das denn jetzt schon wieder?
„Ach, schon gut." Désirée hatte jetzt keine Lust, Irma, der Frau, die von sich behauptete, mit der Zeit zu gehen, das 21. Jahrhundert zu erklären. Da ließ sie sich schon lieber auf eine Runde UNO ein. Irma mischte schon, kaum, dass ihre Sitznachbarin den Platz geräumt hatte.
„Du bist dran", drängelte sie Désirée. Hinter Irmas Blatt lugten nur ihre gespannten Augen hervor. Désirée warf lustlos ihre erste Karte, nach der Irma hätte aussetzen müssen.
„Die darfst du in der ersten Runde nicht auswerfen!", bedauerte Irma.
„Und das steht wo?", fragte Désirée.
„Na, so haben das mein Mann und ich immer gespielt!"

Ruhe bewahren. Es ist nur ein Spiel. Mit zusammengepressten Lippen zog Désirée ihre Karte zurück und legte stattdessen eine grüne ‚+2'.

„Die auch nicht!", griff Irma sofort wieder ein.

Désirée stöhnte auf.

„Weil?"

„So sind eben die Regeln."

„Ja, deine Regeln." Sie nahm auch diese Karte wieder auf die Hand. „Welche Karten darf ich denn überhaupt spielen?"

„Alle", antwortete Irma knapp, völlig auf ihr Blatt konzentriert, „nur nicht die Spezial-Karten."

Genervt warf Désirée ihre dritte Karte, eine rote Fünf.

„Ha!", schrie Irma auf und konterte mit einer ‚Zieh-Vier-Karte'.

„Hä, warum darfst du denn als erstes eine Spezial-Karte legen?", erboste sich Désirée.

„Ist doch gar nicht die erste, die hast du doch gelegt. Kleines Dummerchen." Irma kicherte.

Innerlich zählte Désirée bis zehn und versuchte, mittels tiefer Atemzüge ihre Mitte zu finden. Nur ein Spiel. Wenn Irma es so wollte, dann musste sie jetzt eben die Konsequenzen tragen. Mit einem Siegerlächeln legte Désirée eine weitere ‚Zieh-Vier-Karte' auf den Stapel.

„Darfst du nicht!", erklang es sofort wieder.

Spiel hin oder her, jetzt war Schluss mit lustig. Fast wären Irmas Gürkchen aus der Dose gehüpft, so laut pfefferte Désirée ihr Blatt auf den Haufen.

„Na, Gott sei Dank haben wir nicht ‚Mensch ärgere dich nicht' gespielt. Das wäre sicher nichts für dich, mit deinem seidenen Nervenkostüm. Vielleicht solltest du wirklich mehr essen Kindchen. Gürkchen?" Ein Blick genügte und Irma verkniff sich jeden weiteren Kommentar. Bis Husum schauten beide stur aus dem Fenster.

„Meine Damen und Herren, in wenigen Minuten erreichen wir Husum. Dieser Zug endet hier. Sie haben Anschluss an die Nord-Ostsee-Bahn nach Westerland um dreizehn Uhr dreißig auf Gleis 4. Wir verabschieden uns von Ihnen, sagen Dankeschön für Ihre Reise mit der Deutschen Bahn, Tschüß und Auf Wiedersehen!"
Désirée schaute auf ihr Handy. Sie hatten fünf Minuten Zeit zum Umsteigen. Das sollten sie schaffen, wenn sie sich ein wenig beeilten. Irma griff schon nach ihrer Handtasche. Wie Désirée gleich erfahren sollte aber leider nicht, um möglichst schnell loszukommen.
„Dann muss ich vorher noch mal schnell für kleine Königstiger."
„Jetzt?", fragte Désirée irritiert nach. „Geh doch auf dem Weg nach Sylt."
„Nee nee, sicher is sicher. Und wenn die jetzt so Behälter in ihren Toiletten haben, ist das doch im Bahnhof auch kein Problem mehr."
„Aber ...", versuchte Désirée noch den Ansatz einer Argumentation, doch Irma war schon in Richtung WC verschwunden.
Der Zug kam zum Stehen, und die ersten Fahrgäste starteten zu ihrem Sprint Richtung Anschlusszug. Dieser stand schon bereit und würde in wenigen Minuten, pünktlich nach Fahrplan, seine Fahrt fortsetzen. Als Irma endlich aus der Tür der Regionalbahn stieg, waren nur noch die Schlussleuchten der Nord-Ostsee-Bahn zu sehen.
Irma machte das nichts aus.
„Ich war noch nie in Husum. Das ist doch eine wunderbare Gelegenheit, sich kurz die Stadt anzugucken."
Husum. Capital City! Nicht nur, dass Désirée als ehemalige Sylterin schon dutzende Male zu Gast in der ‚grauen Stadt am Meer' gewesen war. Sie verband das Nordsee-Städtchen zudem mit der wohl schlimmsten Zeit ihres Lebens.

Hier, in der Klinik, wurde ihre Mutter bis zuletzt behandelt. Désirée erinnerte sich gut an die Zeit, die geprägt war durch den ständigen Wechsel aus Hoffen und Bangen und schließlich in einer alles verschlingenden Leere mündete.
Es war immer der Wunsch ihrer Mutter gewesen, zu Hause sterben zu dürfen. Vor ihrem Kamin. Am prasselnden Feuer. Im Kreise ihrer Lieben. Aber am Ende war ein Transport nicht mehr zumutbar erschienen, und so begleiteten sie auf den letzen Metern der Blick auf sterile weiße Wände und das penetrante Piepen medizinischer Geräte. Hinnerk und Désirée hatten es damals gerade noch ins Krankenhaus geschafft, um ihr Lebewohl zu sagen.
Schon zerrte Irma an ihrem Ärmel.
„Komm, Kindchen. Lass uns kurz zum Hafen gehen. Wir können frische Krabben kaufen für Hinnerk!"
Désirée ließ sich unwillig mitzerren.
„Super Idee, Irma. Als Sylter Fischer ist er bestimmt ganz heiß darauf."
„Niemand verschmäht frische Krabben. Und als Fachmann wird dein Vater die Leckerei besonders zu schätzen wissen", meinte Irma. Sie verließen den Bahnsteig durch die Unterführung. Zum Hafen war es nicht weit.
Es herrschte gerade Ebbe, so dass alle Schiffe auf dem schlickigen Boden zum Warten verdonnert waren. Insgesamt herrschte vor der Kulisse der alten Lagerhäuser mit ihren vielen Gastronomien eine eher gemütliche Betriebsamkeit. Bedröppelt beugte sich Irma über die Kaimauer:
„Hmmm, hier bekomm ich wohl nichts für deinen Vater."
Désirée griff sie vorsichtshalber am Arm.
„Pass auf, sonst fällst du noch ins Hafenbecken! Die Kutter liegen wahrscheinlich im Wirtschaftshafen. Geht ja nicht, dass die immer auf Flut warten müssen, bis sie wie-

der anlegen können. Hol doch einfach was im Fischladen. In der Stadt ist bestimmt einer."
„Nee, das ist nicht das Gleiche." Irma wirkte ernsthaft enttäuscht.
„Dann holen wir eben auf Sylt direkt welche", versuchte Désirée sie aufzubauen. „Und jetzt trinken wir einen schönen Latte in dem netten Café da drüben."
„Also ich hätte gerne einen Bohnenkaffee. Meinst du, die haben so etwas auch?"
Désirée lachte. In Zeiten von laktosefreiem Caramel-Frappuccino mit Soja-Sahne und geeistem, koffeinfreiem Chai-Tea-Latte war die Frage gar nicht so unberechtigt.
„Bestimmt, Irma. Bestimmt."
Sie nahmen draußen Platz und bestellten. Während sie auf ihre Getränke warteten, sah Irma konzentriert auf das Hafenbecken.
„Hätten wir in der Ostsee Ebbe und Flut, würden sie Christoph leichter finden."
„Klar", antwortete Désirée knapp. Irmas einfache Sicht der Dinge war beneidenswert. Als würde man in der Nordsee einfach den Stöpsel ziehen, das Wasser ablaufen lassen und dann die liegengeblieben Ertrunkenen einsammeln. Aber es erinnerte sie an etwas:
„Mensch, Irma. Wir haben Brenner noch gar nicht informiert, dass wir verreist sind." Schon zückte sie ihr Handy. „Wir sollten sowieso mal nach dem aktuellen Stand fragen. Er meldet sich ja nie." Nach kurzem Klingeln nahm der Kommissar ab.
„Brenner?"
„Guten Morgen, Herr Brenner, hier spricht Désirée Clausen." Sie machte eine kurze Pause. „Ich, das heißt wir, meine Schwiegermutter und ich, wollten sie darüber informieren, dass wir einige Zeit nicht in Heikendorf sein werden. Wir besuchen meinen Vater auf Sylt."

„Und darf ich fragen, wieso?", fragte Brenner knapp, Kriminologe durch und durch.

„Nun ja", druckste Désirée herum. „Sie hörten ja bereits davon, dass es da einige Engpässe gibt. So finanziell. Kurzum, ich kann mir meine Wohnung nicht mehr leisten."

„Das habe ich befürchtet", antwortete er nachdenklich. „Wir haben diesbezüglich nämlich einige Nachforschungen betrieben, und Ihr Partner scheint da in der Tat ganz schön in Schieflage geraten zu sein. Verschiedene Quellen berichten allerdings, dass er bis zuletzt auf großem Fuß gelebt haben soll. Entweder hat er also einfach über seine Verhältnisse gelebt, oder aber er hatte durch seine windigen Geschäfte Schulden, die zu begleichen waren. Das würde dann die Theorien des Suizids oder der Fremdeinwirkung bekräftigen." Er stockte kurz, fuhr dann aber fort: „Auch nicht auszuschließen, dass er das Geld beiseite geschafft hat, um irgendwo neu anzufangen. Aber ich möchte Ihnen da wirklich keine zu großen Hoffnungen machen. Tatsächlich haben wir noch immer keine Spur von ihm finden können. Keine Nutzung der Geldkarten, kein Handysignal, keine verwertbaren Zeugenaussagen oder Sichtungen."

„Hoffnungen?" Désirée war verwirrt. Sollte es etwas Gutes sein, dass im Raum stand, ihr Partner hätte sie für ein neues Leben verlassen? Ein Unfall wäre schlimm, keine Frage. Aber immerhin würde dieser nicht ihr gesamtes bisheriges Leben ad absurdum führen, die Liebe, die sie so viele Jahre mit Christoph verbunden hatte.

„Eine schlechte Nachricht habe ich jedoch noch", fuhr der Kommissar fort. Als hätte er ihr bisher gute News überbracht!

„Der Verdacht des Herrn Jalowski hat sich bestätigt. Herr Wendt war wohl nicht der saubere Immobilienmakler, der

er zu sein vorgegeben hat. Sie wissen von dem großen Bauvorhaben in der Lübecker Bucht?"
Obwohl ihr Gesprächspartner es kaum sehen konnte, nickte Désirée mit dem Kopf.
„Dieses Projekt sollte seinen illegalen Machenschaften wohl die Krone aufsetzen."
„Was ist denn an dem Bau und Verkauf von Häusern bitte strafbar?" Désirée hatte das Bedürfnis, Christoph zu verteidigen, obwohl sie langsam wirklich nicht mehr wusste, was sie glauben sollte.
„Erstmal nichts", erwiderte Brenner. „Bei den Projekten Ihres Partners gab es allerdings klare Vorgaben der Kommune, die Immobilien für touristische Zwecke, heißt Ferienwohnungen, zu nutzen. Wissen Sie, viele Orte wollen nicht, dass es nur noch Zweitwohnungen gibt, die einen Großteil des Jahres leerstehen und dabei auch noch die Kapazitäten für eine touristische Entwicklung schmälern. Ich musste mich da auch erst einmal schlau machen, um die Hintergründe zu verstehen." Er gab Désirée einen kurzen Moment, um die neuen Informationen sacken zu lassen. „Bis hierher ist das auch alles kein Problem. Allerdings sind mit Wohnraum-Immobilien deutlich bessere Preise zu erzielen als mit touristisch zweckgebundenen. Das hat auch Herr Wendt erkannt und es für seine Zwecke genutzt. Heißt, die Immobilien wurden den Käufern zur eigenen Nutzung angeboten. Ein Schwindel, der natürlich irgendwann auffliegt. Da kommen die Behörden ganz schnell dahinter. Er hat dann natürlich behauptet, mündlich über die Zweckbindung informiert zu haben, was allerdings spätestens beim Auftreten mehrerer Fälle unglaubwürdig wirkt. Verstehen Sie bis hierhin?"
Wieder nickte Désirée tonlos.
„Kommunen haben Mittel und Wege, auf die Zweckbestimmung einer Immobilie Einfluss zu nehmen. Auch wenn das ein komplexes rechtliches Feld ist und es Proble-

me gibt, die Eigennutzung langfristig auszuschließen, so führt das von Herrn Wendt getätigte Vorgehen in jedem Fall zu jeder Menge Ärger mit den Behörden und vor allem mit den Käufern. Das musste ihrem Partner früher oder später über den Kopf wachsen."
Er atmete tief durch. Die langen Ausführungen hatten ihn angestrengt. Auch Désirée rauchte der Kopf.
Christoph sollte also tatsächlich ein skrupelloser Betrüger sein? Das passte so gar nicht zu dem Bild, das sie von ihm hatte. Zwar gab er sich nach außen gerne selbstsicher und dominierend, schaute man hinter die Fassade, traf man aber auf jemanden, der nicht gerade mit Rückgrat gesegnet war.
Christoph lachte gerne laut über Dinge, deren Hintergrund er nicht immer verstand, und definierte sich über Statussymbole, die er eigentlich nicht brauchte. Eine Zeit lang hatte Désirée das sexy gefunden, doch sie ließ sich schon lange nicht mehr blenden. Der Mann, mit dem sie Bett und Tisch teilte, war eine Mogelpackung. Und wie sie jetzt erfuhr, wohl eine ganz gewaltige.
„Und dir hab ich meine Jugend geschenkt", wisperte sie gedankenverloren.
„Wie meinen?", fragte der Kommissar verwundert nach.
„Schon gut", antwortete Désirée, auch wenn eigentlich gar nichts gut war. „Und, wie geht es jetzt weiter?"
„Wir ermitteln. Sicher können wir Ihnen schon bald mehr sagen", versprach Brenner. „Bitte halten Sie Ihr Mobiltelefon empfangsbereit, damit ich Sie notfalls erreichen kann."
Mobiltelefon. Brenner war schon ein komischer Kauz … wie der manchmal redete!
„Mach ich", versicherte sie, ohne weiter auf die Ausdrucksweise einzugehen. Es entstand eine kurze Pause, bevor der Kommissar vorsichtig nachsetzte:
„Und Ihre Schwiegermutter passt auch gut auf Sie auf?"

„In spe …, beziehungsweise passé." Was redete sie denn da? Brenner schien es nicht zu stören.
„Wie auch immer. Wenn Sie Hilfe brauchen, rufen Sie mich gerne an. Tag und Nacht", erwiderte Brenner nur, und „klick", das Telefonat war beendet.
Désirée starrte perplex auf ihr Handy. Tag und Nacht? Gehörte das zu den neuen einheitlichen Standards für die Betreuung von Unfallopfern und deren Angehörige, oder hatte der Ermittler etwa Angst, sie würde sich etwas antun?
Ja, vielleicht würde sie das sogar, dachte sie, als sie jetzt beobachtete, wie Irma die zum Kaffee gereichten Zucker- und Sahnerationen in ihrer Handtasche verschwinden ließ.
„Irma! Das hast du doch wirklich nicht nötig!", rügte Désirée. Sie fand diese Menschen, zumeist Rentner, einfach fürchterlich, die bei jeder Gratisprobe mit vollen Händen zulangten und beim Buffet in aller Seelenruhe Care-Pakete für den Tag schnürten.
Da spielte es keine Rolle, ob man überhaupt einen Hund hatte, dem man das Gratis-Schappi kredenzen konnte, oder ob die Probetube Selbstbräuner tatsächlich auf dem neunundsechzigjährigen Gesicht Anwendung finden würde. Besser haben als brauchen.
„Wieso, die hab' ich doch bezahlt. Gerade du solltest langsam mal etwas sparsamer sein." Rentnerin Irma zeigte sich, ihrem Berufsstand angemessen, keiner Schuld bewusst.
„Sicher, dass du kein Schwabe bist?", hakte Désirée nach, was die Gute vollends verwirrte.
„Sag mal, Kindchen, wirst du jetzt tüddelig? Du weißt doch, dass ich in Eutin geboren wurde. Wie soll ich denn da ein Schwabe sein?" Sie beäugte ihre Schwiegertochter erwartungsvoll. Diese aber winkte ab:
„Lass gut sein. Immerhin liegst du voll im Trend. Geiz ist geil."
Strafend sah Irma Désirée an:

„Du benutzt aber auch Wörter. Als wärst du in der Pubertät. Warum müsst ihr Frauen heutzutage eigentlich immer so tun, als wärt ihr zwanzig? Was ist denn so schlimm daran, älter zu werden? Ihr mögt das bestimmt nur nicht, weil alle es tun."

„Was?", hakte Désirée nach, „Älter werden?"

„Ja, genau", bestätigte Irma. „Das ist dann ja nichts Besonderes mehr." Sie betonte „Besonderes" wie einen ekelerregenden Ausschlag. „Lieber wollt ihr jeden Tag hören, wie jung ihr doch im Vergleich zu anderen geblieben seid. Dabei sollte man doch stolz sein auf seine Lebenserfahrung. Wenn man studiert, ist man ja auch stolz darauf und tut nicht so, als wäre man nach dem Kindergarten nicht mehr zur Schule gegangen."

„Hm", machte Désirée und zog Schaum durch ihren Strohhalm. Manchmal erschöpften sie Irmas geistige Querschläge, auch wenn sie zugegeben musste, dass diesmal ein bisschen Wahres in den Worten lag.

„Und das alles folgerst du jetzt daraus, dass ich ‚geil' sage? Geil, geil, geil!"

„Siehst du, dickköpfig wie ein kleines Kind." Irma verschränkte die Arme und wirkte mucksch. „Aber du kannst dich drehen und wenden, wie du willst, am Ende kannst auch du dich nicht gegen die Jahre wehren. Geil hin oder her."

„Will ich doch auch gar nicht", versuchte Désirée Dampf aus der Unterhaltung zu nehmen. „Aber wir sind heute einfach nicht mehr die Hausmütterchen, die ihr früher wart. Wir trinken heute Latte Macchiato anstatt Filterkaffee, wir gehen ohne unsere Männer in Clubs und trinken einen über den Durst, und wir haben unser eigenes Konto." Désirée stockte. „Also manche."

Irma grinste: „Da hört die Emanzipation nämlich auf. Den Staubsauger soll der Mann von heute bitte selber schwingen, aber wehe, er zahlt nicht die Rechnung im Restaurant.

Dann ist er nicht mehr emanzipiert, sondern schlicht ein Geizbüdel."

„Oder man lässt einfach die Schwiegermutti blechen", beendete Désirée die Diskussion und verlangte per Handzeichen nach der Rechnung.

Von dem Gespräch mit Brenner erzählte sie Irma nur das Nötigste. Die Arme war schon gestraft genug. All die Spekulationen würden sie nur unnötig aufregen – und Désirée dürfte es am Ende ausbaden.

Eine halbe Stunde später ließen sie sich in die Sitze des Zuges nach Westerland fallen – nebeneinander und in Fahrtrichtung. Zwar mussten sie dafür gefühlt achtzehn Wagons durchqueren, was während der Fahrt gar nicht so einfach war, aber Irma konnte nicht rückwärts reisen. Davon wurde ihr angeblich schlecht. Dass sie in dem körpergeruchsbetonten Abteil zuvor keinerlei Probleme gehabt hatte, ihr Frühstück zu verspeisen, wollte nicht ganz dazu passen, aber Désirée würde sich hüten zu protestieren. Nicht, dass Irma daraus noch eine Grundsatzdiskussion über den Rückgang der Ladengeschäfte in Zeiten des „Internetzes" oder das Aussterben der Honigbiene ableiten würde. Da ließ sie sich doch lieber von der ein oder anderen selbst schließenden Abteiltür zerquetschen.

Jetzt wollte Désirée einfach ein wenig vor sich hin dösen und das platte Land am Fenster an sich vorüberziehen lassen. Hier eine Schwarz-Bunte, da ein Schaf, mittendrin ganze Batterien aus Windrädern und Solaranlagen. Willkommen im Nordfriesland des einundzwanzigsten Jahrhunderts. Gerade verschwammen die weiten Wiesenlandschaften vor ihrem Fenster zu einem grünen Schleier, da wurde sie unsanft in die Rippen gestoßen.

„Du sach mal, Kindchen."

„Hm?"

„Wo haben die jetzt eigentlich die Autos?"
„Welche Autos?" Langsam wurde Désirée wieder wach.
„Na, die Autos, die auf die Insel wollen. Sag bloß, du weißt nicht, dass es da keine Fähre gibt."
„Gibt es wohl", erwiderte Désirée betont unbetont. „Von Dänemark aus."
Irma schnaufte. „Ja, gut. Aber von hier nimmt man nun mal den Zug. Hat Hinnerk mir auch noch mal erzählt. Wo sind also die ganzen Wagen?"
„Na, auf dem Dach. Hast du die nicht gesehen?", antwortete Désirée und schaffte es sogar, ernst zu bleiben.
Irma überlegte. „Du meinst direkt über uns? Und wie kommen die Passagiere dann in den Zug?"
„Irma, du weißt auch gar nichts. Die bleiben doch in ihren Autos sitzen." Das war zumindest nicht gelogen.
Wieder überlegte Irma. Es dauerte eine Weile bis sie Désirée, resolut den Kopf schüttelnd, erneut ansprach: „Nee, Kindchen. Das kann gar nicht sein. Ich bin ganz sicher, dass in Husum kein Auto auf dem Zugdach stand. Außerdem waren wir noch gar nicht in Niebüll, und Hinnerk hat erzählt, dass die Autos da auf den Zug kommen."
„Ok, du hast mich überführt. Bist aber auch 'ne Schlaue", löste Désirée auf. „Das hier ist ein Personenzug. Der Autozug wird in Niebüll an einem separaten Bahnhof beladen. Die fahren da alle auf einen langen, doppelstöckigen Freiluft-Anhänger und bleiben während der Fahrt sitzen."
„Ah!", verstand Irma und lehnte sich mit ihrem gestillten Wissensdurst zurück. Der Zustand währte aber nur kurz:
„Und wie kann der Schaffner da die Karten kontrollieren, wenn alle in ihren Autos sitzen?"
Désirée gab es auf, schlafen zu wollen. Sie setzte sich gerade hin und gähnte.

„Na, der hat so'n Klettergeschirr um und hangelt sich von Wagen zu Wagen." Sie war gespannt, ob Irma ihre Spinnerei wieder schlucken würde. Aber Irma war hellwach: „Ach, du tüddelst doch wieder! Sag mal wirklich."
„Wieder erwischt", entgegnete Désirée trocken. „Das Ticket muss man vorher an einer Schranke ziehen. Sonst kommst du gar nicht auf den Zug."
„Eine Schranke, die Tickets ausstellt?"
„Nein, ein Automat vor der Schranke."
„Sag das doch." Pause.
„Darf man dann in seinem Auto auch essen und trinken?"
Noch so eine doofe Frage und niemand würde Désirée böse sein, wenn sie an der roten Notbremse zöge, um der Situation zu entkommen.
„Warum solltest du in deinem eigenen Auto nicht essen dürfen?"
„Nur so eine Frage. Könnte ja auch sein, dass das dann wie ein Bahnabteil zählt."
„Aber da darfst du doch auch essen?"
„Stimmt." Pause.
„Und anschnallen? Muss man angeschnallt bleiben?"
„Ja."
„Ja, was?"
„Ja. Angeschnallt." Désirée war fest entschlossen, diesem unsinnigen Gespräch möglichst keinen Nährboden zu liefern. Wie ein Feuer, das irgendwann ausbrannte, wenn man zu wenig Holz nachlegte.
„Gut", resümierte Irma und ihr Quasselbrand erlosch. Nur einige Momente später ertönte stattdessen ein tiefes Röhren aus ihrer Kehle. Sie war eingeschlafen.
„So muss sich eine Mutter fühlen, die ihr schreiendes Baby endlich in den Schlaf bekommen hat", dachte Désirée, bevor ihr auch die Augen zufielen.
Sie schreckten hoch, als ein lautes Tuten das Abteil erfüllte, gefolgt von einem lallenden Krakeelen:

„Moin Leute! Sind wir hier richtig im Paaaaadddyyyyyyyyyywagen?" Der Verursacher des Lärms, Désirée schätze ihn und seine Kumpels auf Anfang zwanzig, blies noch einmal in seine Vuvuzela, sicher ein Überbleibsel der letzten Fußball-WM. Dafür erntete er zustimmendes Gegröle.
„Halli, hallo", schaltete Irma sich zu Désirées Schrecken ein. „Das ist ja schön, dass ihr so viel Spaß habt. Fahrt ihr jungen Leute auch nach Sylt?"
Désirée rutschte in ihrem Sitz tiefer.
„Bitte, bitte, lieber Gott. Mach, dass sie Irma einfach ignorieren", flehte sie im Stillen, doch ihre Worte verhallten ungehört. Vielleicht hätte sie sich den Kirchenaustritt vor einigen Jahren doch verkneifen sollen, denn Gott hielt es offensichtlich wie der ADAC – keine Mitgliedschaft, keine Pannenhilfe.
„Klar, Oma! Wir fahr'n zum Kitesurf-Cup. Ordentlich einen ausfeiern. Und ihr so? Wollt ihr auch einen?" Er hielt eine Fanta-Flasche hoch, deren Inhalt einem besonders schlimmen Durchfall glich. Désirée musste sich ein Würgen verkneifen. Irma war hingegen nicht abgeneigt.
„Was ist das denn Schönes?", fragte sie neugierig.
„Was, Kitesurfen?" Gäbe es einen Preis fürs doof gucken, das Kerlchen hätte ihn mit seiner Gesichtsakrobatik glatt gewonnen.
„Eigentlich meinte ich das Getränk. Aber das Surf-Dingsda kenn ich auch nicht."
Die jungen Männer lachten.
„Cool, die Alte", sagte der offensichtliche Wortführer und schenkte Irma erstmal etwas von der Plörre in einen Plastikbecher. „Das eine ist Surfen an einem Drachen, und der gute Stoff hier ist ‚Schwarze Sau' mit Wodka und Lakritze."
„Surfen an einem Drachen?" Irma schüttelte den Kopf während sie dankbar das Glas entgegennahm. Désirée

konnte nur hoffen, dass die Jungs da keine weiteren Drogen drin versenkt hatten. Man hört ja ständig von diesen Vergewaltigungsdrogen … Mit einem Blick auf Irma verwarf sie den Gedanken aber flugs wieder. Zwar lernte man dem Volksmund nach auf alten Schiffen segeln, aber kurz vorm Abwracken wollten die Jungs bei Irma sicher nicht mehr an Bord.
Als hätte sie Désirées Gedanken gelesen und wollte diese widerlegen, kippte Irma das moderige Gemisch auf ex, wie es auch ein junges, Alkopop-erfahrenes Mädchen nicht besser gekonnt hätte. Oder eine tätowierte Strafgefangene auf Freigang – das kam in diesem Zusammenhang in etwa aufs Gleiche raus.
Die Meute johlte, und Irma sonnte sich in der Aufmerksamkeit.
„Noch einen, bitte! Und wo kriegen die Sörver so einen Drachen her, wenn sie ihn brauchen?", fragte sie. Ihre eingedeutschte Aussprache ließ eher auf ein Gespräch über Computerprogramme tippen.
„Sie fragen einfach ihre Schwiegermutter", flüsterte Désirée leise, doch nicht leise genug.
„Ach, und die hat dann welche?", fragte Irma allen Ernstes und schaute Désirée abwartend an. Das war zuviel. Zumindest nüchtern.
„Gebt mir auch einen!", befahl sie den Feiernden resigniert und stimmte ein in die bereits laufende Symphonie aus angeheitertem Schwachsinnsgelaber.

Als sie auf den Hindenburgdamm fuhren, hatten sie bereits ordentlich einen sitzen und mit allen sechs Jungs Brüderschaft getrunken. Jeden Kuss hatte Irma mit einem erfreuten Jauchzen quittiert.
Jetzt aber verfielen die Damen in Ruhe und betrachteten voller Erfurcht das Naturschauspiel vor den verschmierten Bahnfenstern. Es war Ebbe und die leichten Wellen des

Meeresbodens glitzerten in dem darauf scheinenden Sonnenlicht. Am Horizont nahm eine weiße Fähre Kurs auf die Insel Föhr, weiter vorne suchten ein paar Austernfischer mit ihren langen roten Schnäbeln nach Muscheln und Krebsen.
„Wahnsinn!", staunte Irma. „So was Schönes hab ich noch nie gesehen. Nicht mal im Schwarzwald."
„Ach, du bist doch nur duhn", versuchte Désirée zu relativieren. Es fiel ihr noch immer schwer, die alten Erinnerungen abzuschütteln. Dabei traf sie das Bild, das ihr einst so vertraut gewesen war, ebenfalls direkt ins Herz.
Ihre neuen Bekannten zeigten sich wenig getoucht. Sie frönten lieber weiter ihren inhaltsschwachen Gesprächen:
„Alter, scheiße zu surfen, so ganz ohne Wasser!" Alle lachten dreckig.
„Auch scheiße zu denken, so ganz ohne Hirn", entgegnete einer, was der Angegriffene natürlich nicht auf sich sitzen ließ:
„Wer hat denn hier 'nen IQ wie trocken Brot, du MoF?"
„MoF?", unterbrach Désirée die verbale Kabbelei.
„Mensch ohne Freunde", bekam sie bereitwillig von ihrem Gegenüber erklärt. „So was wie der da." Er zeigte grinsend auf seinen Kumpel, welcher auch jetzt nichts auf sich sitzen ließ: „Lieber keine Freunde als so was wie dich!"
Zum Glück mussten jetzt alle erstmal einen nehmen, sonst hätte das Hin und Her wohl nie aufgehört. So aber ergab sich ein kurzer Ruhekorridor, den Irma und Désirée nutzten, weiter den Ausblick zu genießen. Sie waren eben beide keine zwanzig mehr – da konnten auch noch so viele Gläschen Lakritzlikör nicht drüber hinwegtäuschen.
Eine Viertelstunde später lief der Zug in den Westerländer Hauptbahnhof ein.
„Also, da hält das Haus aber nicht, was der Vorgarten verspricht", kommentierte Irma die Betonklötze aus den sechziger Jahren, die jetzt immer näher auf sie zukamen,

und garnierte die Aussage mit einem kleinen Lakritz-Rülpser.

„Ja, da ist Sylt nicht anders als dein Sohn", konnte sich Désirée eine Spitze nicht verkneifen. Kinder und Betrunkene sagten halt immer die Wahrheit.

Irma reagierte prompt:

„Wie meinst du das, Liebchen?"

Jetzt geriet Désirée in die Bredouille. Sollte sie Irma vielleicht doch von Christophs windigen Geschäften erzählen und damit die Büchse der Pandora öffnen? Nein, lieber nicht. Gleich würden sie auf Hinnerk treffen, das war schon Aufregung genug.

„Ach, nichts", wiegelte sie daher ab und war froh, dass Irma den Wurm, also sie, vom Haken ließ.

Die Bahn wurde langsamer und kam zum Stehen. Die Jungs hatten schon ihre Taschen geschultert und verabschiedeten sich mit einem lapidaren „Und tschüß! See you, Omchen!". Dafür, dass sie sich gerade noch alle abgeknutscht hatten, ein recht unpersönlicher Abgang. Das war wohl keine Generationenfrage, Christoph hatte sich ja auch ohne ein Wort dünne gemacht.

„Männer!", fasste Désirée, wie sie meinte treffend, zusammen und brüstete sich schon für das nächste Exemplar dieser glorreichen Gattung. Ihren Vater, der sicher schon vor dem Zug mit den Hufen scharrte, weil Irma und sie nicht unter den ersten Aussteigenden waren.

Gerade hatten sie es überhaupt geschafft, sich aus den Sitzen zu hieven, ohne gleich wieder in die gegenüberliegende Sitzreihe zu stürzen. In Irmas Alter eine reale Gefahr für die Hüfte.

Woraus war dieses Teufelszeug noch mal gewesen? Lakritze? Davon konnte einem doch unmöglich so schummerig werden. Und wie viel Wodka konnte schon drin sein in ... Désirée hielt sich ihre Hand vor die Augen und zählte an den Fingern ab ... Oha, sie brauchte auch ihre zweite Hand

- das konnte natürlich der Grund für die motorischen Störungen sein. Die Aerosole in der Sylter Luft waren zwar ein effektives Heilmittel, aber als Auslöser für ihre Schwindelgefühle wohl auszuschließen.
Irma hatte ganz rote Bäckchen. Richtig süß sah sie damit aus. Wie Frau Holle in einer tschechischen Märchenverfilmung.
„Bäumchen rüttel dich und schüttel dich", kicherte Désirée und ruckelte leicht an Irmas Arm. Diese geriet dadurch gleich so ins Wanken, dass sie beinahe beide auf dem schmutzigen Wagenboden gelandet wären.
„Kindchen, du hast doch einen an der Marmel", kommentierte Irma schwerzüngig und richtete den Kragen ihrer Bluse. „Komm jetzt. Du machst hier Tüddelkram, und dein alter Vater muss am Gleis auf uns warten."
„Ok, Rotbäckchen", ließ es sich Désirée nicht nehmen, Irma in die Wangen zu kneifen. „Aber sei nicht enttäuscht, wenn der alte Brummbär dir nicht den Hof macht."
Irma wirkte sichtlich ertappt: „Wie kommst du darauf, dass ich so etwas erwarte? Wir sind nur deinetwegen hier. Ich freu mich zwar, deinen Vater endlich persönlich kennenzulernen, aber das ist dann auch schon alles. Schließlich bin ich Witwe. Da gehört es sich nicht, anderen Männern auf den Po zu gucken."
Irma hatte „Po" gesagt. Désirée gackerte noch lauter. Jetzt aber blieb ihr das Lachen im Halse stecken. Sie hatten inzwischen den Ausgang erreicht, da drangen sie in Désirées Bewusstsein. Wie eine Erinnerung, so weit weg, als wäre sie nur ein Traum gewesen: die gelben Chucks ihres Vaters.
Natürlich waren sie nicht alleine da – das wäre ja auch zu abgefahren gewesen. Nein, darüber steckte in Cordhose und Wollpulli: Hinnerk. Er hatte sich wirklich kaum verändert. Die Augen strahlten noch immer in einem durchdringend hellen Blau, die Haut war von der rauen See tief

gegerbt, und auf dem Kopf trug er selbst im Sommer den obligatorischen Elbsegler.

Hätte er jetzt auch noch seine Pfeife dabei gehabt, die Touristen hätten sofort um ein gemeinsames Foto gebeten – immerhin war der Einheimische auf Sylt nur noch selten in freier Wildbahn zu beobachten. Hier, zwischen all den bunten Koffern und dem wühligen Treiben, wirkte Hinnerk ungefähr so fehl am Platz wie ein Amish bei Starbucks.

Irma hatte ihn gleich ausgemacht und steuerte ohne Berührungsängste auf ihn zu. Dass sie dabei leicht schaukelte, schien sie – im Gegensatz zu den angerempelten Mitreisenden - nicht weiter zu stören.

„Hinnerk. Mein Guter. Danke, dass du uns extra abholst. Wir hätten doch auch den Bus nehmen können." Sie drückte ihn emsig, er wirkte hingegen ein wenig überrumpelt.

„Willkommen auf Sylt", brummte er und sah dann direkt zu Désirée: „Die verlorne Tochter kehrt zurück."

Plötzlich war sie wieder das kleine Mädchen, das am Hafen stand und auf ihren Vater wartete.

Seit damals war so schrecklich viel passiert, das einen Keil zwischen sie getrieben hatte. Jetzt aber, Aug in Aug mit ihrer Vergangenheit, schien all der Zorn nicht mehr wichtig zu sein. Sie hatte plötzlich das Gefühl, als wäre sie viel zu lange wütend gewesen ... auf das Schicksal, das Leben, ihren Vater.

Da stand er als der Fels in der Brandung, der er ihr als kleines Kind immer gewesen war, und nicht mehr als der Mann mit gebrochenem Herzen, den sie damals enttäuscht und traurig zurückließ.

„Vater", war alles, was sie sagte, und als er ihr vorsichtig die Hand auf die Schulter legte, ließ sie es anstandslos geschehen. Mehr noch, sie verdrückte doch tatsächlich eine Träne. Das hatte sie seit zwanzig Jahren nicht getan, dieser Alkohol war wirklich ein Teufelszeug!

„Na, nu heul ma nich." Hinnerk war die Situation offensichtlich genauso unangenehm.
Die Nordfriesen waren kein Völkchen, das gerne über Gefühle sprach und seinen Namen tanzte. Deswegen gab es hier auch so wenige Waldorf-Kindergärten. Gegen Gefühle half die steife Brise oder, wenn das nicht genügte, klarer Köm. Damit war man immer gut gefahren. Sollten sich die Seelenklempner mal weiter um die Festlandinsulaner kümmern, die, reich an Geld und arm an echten Werten, depressiv wurden.
Zusammen gingen sie zu Hinnerks Wagen, einem alten VW Golf, dessen hintere linke Tür sich nicht öffnen ließ. Da Irma sich flott den Beifahrersitz sicherte, quetschte Désirée ihre langen Beine hinten rein. Es roch ein wenig nach Fisch, ein Geruch, der in ihrer Kindheit allgegenwärtig gewesen war.
Nachdem Hinnerk die Koffer und Taschen verstaut hatte, fuhren sie los. Die Klimaanlage hieß in dem Wagen mit Baujahr 1992 noch „Fenster" und wurde auch sogleich aktiviert. Ein Gespräch im Wagen wurde dadurch akustisch schwierig, aber Désirée war das ganz recht. Sie wusste eh nicht so genau, worüber sie sich unterhalten sollten. Wie begann man ein Gespräch nach knapp zwei Jahrzehnten?
„Und, was läuft heute so in der Glotze?" Nein, das wäre zu profan.
„Hast du es eigentlich bereut, nach Mutters Tod nicht für mich da gewesen zu sein?" Zu intim.
„Fährst du eigentlich noch immer zum Fischen raus?" Perfekt. Sie schrie es gegen den Fahrtwind an.
Hinnerk war ihr über den Rückspiegel einen fragenden Blick zu: „Wat soll ich 'n sonst mach'n?"
Schnell rechnete Désirée nach. Tatsächlich müsste ihr Vater jetzt sechzig sein. Viel zu früh für die Rente.
„Ich dachte nur ...", erwiderte sie unsicher. Der Versuch eines ungezwungenen Gesprächs war wohl gescheitert.

„Und du? Irma sacht, du arbeitest nich mehr im Lokal?", fragte ihr Vater zurück. „Oder überhaupt?", fügte er kaum hörbar hinzu.
„Nee, das war nichts für mich." Man musste wirklich fast brüllen, um etwas zu verstehen.
„Wat is denn wat für dich?"
Sie war sich nicht sicher, ob Hinnerk die Frage ernst meinte oder sie nur für ihren Lebensstil kritisieren wollte.
Ja, was war denn was für sie? Als hätte sie sich darüber je Gedanken machen müssen.
„Keine Ahnung", antwortete sie daher wahrheitsgetreu. „Vielleicht was mit Sport."
„Kindchen, du sollst Geld verdienen und nicht deine Freizeit planen", zog Irma die Aussage ins Lächerliche, was Désirée gar nicht gefiel.
„Da kannst du jetzt wirklich nicht mitreden, Irma. Schließlich hattest du auch nie einen Job."
Doch Irma ließ sich nicht beirren.
„Liebchen, das ist etwas ganz anderes. Ich war als Hausfrau und Mutter immer für den gesamten Haushalt zuständig, habe alles sauber gehalten, gekocht und den Jungen großgezogen. Und das, ohne jemals eine Putzfrau gehabt zu haben. Na, und Essen gehen war sowieso nicht drin."
Sie stieß Hinnerk verschwörerisch in die Seite. „Das sah bei euch früher bestimmt nicht anders aus."
Na klar, die beiden waren Mitglieder im Club der Tugenden, Désirée musste leider draußen bleiben.
„Liese war 'ne dolle Mudder und Köchin", antwortete Hinnerk unerwartet offen. „Da gab dat gar kein Anlass, Geld fürs Lokal auszugeb'n."
Désirée beobachtete ihren Vater über den Rückspiegel. Seine Augen waren ausdruckslos, so als würde er seine Gefühle zum Schutz ausknipsen, wenn er über seine Frau sprach. Dabei konnten sie so tief und unergründlich sein.

Ein Portal zu einer mystischen Tiefseewelt, voller Abenteuer und Geheimnisse.

Als Kind wäre sie immer am liebsten in seinen Augen abgetaucht, wenn Hinnerk ihr spannende Geschichten von Kalle, der kitzeligen Krabbe, zum Einschlafen erzählte. Ihr Vater hatte Fantasie, auch wenn in ihrem bodenständigen Leben leider wenig Platz dafür gewesen war.

Gerade als Désirée die Suche in den Augen ihres Vaters aufgeben wollte, kam die hochstehende Sonne hinter einer Wolke hervor und hüllte seine Iris in ein sattes, strahlendes Blau. Kurz tauchte sie ein, doch dann zwang die beißende Helligkeit sie dazu, ihre Augen zu schließen …

… Als Christoph seine Augen wieder öffnete, sah er gerade noch den alten Golf hinter den Dünen verschwinden. Was musste ihn die verdammte Sonne auch gerade in diesem Augenblick blenden?

Genau so einen hatte Désirées Vater seinerzeit besessen. Er musste vorsichtig sein. Zwar würde ihn mit der neuen Frisur und der modischen Brille so schnell keiner erkennen, aber man hatte schon Pferde kotzen sehen.

Extra deshalb hatte er ja Sylt gewählt: Die Frau, die jeden seiner Züge und jede seiner Bewegungen kannte, würde mit absoluter Sicherheit niemals auch nur einen Schritt auf die Insel setzen. Wie dumm wäre es da, wenn ihn ein weit entfernter Bekannter oder ein fast vergessener Verwandter von Désirée enttarnen würde?

Er schloss seinen Wagen ab, den er zuvor auf dem Sandparkplatz abgestellt hatte, und ging den Sandweg zur Sansibar hinauf.

In seinem neuen Leben musste er zwar auf alles Bekannte verzichten, aber einen gewissen Luxus hatte er sich, dank einer kleinen Verschiebung seines Vermögens, bewahren können. Aus Erfahrung wusste er, dass sich das erste Pro-

blem damit schnell selbst beheben würde. Und so furchtbar war der Verlust nun auch wieder nicht.
Klar, mit Désirée verbanden ihn viele Jahre und schöne Erinnerungen. Aber im Bett herrschte schon lange Flaute. Um zu bekommen, was ein Mann so brauchte, hatte er schon des öfteren auswärts essen gehen müssen. Und das, obwohl er ihr immer ein gutes Leben ermöglicht hatte. Da durfte sie sich nicht wundern, wenn er sich aus dem Staub machte ... obwohl ihm das „Wie" schon ein wenig leid tat. Aber als sich die Schlinge immer weiter zuzog, war er froh gewesen, sich auf Arno und seinen kühlen Kopf verlassen zu können.
Er nahm an einem der Holztische Platz, an dem bereits einige Gäste vor ihren gut gekühlten Weißweingläsern saßen. Ein Kellner nahm in dem saloppen Umgangston eines guten Bekannten seine Champagner-Bestellung auf. Was machte es schon, dass es noch früher Nachmittag war, hier gehörte der ein oder andere Tropfen auch tagsüber zum guten Ton.
Seine Gedanken schweiften wieder ab. Gerade mal ein halbes Jahr war es her, dass Arno ihn ins Vertrauen gezogen hatte. Zuerst war er geschockt gewesen, immerhin haftete er als Miteigentümer für die Machenschaften seines Kompagnons. Zumal wohl auch die ein oder andere seiner Unterschriften – wer las schon alles, was er signierte – unter nicht ganz koscheren Dokumenten gelandet war. Was hatte sich dieser Idiot bloß dabei gedacht? Es war doch vorprogrammiert, dass so ein Betrug auffliegen würde!
Als Arno ihm dann seinen Notfall-Plan präsentierte, hatte er sich aus Mangel an Alternativen, die nicht hinter schwedischen Gardinen enden würden, seinem Schicksal gefügt. Gelder sichern, Bootsunglück vortäuschen, an einem schönen Ort ein neues Leben beginnen – er auf Sylt, Arno in Thailand.

Ob sein Kollege jetzt wohl auch in der Sonne saß und das süße Leben ohne jegliche Verpflichtungen genoss? Christoph wusste, dass Arno ein Faible für exotische Frauen hatte, und in Thailand bekam man bekanntermaßen viel für sein Geld. Fragen konnte er ihn nicht, Arno hatte zur Sicherheit eine Kontaktsperre verhängt. Und er hatte recht. Sämtliche Verbindungen zum alten Leben mussten gekappt werden, alles andere war viel zu risikoreich.
Bisher schien auch alles nach Plan zu laufen. Im Internet berichteten Zeitungsartikel von seinem Verschwinden und der Suchaktion. Sollten die Trupps von Wasserschutzpolizei und DGzRS mal alles aufbieten, was sie an Ausrüstung hatten, keine Spur würden sie von Arno, geschweige denn von Christoph, finden! Schließlich war er in Timmendorfer Strand gar nicht erst wieder mit Arno in See gestochen, sondern hatte sich in neuem Look und mit gefälschten Papieren vom nahe gelegenen Sportflughafen aus auf den Weg gen Nordsee gemacht.
Gestatten: Gregor Bittler, Privatier aus dem Rheinland. Zugegeben, der neue Name und der Dialekt gingen ihm noch ein wenig schwer über die Lippen, aber das neue Dasein, so viel freier als es das Leben in wirklicher Freiheit je gewesen war, gefiel ihm.
Nur eines machte ihn stutzig: In den Artikeln war immer nur von einem Vermissten die Rede. Dabei war es Arnos Plan gewesen, sich mit Hilfe eines Komplizen in Höhe des Fehmarnbelts vom Schiff abzusetzen, um danach gleich zum Flughafen nach Hamburg durchzustarten. War etwas schiefgelaufen? Oder war die Berichterstattung einfach missverständlich?
Ach, was zerbrach er sich eigentlich den Kopf? Er war in Sicherheit, der Champagner perlte herrlich auf der Zunge und die Süße am Tisch nebenan warf ihm eindeutige Blicke zu. Sollte Arno seine Suppe doch selber auslöffeln,

schließlich hatte er sie Christoph und sich auch nur zu großzügig eingeschenkt.

Mit letzter Kraft schaffte es der alte Wagen den steilen Dünenweg hinauf. Das kleine weiße, mit dunklen Schindeln bedeckte Haus der Familie Clausen trotzte seit Jahrzehnten dort, ganz oben auf dem Kamm, den Stürmen, die in verlässlicher Regelmäßigkeit über die Insel tobten. Stöhnend stieg Désirée aus dem Auto und streckte sich erst einmal ausgiebig. Auch eine gerade mal zwanzigminütige Fahrt war mit den Knien an den Ohren mehr als ungemütlich. Zumindest, wenn man nicht mehr vierzehn war.
Irma, mit ihren fünfundsechzig Lenzen, schien die Fahrt besser bekommen zu sein. Zumindest machte sie gerade ungezügelt ihrer Begeisterung über die Aussicht Luft:
„Hinnerk, das ist ja wirklich traumhaft hier! Ich komm mir vor wie bei Rosamunde Pilcher", kicherte sie und erntete dafür von ihrem Gastgeber einen verständnislosen Blick.
Man konnte sich denken, dass Herzschmerzromane nicht zu Hinnerks liebsten Themengebieten gehörten. Doch Irma schenkte der Reaktion keine Aufmerksamkeit. Sie war euphorisch und ließ sich das auch nicht madig machen. Schnell holte sie ihre Kamera heraus und verknipste mit einem Mal große Teile ihres neu eingelegten Films. Man konnte es ihr nicht verdenken.
Vor ihnen lag das allein durch den Himmel gerahmte Insel- und Halligpanorama, das Désirée ihre ganze Kindheit über begleitet hatte, wie andere Kinder die Ligusterhecke im heimischen Vorgarten. Föhr, Amrum und die Halligen dahinter lagen ihnen zu Füßen.
Schon damals hatte sich Hinnerk vor Anfragen von Immobilienbüros kaum retten können, die ihm horrende Summen für das Grundstück samt Haus boten. Betrachtete man die Entwicklung, der der Sylter Immobilienmarkt seitdem

unterlag, hatte sich der Wert des Eigentums bis heute wohl noch deutlich gesteigert.

Aber Hinnerk war keiner, der Wert auf Reichtum legte. Alles, was er brauchte, hatte er an diesem Ort. Alles, bis auf seine Frau, und die konnte er auch mit allem Geld der Welt nicht zurückholen.

Désirée erinnerte sich daran zurück, wie ihr Vater damals die in Anzug und Krawatte gehüllten Immobilienfritzen angebrummt hatte: „Dat Haus holt irgendwann dat Meer. Und bis dat soweit is, habt ihr Haie hier nix zu such'n." Danach hatte er den verdutzten Maklern gerne die Tür vor der Nase zugeschlagen. Den Schneid hatte sie von ihm geerbt. Sagen ließ sich ein Clausen nichts.

„Deetje! Steh da nich so rum. Schnapp dir die Koffer und zeig Irma dat Zimmer. Sie schläft inner Gästekammer."

Tja, dumm nur, wenn zwei Clausens aufeinander trafen. Da hatte wohl im Zweifel ihr Vater das Sagen. Zumindest, solange er seiner erwachsenen Pleite-Tochter Obdach bot.

„Désirée", korrigierte sie trotzdem, trollte sich dann aber und stieß schwer bepackt die quietschende Eingangstür unter dem gemauerten weißen Bogen auf.

Gleich trat ihr der unvergleichbare Geruch des Hauses in die Nase. Eine Mischung aus altem Holz, Pfeife und Räucherfisch, ein Ergebnis des alten Räucherofens im Garten. Neben der Tür führte eine enge hölzerne Treppe in die erste Etage.

„Ich zeig dir gleich das Haus, Irma. Lass uns erstmal hochgehen und auspacken."

Die Räume oben waren klein und hatten jeweils nur ein winziges Sprossenfenster.

„So, das ist dein Reich", wies Désirée Irma in ihr vorübergehendes Domizil ein. Außer einem Bett gab es lediglich einen Einbauschrank und ein kleines Nachttischchen.

„Nichts zum Tanzen", gab Irma zu, „aber für mich wird es schon reichen." Mit Schwung ließ sie sich aufs Bett sinken. Es knarzte bedrohlich.
„Dann pack doch kurz aus. Ich mach das auch, und dann können wir ja runter gehen zum Kaffee."
„Mach das, Kindchen. Viel hab ich ja nicht." Und schon begann Irma summend, ihre Kleider in den Schrank zu sortieren.
Blechern drehte Désirée sich um. Was jetzt kam, behagte ihr gar nicht. Zögernd ging sie über den Flur, drückte die Klinke zu ihrem ehemaligen Kinderzimmer herunter und warf vorsichtig einen Blick hinein. Sie erstarrte. Hinnerk hatte nichts, aber auch rein gar nichts verändert. Auf den acht Quadratmetern standen noch immer ihr Bett mit der Patchwork-Decke, die ihre Mutter einst für sie angefertigt hatte, der alte Schaukelstuhl mit dem Schokoladenfleck auf dem Polster, der über und über mit Aufklebern versehene Kleiderschrank und die Gitarre, auf der sie als Jugendliche gespielt hatte. An der Wand hingen verblichene Poster von Oasis.
„And after all, you're my wonderwall." Lichtjahre schien das alles her zu sein!
Hier sollte sie die nächste Zeit leben? In einem Kabuff für Jugendliche aus dem Jahre 1995? So hatten sie nicht gewettet. Wütend stapfte sie die knarrenden Stufen wieder hinunter.
Sie fand ihren Vater da, wo er fast immer zu finden war, wenn er nicht gerade arbeitete. Auf seiner alten Bank, direkt vor dem kleinen Zaun, der den Garten vom Dünenhang trennte. Breitbeinig und in aller Ruhe rauchte er seine Pfeife, fast so, als hätte nichts seine tägliche Routine gestört.
„Vater!" Désirée ging mit schnellen Schritten auf ihn zu.
Gemächlich drehte er den Kopf.
„Früher hast ‚Papa' gesacht, Deetje."

Sie stoppte kurz vor ihm und stemmte ihre Arme in die Seiten.

„Ja, früher. Jetzt bin ich aber erwachsen. So erwachsen, dass ich nicht in einem Kinderzimmer schlafen werde. Und nenn' mich bitte Désirée. Deetje gibt es schon lange nicht mehr."

Ihr Vater nahm ein paar Züge aus seiner alten Pfeife und ließ seinen Blick übers Meer schweifen, bevor er antwortete:

„Dat wär schade. Ich hab Deetje bannich lieb gehabt. Und solang du meine Tochter bist, werd ich dich weiter so nenn', wie deine Mudder und ich dat für dich ausgesucht hab'n. Wenigstens dat soll daran erinnern, wo du herkommst. Und dat is nu ma Nordfriesland und nich Frankreich."

Désirée schnaubte.

„Wie kann man nur so störrisch sein? Als wenn der Name entscheidend dafür wäre, wo man sich zu Hause fühlt."

Nun sah auch sie aufs Meer hinaus. Die Weite hatte sie schon immer beruhigt.

„Und was ist mit meinem Zimmer?"

„Wat soll damit sein?"

„Mensch, Vater, jetzt stell dich doch nicht dumm! Du kannst doch nicht ernsthaft erwarten, dass ich in meinem Kinderbett schlafe. Ich brauche zumindest neue Textilien. Bettzeug, Gardinen. Und einen Fernseher für die Wand. Wenn du willst, mache ich dir aus dem Raum ein richtig schönes Gästezimmer." Sie unterbrach ihren Vortrag kurz, um die nächsten Worte wohlzuformulieren. „Allerdings müsstest du mir ein bisschen Geld geben. Du weißt, wie es momentan bei mir aussieht."

Ihre Position hatte sie zwischenzeitlich gelöst und die Hände sittsam vorm Körper gefaltet. Jetzt wartete sie auf Hinnerks Reaktion. Auffordernd sah sie ihn an, doch ihr Vater blickte weiter starr gen Horizont. Also, das war doch zum Aus-der-Haut-fahren!

„Hallo, aufwachen!" Erregt winkte sie ihm vor den Augen herum, bis er sie endlich ansah.
„Ich bin wach", sagte er nur. „Aber dat mit'm Geld kannst du dir aus'm Kopp schlag'n. Dat muss man sich verdien'! Ich hadde gehofft, wir hädden dir dat als Kind beigebracht. Denn musst du diese Lektion eben nu lern'. Am besten suchst dir flott 'n Job, denn steht deiner Zimmerrenovierung nix mehr im Weg."
Und damit erhob er sich ächzend und steuerte seinen Räucherofen an. Klar. Nachmittags wurde geräuchert. Wen störte da schon so etwas Nebensächliches wie die Rückkehr der eigenen Tochter?
Désirée stampfte einmal kräftig mit ihrem Fuß auf, was aber auf dem weichen Rasen nicht den gewünschten Effekt erzielte. Hilflos sah sie sich um. Sie musste kurz hier weg. Nur einen kleinen Augenblick, um wieder Luft zu bekommen. Ihre Wahl fiel auf den schmalen Pfad, der von ihrem Haus, die Dünen hinab, direkt zum Hafen führte. Wie früher nahm sie zwei Stufen auf einmal. Runter ging schnell, rauf war eine ganz andere Geschichte.
Am Kai hatten die Muschelkutter bereits ihre Ladung gelöscht, so dass die bereitstehenden LKW mit frischer Fracht in Kürze ihren Weg zu den verschiedenen Vertriebsorten in Holland und Belgien antreten konnten. Bergeweise Miesmuscheln, bissfest und doch zart im Fleisch, aromatisch im Geschmack. Désirée lief das Wasser im Mund zusammen.
Tatsächlich war die Muschel eines der wenigen Dinge, das mit beiden ihrer Leben kompatibel war. Für die Fischer war die Meeresfrucht ein alltäglicher Bestandteil des Speiseplans, für Gourmets hingegen ein echter Leckerbissen.
Sicher gab es den Muschelimbiss am Hafenkopf noch, der täglich frisch vom Kutter beliefert wurde. So eine Portion gebratene Muscheln, dazu ein gekühlter Weißwein, und

Désirées Tag wäre wieder in Ordnung. Schon wollte sie Kurs nehmen auf das kleine Bistro, da hielt sie der Gedanke an die Ebbe in ihrem Portmonee zurück. Ein Blick in den Geldbeutel bestätigte ihre Befürchtung: Für zwei Euro sechzig gab es höchstens eine Portion Pommes, aber bestimmt keine Muscheln und schon gar keinen Weißwein. Adieu, du Stückchen Normalität.
Enttäuscht ließ sie sich auf einen Poller sinken und sah den Möwen dabei zu, wie sie sich am aussortierten Beifang bedienten. Wenigstens die hatten ihr Festessen.
„Flatsch!" Ein kräftiger Klecks, serviert von einem der fedrigen Himmelsstürmer, landete direkt auf ihrer Schulter und damit auf der teuren Burberry-Bluse. Jetzt war es amtlich: Ihr Leben war beschissen!
Und in diesem Moment öffnete wohl ein Schleusenwärter die Tore, so dass Désirée der Flut an Tränen, die da plötzlich auf sie zurollte, schutzlos ausgeliefert war und laut schluchzend in ihr versank. Neugierig kamen einige der Möwen auf sie zu, kreisten sie ein und pickten an ihrer Sandalette.
„Weg da, das ist nichts zu fressen. Oder wollt ihr meine Schuhe auch noch kaputt machen?", fuhr Désirée die Vögel an, welche sich davon aber komplett unbeeindruckt gaben. Die Tiere waren an Menschen gewöhnt. Die Touristen schrien, weil sie Angst hatten, sie ruderten mit den Armen, um die Möwen zu verjagen, sie zeterten, weil man ihnen das Fischbrötchen geklaut hatte ... nein, ein Stupser mit dem Schuh konnte sie bestimmt nicht aus der Reserve locken. Vielleicht hatte die geflutete Frau Kekse in ihrer Hosentasche und würde sie rausrücken, wenn man nur laut genug schrie?
Was für ein Konzert! Désirée konnte nicht anders, sie musste lächeln.
„Ich hab nichts für euch", fing sie an, mit den aufgebrachten Vögeln zu sprechen. „Ich kann mir ja nicht mal selber

eine Portion Muscheln leisten." Und als hätte sie verstanden, hob die Meute wieder ab, um erneut auf der Suche nach Essbarem die Kutter zu umkreisen.
So sollte sie es auch machen. Aufstehen und weitermachen. Sicher gab es auch für sie noch genug zu holen. Immerhin war sie noch jung genug, um nicht Weihnachten von Lebkuchenfabriken zur Verkaufsfahrt eingeladen zu werden, und in ihr steckte weit mehr, als man es einer verheulten Halbblondine mit abgebrochener Berufsausbildung und Kackefleck auf der Schulter zutrauen würde.
„Tschakka!", murmelte sie halbherzig und erhob sich von ihrer ungemütlichen Sitzgelegenheit. Bestimmt hatte sie jetzt eine Kerbe im Po, die sich erst über Nacht zurückbilden würde. Die Spannkraft der Haut ließ ab dreißig beängstigend nach. Da kam ein bisschen Training gerade recht. Und wie schon runter, übersprang sie auch den Dünenweg hoch jede zweite Stufe.
Oben angekommen traf sie auf Irma und Hinnerk, die es sich im Gartenstrandkorb bei einer Tasse Tee gemütlich gemacht hatten. Drei davon waren nach friesischer Tradition Pflicht, wer vorher beim Nachschenken ablehnte, galt als unhöflich.
„Na, mien Deern? Hast dich wieder abgerecht?", fragte Hinnerk und nahm laut schlürfend einen Schluck. Sein Deeskalationstalent war beeindruckend.
„Wieso, was hatte das Kind denn?" Irma schaute fragend zwischen Vater und Tochter hin und her.
„Das Kind hatte nichts, und es geht ihm gut", gab Désirée genervt zurück und ließ sich auf einen Stuhl sinken.
„Setz dich doch hier zwischen uns in den Strandkorb. Ist doch noch ein bisschen Platz", bot Irma an und rückte sogleich an das gestreifte Plastik zu ihrer Linken heran.
„Das fehlt mir noch. Danke, ich sitze gut", lehnte Désirée spöttisch ab und schenkte sich auch eine Tasse Friesentee ein. Erst Kluntje, dann Tee, zuletzt Sahne.

Nachdem alle eine Weile still mit ihrem Getränk beschäftigt waren, nahm Irma das Gespräch in die Hand.
„Und, meine Liebe, wo warst du eben drauf los?"
„Unten, am Hafen. Hab mir die Muschelkutter angeschaut."
„Hast du auch gleich probiert? Ich habe ja seit Jahren keine Muscheln mehr gegessen. Mein Mann mochte die immer nicht, und so für einen alleine macht man sich den Aufwand ja auch nicht."
„Wat denn fürn Aufwand?", schaltete sich Hinnerk ein. Bei seinem Spezialgebiet konnte er schon immer ins Plaudern kommen.
„Da machst du 'n Sud aus Gemüse, Weißwein, Salz und Pfeffer, und denn komm' die lütten Schieter da rein. Brot dazu und gut. Dat zeig ich dir heut Abend ma, Irma. Einfacher und besser kannst gar nich ess'n."
„Ach, wirklich?", stieg Irma in das Thema ein. „Und ich dachte immer, Muscheln wären so was Hochtrabendes, etepetete eben. Bei so was braucht man doch sonst immer zwanzigtausend Zutaten. Mensch, Hinnerk, da freu ich mich aber auf heute Abend. Das wird ja ein richtiges Festmahl! Ein Festmahl auf Syltisch." Sie lachte und streichelte sich mit der Hand über ihren dicken Bauch.
Désirée grinste in sich hinein. Ob Irma bewusst war, dass sie nachher jede einzelne Muschel mit ihren kleinen Wurstfingerchen aus der Schale lösen musste, bevor sie gegessen werden konnte? Das war sicher ein Bild für die Götter. Vielleicht war die Schwiegermami dann, entgegen ihrer Gewohnheit, ganz schnell satt. Was umso besser wäre, denn dann bliebe mehr für Désirée über. Egal, auf jeden Fall war es toll, dass sie heute doch in den Genuss von Muschelfleisch kommen würde – wenn auch mit 'nem Flens aus der Buddel serviert, statt mit Weißwein.
„Gibt dat denn wat Neues vom Jung?", fragte Hinnerk.
Irma seufzte und stellte ihre Tasse auf den Untersatz.

„Nein, leider nichts. Der Kommissar tritt auf der Stelle, und mein armer Junge bleibt verschwunden. Ich weiß gar nicht mehr, was ich denken soll."

Désirée rutschte unruhig auf ihrem Stuhl hin und her. Von den neuesten Indizien konnte sie ihrem Vater nichts erzählen, dann würde auch Irma Wind davon bekommen. Auf der anderen Seite war er ein sehr rational denkender Mensch, dessen Einschätzung sie interessierte. Vielleicht fand sich später eine ruhige Minute, um alleine mit ihm zu reden.

„Wat plant ihr denn nu eig'ntlich? Wisst ihr schon, wie lang ihr bleibt?"

Irma und Désirée schauten sich fragend an. Die ganze Aktion war weder penibel geplant noch besonders durchdacht. Sie beide waren einfach froh gewesen, der Situation erst einmal zu entkommen. Mussten sie denn wirklich schon jetzt die weiteren Planungen in Stein meißeln?

„Findest du es nicht ein wenig früh, uns das zu fragen?", entgegnete Désirée zickig. „Oder kannst du es schon jetzt nicht erwarten, bis wir wieder abreisen?"

Ihr Vater schnaubte und griff sich an die Mütze, um sie gerade zu rücken.

„Deetje, mien Deern. Dat is dir aus dei'm Leben in Kiel vielleicht nich geläufich, aber in den Tag hinein leb'n, muss man sich leist'n könn'. Du hast, wenn ich Irma richtig verstand'n hab, nix außer Schulden mit auf die Insel gebracht. Solltest du also nich vorhab'n, übermorgen wieder deine Klamotten zu pack'n, rat ich dir, dir 'n Job zu suchen. Die Saison is in vollem Gang, dat wird schwer genuch, jetzt noch unnerzukommen."

Désirée ging sofort in Abwehrhaltung.

„Du spinnst doch!", tippte sie sich an die Stirn. „Als was soll ich denn deiner Meinung nach arbeiten? Als Rettungsschwimmerin oder Wattführrerin?"

Hinnerk ließ sich nicht beirren.

„Nee, nee, dafür brauchst 'ne Ausbildung. Zufällig weiß ich aber, dat dat Hotel ‚Wattenläuper' jemand'n fürn Frühstücksdienst sucht. Dafür genügt deine Erfahrung inner Gastronomie, und du kannst gleich anfang'."
Die Teetasse war geleert, und Hinnerk begann damit, seine Pfeife neu zu stopfen. Er ging dabei sehr behutsam vor, fast so, als hätte er den Tabak selbst angebaut und wollte keinen Krümel vergeuden. Désirée hingegen war drauf und dran, ihm sein Equipment aus der Hand zu schlagen.
„Frühstücksdienst? Sag mal, weißt du, was du mir da zumutest? Wann soll ich denn da aufstehen, mitten in der Nacht? Und das wahrscheinlich für'n Appel und 'n Ei. Niemals, Vater, vergiss es!"
Hinnerk ließ sich weiter nicht aus der Ruhe bringen. Der Tabak war inzwischen an Ort und Stelle, so dass er die Dose zur Aufbewahrung wieder schloss.
„Aufsteh'n kannst mit mir. Du erinnerst dich sicher, dat auch wir Fischer vor den Hühnern raus müss'n. Gern weck ich dich und trink morg'ns 'n Tee mit dir. Und 'n Appel und 'n Ei is mehr, als du jetzt hast, klamm wie du bist. Du solltest ma flott von deinem hohen Ross runterkomm', Deetje. Wie ich dat seh, hat dich der Gaul eh längst abgeworf'n. Wat mutt, dat mutt! Du kannst dich entscheid'n. Entweder nimmst den Job an oder du ziehst ins Hotel. Vielleicht leiht Irma dir ja die Moneten, die du dafür brauchst."
Désirée rang nach Luft, aber Hinnerk war noch nicht ganz fertig: „Erstma aber lad ich dich heut Ab'nd ganz herzlich zum Muschelessen ein. Bist ja meine Tochter." Unter seinem Bart war der Ansatz eines Schmunzelns zu erkennen, aber seine blauen Augen blieben kalt.
Das letzte Mal, dass Désirée sich so ungerecht behandelt gefühlt hatte, war der Moment, als ihr in ihrer Lieblingsboutique, trotz ihrer jährlichen Investitionen im Wert eines Kleinwagens, der Umtausch einer Lederleggings verwehrt

wurde. Als wenn es nicht Grund genug für eine Retoure gewesen wäre, dass Christoph ihr bei der Präsentation zu Hause vorgeschlagen hatte, sich dazu ein Arschgeweih stechen zu lassen, weil das „so gut zusammen gehen würde". Der Unterschied zwischen den beiden Situationen war aber, dass Désirée als Reaktion auf die Demütigung in der Boutique einfach keinen Fuß mehr in den Laden gesetzt hatte. Würde sie gleichermaßen bei ihrem Vater verfahren, hätte sie die Wahl zwischen einer Nacht unter den Sternen oder, an eine Cola geklettet, bei McDonald's. Beides keine erstrebenswerten Vorstellungen ... schon wegen der Muscheln, die ihr dann entgehen würden.

„Ich kann ja mal anrufen, was die genau suchen", knickte Désirée in süßsaurem Tonfall ein. „Aber verheizen lasse ich mich nicht." Damit verließ sie die vermeintlich gemütliche Runde. Heute hatte sich wirklich alles gegen sie verschworen. Sie ging in ihr Zimmer, zog sich das bunte Patchwork-Muster über den Kopf und versuchte, so zu tun, als sei sie gar nicht da und alles nicht passiert.

Irgendwann musste sie unter der Anstrengung der Verdrängung eingeschlafen sein, denn ein lautes Klappern weckte sie. Sie zog sich einen leichten Poncho über, den sie bereits in den Kleiderschrank gehängt hatte, und schlich sich ins Erdgeschoss. In der Küche fand sie Irma und ihren Vater, welche beide mit Schürze vor dem alten gusseisernen Herd standen und sich über einen großen Topf beugten.

„Köstlich, wie das duftet!", hörte sie Irma säuseln und sich den ausströmenden Duft zufächern.

„Dat is pures Meer", gab ihr Vater zurück und rührte kräftig in den dampfenden Schalentieren. „Und gut für die Manneskraft", scherzte er auf eine für Désirée unbekannte Weise.

Sie verzog das Gesicht. Ihr Vater und Sex passten für sie in etwa so gut zusammen wie Labskaus und Champagner. Wenn er nicht auf seinem Kutter war, fand man ihn auf seiner Bank oder bei der Skatrunde im Inselkrug. Sollte sich daran tatsächlich etwas geändert haben? Immerhin war er mittlerweile seit zwanzig Jahren Single. Naja, der Begriff Junggeselle traf es in dem Alter wohl eher. Was wusste sie überhaupt über den Mann, der da gerade in der Küche „Seemann, deine Heimat ist das Meer" brummte, während er noch ein wenig Salz in den Topf gab?
Jetzt bemerkten die beiden Désirée und winkten sie heran. „Deetje, da bist ja wieder. Komm, probier die Muscheln. Ich hab nix am Rezept geändert, die schmeck'n so wie früher."
Zögerlich ging Désirée zum Herd. Sah so aus, als müsste sie in diesem Haus mit ihrem alten Namen leben.
Mit spitzen Fingern löste sie das Fleisch einer angereichten Muschel mit Hilfe einer zweiten aus ihrer Schale. Ihre manikürten Finger verziehen keinen Fehler, schon gar nicht hartes, kratziges Perlmutt.
„Dat konntest aber wirklich ma besser", brummte ihr Vater ungeduldig. „Selbst im Fischausnehm' war sie immer die flinkste von all'n", fügte er zu Irma gewandt hinzu.
„Désirée? Fische ausnehmen? Nichts für ungut, Schätzchen, aber ich kann mir dich beim besten Willen nicht dabei vorstellen, wie du in der Küche stehst." Sie schüttelte ungläubig den Kopf.
„Doch, doch", bestätigte Hinnerk. „War 'n feines Mädchen. Hat immer geholfen, am Hafen und im Haus. Nur seefest war sie nich. Hing beim lüttsten Lüftchen über der Reling und hat Fische gefüddert." Er lachte donnernd und warf Désirée das erste Mal seit ihrem Wiedersehen einen liebevollen Blick zu, der wohl eher der Deetje von damals galt.

„Gut, gut!" Désirée hob beschwichtigend die Arme. „Bevor ihr euch hier weiter das Maul über mich zerreißt …"
Es kostete sie ein wenig Überwindung, aber dann krempelte sie ihre Ärmel hoch und machte sich erneut, diesmal ungeachtet ihres Nagellackes, an den Muscheln zu schaffen.
„Geiht doch!" Hinnerk wirkte zufrieden. „Und wo du jetzt langsam wieder zur Vernunft kommst, hab ich 'ne Überraschung für dich."
Skeptisch sah Désirée auf. Nicht noch eine Überraschung! Der Tag war schon aufregender gewesen als ein Transatlantikflug mit schreienden Kleinkindern an Bord, die einem durchgängig gegen die Rückenlehne traten.
„Bitte sag jetzt nicht, dass du mir eine Geschichte von Krabbe Kalle erzählen willst." Sie traute ihrem Vater in diesem Moment alles zu.
„Ach, du erinnerst dich?" Er lächelte sanft, als machte es ihn froh, dass Désirée nicht alles vergessen hatte.
„Aber nee. Liegst voll daneben."
„Raten, raten!", mischte Irma sich aufgekratzt in das Gespräch ein. Sie liebte Spiele.
„Nu sag schon, du alter Dickschädel", fuhr Désirée ihren Vater an. Sie hatte jetzt wirklich keine Lust auf Ratereien.
„Gut, weil du mich so nett biddest." Hinnerk wandte sich von ihr ab, um erneut in seinen Muscheln zu rühren.
„Wie du siehst, gibt dat noch 'n Gedeck. Ich hab Silke eingelad'n. Irgendjemand muss dich ja zur Besinnung bring'n, ne?"
Désirée erstarrte. Silke! Was sollte sie davon halten? Auf der einen Seite wollte sie ihre ehemals beste Freundin wiedersehen, na klar! Auf der anderen Seite hatte Désirée sich damals unschön aus dem Staub gemacht.
Kiel war für sie eine neue Welt gewesen, in der sie sich plötzlich mit einer völlig anderen Klientel umgab. Silke hatte da einfach nicht mehr reingepasst mit ihrer burschikosen Erscheinung und bodenständigen Art. Sie hatten

noch ein, zwei Male telefoniert, aber Désirée hatte ihr subtil zu verstehen gegeben, dass sie kein großes Interesse mehr an der Freundschaft hatte – und weitere Anrufe einfach ignoriert.

Jetzt schämte sie sich dafür. Nie wieder hatte jemand sich so für sie eingesetzt und ihr so die Treue gehalten. Außerdem verbanden sie viele erste Male – der erste Diskobesuch, der erste Vollrausch, der erste Kater, der erste Hausarrest. Bande, die nie wieder jemand lösen konnte.

„Wie geht es ihr?", fragte sie und sah ihren Vater verschämt in die Augen.

„Schön, dat dich dat nach all der Zeit wieder intressiert."

Désirée überging den Seitenhieb.

„Was macht sie, wie lebt sie?"

Hinnerk ließ die Muscheln weiter köcheln und sich selbst auf den Stuhl neben seiner Tochter sinken.

„Gut geiht ihr dat, wirklich. Betreut die Urlauberkinder drüben im ‚Wattenläuper', wohnt aber in Westerland."

Désirée lachte.

„Das sieht ihr ähnlich. Kinder hat sie schon immer gemocht. Bestimmt hat sie acht von den Blagen und ist seit hundert Jahren verheiratet", wiederholte sie ihre Vermutung, die sie ähnlich bereits vor ihrer Abreise nach Sylt formuliert hatte.

„Fast." Mit einem lauten „Plopp" öffnete Hinnerk sein Beugelbuddelbier und nahm einen kräftigen Schluck.

„Soll heißen?" Désirées Neugierde war geweckt.

„Na ja, ich sach ma so … man könnt mein', sie wär von Föhr."

„Mensch, Vater, was redest du denn da? Jetzt sag mal!"

„Na, weil sie vom annern Ufer is. Wenn du verstehst." Er zwinkerte verschwörerisch mit seinem rechten Auge und nahm einen weiteren Schluck aus seiner Flasche.

„Nee!"

„Doch!"

121

„Silke?"
„Jo."
Man merkte Hinnerk an, dass das Thema nicht ganz seines war, aber die Sylter waren seit jeher auf eine sehr liberale Weise konservativ. In ihren Werten so fest, dass auch so etwas Modernes wie die gleichgeschlechtliche Liebe oder ein zum „Gangnam Style" zappelnder Südkoreaner sie nicht aus der Ruhe bringen konnte. So lange man sich nicht anschließen musste, sollte die Welt um Sylt herum ruhig aus den Reihen tanzen. Nach der Flut kam die Ebbe und nach der Ebbe die Flut. Daran konnte kein Trend der Welt rütteln.
„Und kommt sie jetzt von Föhr oder nicht?", schaltete sich Irma unpassenderweise ein. Sie verstand mal wieder nur Bahnhof.
„Nich wirklich", antworteten Hinnerk und Désirée unisono und mussten lachen. Etwas war doch geblieben von dem Vater-Tochter-Gespann von damals.
Schon öffnete sich die Küchentür und Silke trat ein. So urbane Dinge wie Abschließen oder Klingeln kannten die alten Hörnumer nicht.
„Moin!" Strahlend kam Silke auf Désirée zu, welche prompt jede Sorge verwarf. Es war sofort wie früher, vertraut und innig.
„Na, hat man dich vom Festland geworf'n?" Sie lachte und strubbelte ihrer Freundin in den Haaren. Das durfte wirklich nur Silke.
„So ähnlich", räumte Désirée ein. „Aber du, das erzähl ich dir alles in Ruhe, später. Wie geht es dir denn? Gut siehst du aus!" Und das war nicht gelogen. Zwar war Silke ihrem natürlichen Look treu geblieben und verzichtete noch immer auf Föhnfrisur und Schminke, aber ihre strahlend grünen Augen und das entwaffnende Lächeln verliehen ihr einen ganz besonderen Glanz.

„Na, gut geiht mi dat! Und nu ganz besonders, wo die verlor'ne Schwester wieder da is." Sie küsste Désirée auf die Stirn und knuddelte sie voller Inbrunst.
Irma verdrückte eine Träne.
„Nein, was ist das schön. Wenn sich eine Tür schließt, öffnet sich eine andere. Da sieht man es wieder."
Silke löste sich von ihrer Freundin.
„Ach, denn bist du bestimmt Irma. Unser oller Seebär hier", sie zeigte auf Hinnerk, „hat mir schon von dir erzählt. Musst wat ganz Besonderes sein. Hat sich sogar sein' Bart gestutzt." Neckend griff sie ihm ans Kinn und zog leicht an den grauen Härchen.
Das hatte Silke aber gut ausgedrückt. Désirée konnte sich vorstellen, dass Hinnerks Wortwahl eine leicht andere gewesen war. Irma freute sich zumindest über das Kompliment.
„Ach, hat er das, der alte Schmeichler?", säuselte sie ein wenig beschämt.
„Wat heißt hier eig'ntlich alt? Und dat mit'm Bart macht man doch so, wenn Besuch kommt. Auch 'n oller Seebär weiß, wat sich gehört", schaltete sich Hinnerk ein. Die Weiber übernahmen hier gerade eindeutig die Oberhand, das konnte ihm nicht gefallen.
„Ohhh", tröstete ihn Silke, indem sie jetzt ihn in den Arm nahm. Bist doch unser Bester, Vaddi Hinnerk."
Das besänftigte ihn. Er war froh, dass die Flirtnummer mit Irma nicht weiter vertieft wurde. Sie war zwar eine nette Frau, aber seine Nerven waren definitiv nicht für eine geballte Ladung Irma ausgelegt. Dagegen waren Fangfahrten, bei denen ihnen der Blanke Hans die Wellen nur so um die Ohren schmiss, geradezu beruhigend.
„Nu setzt euch man hin. Schwimm'n lern' die Muscheln nich mehr."
Brav nahmen alle am Tisch Platz, und Hinnerk servierte jedem eine große Portion. Dazu gab es von Irma selbst

gebackenes Schwarzbrot. Und was sollte man sagen? Es schmeckte einfach köstlich. Für Désirée war jeder Biss ein Stück Erinnerung. Gute Erinnerung an Abende, an denen Gelächter durch das alte Haus ging, genau wie an diesem.
Am Ende türmte sich ein riesiger Schalenberg in der Tischmitte.
„Ich kann nie wieder auch nur eine Muschel essen", stöhnte Désirée und konnte sich nicht erinnern, wann sie das letzte Mal so reingehauen hatte.
„Ich auch nich", kicherte Silke und hielt sich den rausgestreckten Bauch. „Wir haben aber auch gefressen, als wenn dat kein Morgen gäb."
„Ich sach ja: ‚Muscheln gehn immer'!", wiederholte Hinnerk seine Überzeugung und machte sich daran, seine Pfeife zu präparieren.
„Lass uns eine Runde runter an den Strand", schlug Désirée Silke vor. „Die Bewegung tut uns sicher gut, und wir können ein bisschen schnacken."
Irma erhob sich und begann die Teller abzuräumen.
„Das macht mal, Kinder. Ich räum hier kurz ab und mach mir das dann mit Hinnerk nett."
Damit konnte Hinnerk die Hoffnung auf seine ruhige Feierabendpfeife vergessen. Sonst alleine und plötzlich drei Frauen im Haus. Das musste der arme Mann erstmal verkraften.
„Danke, Irma. Und viel Spaß euch!", verabschiedete Désirée den hilfesuchend schauenden Hinnerk und die gut gelaunte Irma. Ihr Vater war hart im Nehmen, da hielt er auch ein bisschen Zweisamkeit mit ihrem Schwiegermonsterchen aus.
Leichtfüßig, als wären die Jahre nicht vergangen, nahmen sie den Holzpfad, ließen den Hafen links liegen und erreichten schnell den Sandstrand.

Es fing bereits an zu dämmern, und am Strand tummelten sich nur noch einige Besucher, die Volleyball spielten oder das rötlich-blaue Abendlicht genossen.
Sie ließen sich neben einem Strandkorb in den Sand fallen.
„Willst eine?" Auffordernd hielt Silke ihr die metallene Zigarettendose unter die Nase. Selbstgedrehnt, nicht gerade das, was Désirée gewohnt war.
„Hast du auch Richtige?"
Silke nahm es mit Humor.
„Ach, sind der Dame meine Glimmstengel nich genehm? Muss ich erst wat reinmisch'n wie früher, damit du zugreifst?"
Es war schwer zu erklären, aber vor Silke schämte Désirée sich nahezu für das, was sie war. Dabei hatte ihr Leben an der Kieler Förde sie immer mit Stolz erfüllt. Warum legte sie gerade auf die Meinung von jemandem, dem Pediküre augenscheinlich – sie hatten sich mittlerweile ihrer Schuhe entledigt – ein Fremdwort war, einen solchen Wert?
„Bitte, Silke", entschlossen griff sie nach der Zigarette, „ich möchte mich nicht dafür rechtfertigen müssen …" Sie stockte.
„Was ich mir erarbeitet habe?" Das traf es nicht ganz.
„Dass ich mich anders entwickelt habe als du?" Das könnte Silke falsch verstehen.
„Dass ich den richtigen Weg gewählt habe?" Hatte sie das?
„Dass es mir gut geht", sprach sie schließlich laut aus.
Silke lachte ihr unbeschwertes Lachen.
„Nee, dat brauchst wirklich nich. Dir arm' Maus is von deinem Käse ja nich grad viel übrich geblieb'n."
Zerknirscht schaute sie Désirée an und zuckte entschuldigend mit den Schultern.
„Feuer?"
Jetzt wusste Désirée wieder, warum sie gerade Silkes Urteil so fürchtete. Ihre ehemals beste Freundin war gnaden-

los offen und scheute sich nicht, ihre Meinung zu sagen. Sie waren sich so ähnlich!

„Jupp. Das hatte ich jetzt wohl verdient", zeigte Désirée sich geläutert. „Mann weg, Geld weg, Leben weg. Was du hier siehst, ist nur noch der Schatten meiner selbst. Désirée Clausen, angekommen auf dem sandigen Boden der Tatsachen." Melancholisch ließ sie eine Handvoll Sand zwischen ihren Fingern zerrinnen.

„Ohhhh, komm ma her", durchbrach Silke den tristen Monolog mit ironischem Unterton und nahm ihre Freundin in den Arm.

„So lang du dein' bekloppt'n Namen noch hast, is dir doch 'ne Menge geblieb'n. ‚Désirée'", sie ließ sich das Wort auf der Zunge zergehen wie einen korkigen Wein, „warum nich gleich ‚Chantalle'?"

Erbost stieß Désirée Silke in die Seite. Warum konnte diese Frau nie etwas ernst nehmen? Da lag ihr Leben in Trümmern, und trotzdem gab es dafür lediglich eine Umarmung, garniert mit einer Extraportion Hohn.

„Du blöde Nuss!"

„Siehste?", lachte Silke. „Dir is doch noch viel geblieb'n!"

„Was denn?", fragte Désirée schwach.

„Na, deine liebe Freundin Silke", sie zeigte auf sich, ähnlich einem Rapper in Gangsterpose, „und dein Humor."

Und jetzt nahm sie Désirée noch einmal richtig in den Arm und ließ ihren Kopf an den ihrer Freundin sinken.

„Lass dich nich unterkrieg'n, Schnucki. Vielleicht sollt dat allns so sein, damit du wieder dahin kommst, wo du hingehörst. Zu mir."

Gott, tat das gut. Der starke Tabak der Selbstgedrehten machte Désirée leicht schwummerig, die frische Luft vertrieb die ein oder andere Sorge, der Sand zwischen den nackten Zehen kribbelte angenehm, und die längst verloren geglaubte Liebe ihrer Freundin traf direkt ins Herz.

„Apropos hingehören", schwenkte Désirée auf ein anderes Thema um. „Mein Vater sagt, du treibst dich jetzt da drüben rum." Sie nickte mit dem Kopf rüber zu den Nachbarinseln.
Anders als sie selbst vorhin, verstand Silke sofort.
„Jo, Hinnerk liebt diesen Scherz. Sylterin, und doch vom annern Ufer, ha, ha! Aber ma im Ernst. Ich lieb noch and're Frau'n, nich bloß dich. Meinst, du kannst dat verknus'n?"
Désirée überlegte. In Kiel galt die gleichgeschlechtliche Liebe als gesellschaftsfähig, fast schon als schick. Aber hier in ihrem Heimatdorf, wo selbst der Postbote seit fünfzig Jahren der Gleiche war? Und gerade Silke?
„Weiß nicht", gestand sie ehrlich ein. „Ein bisschen komisch ist das schon. Warst du denn ...", Silke ließ sie den Satz nicht beenden. „Damals in dich verliebt?" Sie lachte. „Na, so toll bist jetzt auch nich, dat du auf jede Lesbe unwiderstehlich wirkst. Außerdem weiß ich dat selber erst seit 'n paar Jahr'n."
„Pfft. Wenn ich wollte, könnte ich auch dich haben", tat Désirée eingeschnappt. „Und wie hast du es gemerkt?"
„Ganz einfach, ich hab mich verliebt! In 'ne Touristin aus Bochum. Dat war 'n orndliches Durcheinander, bis mir klar wurde, wat ich da fühl. Und dat Durcheinander blieb auch bis zum Ende unsrer kurzen Beziehung. Wollte, dat ich zu ihr zieh. Nach Bochum, ich glaub, dat hackt! Wo mir doch schon in meiner Wohnung in Westerland der Weg zum Strand zu weit und der Autolärm zu doll is."
Jetzt war es Désirée, die lachte. Silke im Pott, das kam in etwa einer Kuh in der Achterbahn gleich. Also, ohne Silke mit einem Rindvieh vergleichen zu wollen – es wäre einfach zu laut, zu schnell und zu eng für ihre Freundin, die es natürlich mochte und am liebsten barfuß lief.
„Und jetzt hast du keine Freundin mehr?"
„Nee", Silke malte mit ihrem Fuß Kreise in den Sand. „Gar nich ma so leicht, hier jemand'n zu find'n."

„Das ist es nirgendwo", antwortete Désirée und schaute hinaus auf Meer. „Geschweige denn jemanden wiederzufinden."

„Wir sind schon zwei verlor'ne Seelen, wat?", sagte Silke und legte erneut den Arm um ihre Freundin. Diese atmete einmal tief durch und streckte den Rücken.

„Quatsch. Zusammen können zwei Seelen gar nicht alleine sein." Plötzlich war sie die optimistische. Und es fühlte sich gut an. Auch Silke überwandt ihr kleines Tief schnell.

„Stimmt, Schwester. Wir hab'n uns, dat Meer und wat zum Rauchen. Wat will man mehr?"

„Wenn du so fragst", hakte Désirée ein, „wären ein Gläschen Wein und ein Sack voll Geld nicht schlecht."

Mit einem galanten Schwung zauberte Silke eine Flasche aus ihrem Rucksack hervor. Dafür hatte sie dieses unkleidsame Ding also mit sich herumgeschleppt. Nur Idioten, Modelegastheniker und Rentner liefen außerhalb von Bundeswehreinsätzen oder Pilgerreisen mit diesem Accessoire rum, das in seiner Hässlichkeit nur noch von Hüfttaschen und Haarreifen getoppt werden konnte.

Aber wenn es dem guten Zweck diente, wollte Désirée mal ein Auge zudrücken. Und wenn man ehrlich war, konnte man Silke auch guten Gewissens der zweiten Kategorie zuordnen. Schick machen hatte früher für Silke bedeutet, den Kapuzenpulli gegen ein Langarmshirt zu tauschen und sich für richtig feierliche Anlässe die wuschelige Kurzhaarfrisur zu bürsten. Daran hatte sich offensichtlich nichts geändert.

„Mit Schnappes kann ich dien'", hielt Silke sich nicht lange an dem Drehverschluss auf und füllte die mitgebrachten Gläser bis zum Anschlag.

„Prost, auf die Freundschaft!", stießen sie an. Der Wein war extrem süß, so, wie sie ihn früher direkt aus der Flasche getrunken hatten und so, dass Désirée ihn heute im Restaurant sofort hätte zurückgehen lassen. Eine richtig fiese Plörre, bei der der dicke Kopf am nächsten Morgen schon vorprogrammiert war.

„Nicht lang schnacken", entschied sie und kippte ihn mit einem Mal herunter.

„Respekt, meine Liebe. Wenn ich morg'n nich so bannich früh raus müsste, würd ich die Herausforderung annehm'."

„Ach ja, du arbeitest im ‚Wattenläuper', stimmt's? Wie ist es denn da so? Mein Vater verlangt allen Ernstes, dass ich mich für den Frühstücksdienst bewerbe. Der hat sie doch nicht alle beisammen, der alte Sturkopf!"

Fragend sah Silke sie an.

„Wieso? Hauptsache, du hast erstma wat. Und die Arbeit da bringt Spaß. Wir haben 'ne dolle Chefin und 'n neddes Team."

„Das fragst du noch?" Désirée schaute ihre Freundin an, als sei sie nicht mehr ganz bei Verstand. „Um halb vier aufstehen, um dann für drei Mark fünfzig überkandidelten Gästen ihren Dreck hinterherzuräumen? Wer bin ich denn?"

Silke schüttelte den Kopf.

„Also, manchmal erkenn ich dich wirklich nich wieder. Wer sollst du schon sein, wenn du für dein Geld – übrigens hab'n wir inzwischen den Euro und 'n Mindestlohn – arbeit'n gehst? Désirée is sich dafür vielleicht zu fein, aber die Deetje, die ich kenn, weiß, dat dat nichts is, wofür man sich schämen muss. Ganz im Gegenteil."

Jetzt leerte auch Silke ihr Glas mit einem Zug.

„Und nu ab inne Koje. Morgen zu mei'm Dienstbeginn stell ich dich der Chefin vor. Und denn siehst gefälligst zu, dat du wieder normal wirst. Harte Arbeit is, glaub ich, genau die richtige Medizin für dich."

Désirée wollte schon den Mund aufmachen, um zu widersprechen. Was glaubte Silke eigentlich, wer sie war, sie hier so runterzumachen und über sie bestimmen zu können? Ihr ganz persönlicher Feldwebel?

Aber dann entschied sie sich um. Denn sie wusste sehr genau, was sie an Silke hatte. Diese Person, die da neben ihr in der Dämmerung saß, war die einzige, die ihr im Moment Halt gab, der sie vertraute und mit der sie zusammen sein mochte. Sie würde Silke nicht noch einmal enttäuschen – auch wenn der Preis in Form von Augenringen und Spülhänden fast unzumutbar hoch war.

„Sieben Uhr!" Désirée schimpfte lautstark auf ihren Handywecker, der einfach keine Ruhe geben wollte. Wo war nur diese blöde Taste zum Ausstellen? Genervt gab sie auf und stieg aus dem Bett. Jetzt gab das Mistding plötzlich Ruhe, na klar!
Der Wein hielt, was sein Geschmack am letzten Abend versprochen hatte. Hinter ihren Schläfen pochte es schmerzhaft. Das war ein prima Vorgeschmack auf das, was sie mit dem Job im Frühstücksdienst jeden Tag erwarten würde ... nur, dass sie um diese Uhrzeit dann schon seit Stunden auf den Beinen wäre. So fühlten sich also Leute, die arbeiten gingen? Hieß es nicht immer, eine sinnvolle Tätigkeit würde den Menschen ausfüllen und ihm gut tun? Von wegen! Leise meckerte sie vor sich hin und nahm sich die Treppe vor. Sie brauchte jetzt einen starken Kaffee, besser noch einen doppelten Espresso.
„Moin", brummte Hinnerk, als sie die Küche betrat.
„Guten Morgen!", trällerte auch Irma.
Désirée war verblüfft, auf die beiden zu treffen.
„Morgen. Darf ich fragen, was ihr hier treibt? Vater, warum bist du nicht auf See, und Irma, warum zum Teufel bist du schon wach?"
Sie nahm sich eine Tasse aus dem Schrank und setzte sich zu dem muntern Duo.

„Hab mir frei genomm'. Dachte, ihr Grazien braucht meine volle Aufmerksamkeit", erklärte Hinnerk und schlürfte an seiner Tasse.
„Ich nehm' auch einen Kaffee", erklärte Désirée und hielt ihrem Vater den mit blau-weißem Friesenmuster bedruckten Becher unter die Nase.
„Hab nur Tee."
„Echt jetzt?", maulte Désirée. „Wie soll ich denn den Tag bitte ohne Kaffee überstehen?"
„Is schwarzer", zeigte Hinnerk sich wenig mitfühlend, „macht auch wach."
„Nimm mal, Kindchen, nimm mal!" Irma schenkte ihr großzügig ein.
„Das muss die Insel machen, dass der Tee hier so gut schmeckt."
„Hmmm", kommentierte Désirée teilnahmslos. Sie war noch immer nicht wirklich wach.
Hinnerk beugte sich zu ihr.
„Wie dat aussieht, konnte Silke dich überred'n, den Job im Hotel anzunehm'?"
Désirée verschluckte sich an ihrem Tee. Er war sehr stark, und es schwammen einige Krümel darin rum.
„Jetzt mal ganz langsam! Ich werde mir den Laden gleich mal angucken gehen. Dann entscheide ich."
Andächtig rührte Hinnerk in seiner Tasse.
„Na, denn entscheid dich man richtig."

Um halb neun war Désirée mit Silke vor dem „Wattenläuper" verabredet. Das Hotel lag direkt an der Dünen- und Heidelandschaft der Hörnum-Odde, nur einen Katzensprung vom Strand entfernt. Das Gebäude war in schlichtem Weiß gehalten, wie die meisten Häuser hier. Vor Kurzem hatte es allerdings eine hölzerne Teilverschalung aus sibirischer Lärche erhalten, was ihm ein modernes Gesicht verlieh.

„Gar nicht schlecht", dachte Désirée und linste über das satte Gestrüpp aus rosa und weiß blühenden Heckenrosen zu den großen Sprossenfenstern des Hotels.

Silke war mal wieder zu spät, eine Angewohnheit, die Désirée schon damals zur Weißglut gebracht hatte. Aber so hatte sie wenigstens die Gelegenheit, alles auf sich wirken zu lassen. Tatsächlich war sie ein wenig aufgeregt. Ihr letztes und einziges Bewerbungsgespräch hatte sie gehabt, als „Twix" noch „Raider" geheißen hatte, und ja, das war einige Jahre her.

Was sollte sie sagen, wenn die Hotelchefin sie nach ihren Erfahrungen fragte? Dass sie im letzten Jahrhundert für ein Jahr im „Rauchfang" angelernt wurde, bis sie es vorgezogen hatte, mit einem Gast anzubändeln und ihm aufs Festland zu folgen? Kein glorreicher Lebenslauf.

Ob ihre Mutter es ihr verzeihen würde, wenn sie deren Tod als Argument für ihr frühes Karriereende anbrachte? Ging es um dieses heikle Thema, fragte niemand groß nach. Viel zu wahrscheinlich war die Gefahr, in ein Wespennest zu treten, oder, Gott bewahre, sich die ganze elendig lange Schicksalsgeschichte anhören zu müssen. Keiner riskierte gerne einen Smalltalk, der damit endete, dass das Gegenüber Rotz und Wasser heulte.

„Mohoin!"

Das war Silke, die ihr von hinten mit Schmackes auf den Rücken klopfte. „Na, fit?"

„Wie soll man bitte um diese Zeit fit sein?", hustete Désirée und versuchte, den Hieb mit Fassung zu nehmen. „Und nicht mal einen Kaffee gab es bei Hinnerk."

„Du Arme!", spottete Silke. „Na, denn woll'n wir deine Lebensgeister ma weck'n. Die Direktorin spendiert dir sicher 'n 1-A Kaffee. So, und nu komm, wir sind spät dran."

„Du bist spät dran", korrigierte Désirée, wurde aber schon von ihrer Freundin mitgezerrt.

Der Eingangsbereich war ansprechend gestaltet. Klassisch, aber durchaus zeitgemäß. Das Alter des Gebäudes zeigte sich lediglich in der Kleinteiligkeit der Räume. Zuerst durchliefen sie einen Windfang, dann gelangte man in einen weiteren Flur, der links in das Restaurant und rechts zur Rezeption führte. Die Architektur war damit das Gegenteil von den großzügigen Empfangshallen, auf die man heute in Neubauten gerne traf, aber in Sachen Gemütlichkeit hatte das Gebäude definitiv die Nase vorn.

„Wir treff'n uns im Restaurant mit Frau Christensen", wies Silke ihre Freundin an und lotste sie in den lichtdurchfluteten Raum. Große Fensterfronten gaben den Blick frei auf die angrenzende Dünenlandschaft, welche bereits mit einem leichten violetten Heideschleier überzogen war.

Damals, als sie noch Kind war, hatte man dem Thema Naturschutz noch nicht so viel Bedeutung beigemessen wie heute, und Silke und sie waren wie die Blöden in den inzwischen geschützten Landschaften herumgetollt.

Désirée verband das sanfte Leuchten der jährlichen Blüte mit unzähligen Stunden voller Kinderlachen, Sonne auf dem Kopf und Sand in Haaren und Hose. Handys hatte es damals nicht gegeben, sie kamen einfach nach Hause, wenn die Sonne unterging, die Eltern laut nach ihnen riefen oder der Hunger zu groß wurde. Wenn sie so darüber nachdachte, hatte sie sich nie wieder freier gefühlt als in diesen Sommern, in denen die Tage für sie genauso endlos erschienen wie die pure Lust am Leben.

Sie richtete ihren Blick wieder ins Innere des Restaurants. Während sich auf den meisten Tischen diverse Errungenschaften vom Buffet türmten, saß an einem der hinteren Tische eine Frau, Désirée schätzte sie auf Anfang vierzig, allein vor einer Tasse Kaffee und einer schwarzen Aktenmappe. Das musste Frau Christensen sein.

Schon war auch die Chefin des Hauses auf sie aufmerksam geworden und erhob sich zur Begrüßung.
„Moin, Christensen. Annelie Christensen. Sie sind Frau Clausen?"
„Das bin ich. Guten Morgen", bestätigte Désirée.
„Na, dann Glückwunsch zu Ihrem Vater. Er ist eine echte Perle. Und seine Muscheln sind der Renner in unserem Restaurant."
Sie setzten sich, und sogleich stellte eine Kellnerin Kaffee vor ihnen ab. Endlich Koffein!
„Oder mögen Sie lieber einen Tee?", fragte Frau Christensen.
„Bloß nicht!", entgegnete Désirée erschrocken, nahm sich dann aber zusammen. „Nein, danke. Kaffee ist perfekt."
Désirée begutachtete die Hotelchefin. Adrett sah sie aus. Der blaue Hosenanzug betonte ihre schlanke Figur, und ihre dicken braunen Haare, die bereits einige graue Strähnen aufwiesen, bildeten einen gelungenen Kontrast zu dem mit roten Ankern bedruckten Halstuch. Es schien sich um die Dienstkleidung des Hauses zu handeln, denn auch die Outfits der Kellner waren in der gleichen Farbwelt angesiedelt.
Schon erschien Désirée der Job ein wenig reizvoller, denn so mies die Aufgabe auch war, immerhin würde sie dabei gut gekleidet sein.
„Wunderbar, dann erzählen Sie mal. Wer sind Sie, was haben Sie für Qualifikationen und wieso würden Sie gerne bei uns arbeiten?", beendete Frau Christensen den anfänglichen Smalltalk.
Das waren ja gleich drei Fragen auf einmal! Désirée nahm erstmal einen großen Schluck Kaffee, wodurch sie ein wenig Zeit gewann.
„Also", begann sie dann zögerlich. „Sicher haben Sie von Frau Madsen und meinem Vater schon einiges gehört. Hoffentlich nur Gutes, versteht sich", sie kicherte nervös.

„Mein Name ist Désirée Clausen, und ich bin gerade gestern auf die Insel gekommen." Frau Christensen schaute kritisch. „Was aber nicht heißt, dass ich mich hier nicht auskenne, schließlich habe ich meine gesamte Kindheit hier verbracht", schob Désirée schnell hinterher.

Sie überlegte, wie sie fortfahren sollte, entschied sich dann aber für den direkten Weg. Ihr fehlte einfach die Energie zum Taktieren.

„Ich möchte ganz ehrlich sein. In meinem Leben ist in letzter Zeit einiges schiefgelaufen, und Sylt ist der einzige Ort, an dem ich Schutz finden konnte." Wieder warf Frau Christensen ihr einen ernsten Blick zu, so dass Désirée ergänzte: „Nichts Illegales oder so. Ich hatte einfach nur großes Pech. Und jetzt muss ich zusehen, dass ich meinen Lebensunterhalt selbst verdiene. Das musste ich lange Zeit nicht, weshalb ich Ihnen als Referenz auch nur eine angefangene Ausbildung als Restaurantfachfrau bieten kann."

„So, so." Die Direktorin kaute nachdenklich auf ihrem Kugelschreiber. „Wo haben Sie Ihre Ausbildung denn begonnen?"

„Im Rauchfang", antwortete Désirée. „Und es hat mir auch große Freude bereitet. Leider starb damals meine Mutter, und das hat alles geändert."

„Hmmm", nickte Frau Christensen verständnisvoll. „So ein Schicksalsschlag geht sicher an niemandem spurlos vorbei."

„Nun gut", kam sie zu einer Entscheidung. Im Prinzip ist es mir auch nur wichtig, dass sie sich geschickt anstellen, servieren können und serviceorientiert sind. Bei uns steht der Gast bedingungslos im Fokus, und Sie sind dafür verantwortlich, dass er sich hier rundum wohl fühlt. Trauen Sie sich das zu?"

Désirée schluckte. Sie wusste nur zu gut, wie herablassend, kritisch und ungerecht manche Gäste sein konnten. Schließlich hatte sie selbst bis vor Kurzem zu einem solchen Gästeklientel gezählt. Aber was hatte sie für eine Wahl?"

„Ich denke, das ist kein Problem", gab sie sich daher optimistisch.

Frau Christensen strahlte.

„Wunderbar! Dann schnappen Sie sich mal eine Uniform und zeigen uns, was Sie können. Frau Nebendahl", sie winkte die Kellnerin von eben heran, „wird Sie kurz einweisen. Und wir zwei Hübschen", jetzt nickte sie Silke zu, „lassen uns verwöhnen."

Ehe Désirée wusste, wie ihr geschah, stand sie in voller Montur wieder vor dem Tisch der beiden, in der Hand eine Kaffeekanne aus Edelstahl. Der Anzug stand ihr tatsächlich, das Blau schmeichelte ihr. Nur mit der Kanne als Accessoire musste sie sich noch arrangieren.

„Wünschen Sie Kaffee zum Frühstück?" Na, das war ihr doch schon mal gut über die Lippen gegangen. Wenn sie Glück hatte, war gastronomischer Service wie Fahrradfahren und man verlernte es nicht.

„Gern, danke", nahm Silke ihr Angebot grinsend an. Désirée konnte sich vorstellen, wie sehr ihre Freundin die Situation gerade genoss. Schadenfreude war eines ihrer größten Laster.

„Bedienen Sie sich gerne am Buffet, ich bringe Ihnen sofort ein Gedeck. Darf es vielleicht eine Eierspezialität sein? Rührei oder Spiegelei?", blieb sie weiter in ihrer neuen Rolle.

Diesmal antwortete Frau Christensen:

„Danke, wir frühstücken nicht. Aber wenn Sie uns bitte einen Tisch für heute Abend reservieren würden? Für zwei, um acht."

„Aber selbstverständlich. Auf den Namen Christensen, richtig?", fragte Désirée und fügte, als dies durch ein Nicken bestätigt wurde, flüsternd hinzu:

„Meinen Sie das jetzt ernst oder sind wir noch in der Übung?"
Silke war verstummt und schaute ihre Chefin ebenfalls erwartungsvoll an. Ihre Wangen sahen ein bisschen so aus, als hätte es jemand zu gut mit dem Rouge gemeint.
Frau Christensen lachte sympathisch. Jetzt stimmte auch Silke ein, aber Désirée merkte, dass dieses Lachen nicht echt war. Dafür kannte sie ihre beste Freundin viel zu gut. Sah sie da Enttäuschung in Silkes Augen, oder war ihre sonst so toughe Freundin etwa verunsichert?
„Nein, nein. Mit Frau Madsen würde ich zum Italiener gehen. Ich weiß doch, wie gern sie Pizza mag." Frau Christensen zwinkerte Silke zu, der gleich wieder die Röte in die Wangen schoss.
„Dann erlöse ich Sie mal wieder. Es hat mir gefallen, was ich gesehen habe. Gerne biete ich Ihnen eine Probewoche an, die bei", sie zeichnete mit ihren Fingern Anführungszeichen in die Luft, „,guter Führung' in eine Festanstellung bis zumindest Ende September übergeht. Danach müssen wir dann mal schauen. Sie beginnen morgens um fünf Uhr dreißig, Frühstück gibt es bei uns im Haus von sieben Uhr dreißig bis elf. Ihre Schicht geht dann bis zwölf Uhr, das ganze an sechs Tagen die Woche. Den verbleibenden Tag haben Sie frei. Ihr Bruttogehalt liegt bei knapp tausendfünfhundert Euro monatlich. Das ist nicht viel, aber mit den Trinkgeldern kann man davon leben." Sie machte eine kurze Pause. „Zumindest, wenn man wie Sie keine Miete zu zahlen hat."
Sie schaute Désirée erwartungsvoll an.
„Was meinen Sie? Haben Sie noch Fragen?"
Ob Désirée noch Fragen hatte? Wer um Himmels Willen konnte denn mit so wenig Geld klar kommen? Sie hatte keine Ahnung, wieviel von der Kohle am Ende übrig blieb, tausend Euro vielleicht? Schon die letzte Monatsrechnung von ihrer Kosmetikerin war höher ausgefallen! Und wenn

sie fortan mitten in der Nacht aufstand, musste sie ja noch viel mehr investieren im Kampf gegen Augenringe und Faltenbildung. Niemals würde sie einem derart menschenunwürdigen Angebot zustimmen!
„Einverstanden", hörte sie sich sagen. „Ich werde pünktlich sein."
„Juhu!", freute sich Silke. „Deetje und Silke Arbeitskollegen, wer hätte dat gedacht?"
„Deetje?", fragte Frau Christensen verwundert?
„Dat erzähl ich Ihnen denn bei der Pizza." Silke hatte offensichtlich ihr Selbstvertrauen wiedergefunden.
Frau Christensen lächelte. „D'accord. Lassen Sie uns später etwas vereinbaren, Silke. Ich hab gleich einen Termin mit dem Vorsitzenden des CDU-Ortsvereins, wegen deren Sommerfest bei uns." Und zu Désirée gewandt, ergänzte sie: „Dann mal herzlich willkommen in unserem Team! Sie werden sich bei uns wohlfühlen, wenn Sie bereit sind, Ihr Bestes zu geben." Dann verließ sie mit schnellem Schritt das Restaurant.
„Dat is ja doll!", bekräftigte Silke noch einmal ihre Freude.
Désirée war verunsichert. „Ist es das?"
„Na klar! Auch wenn der Job nich ganz dein' Vorstellungen entspricht, schon allein, weil er mit Arbeit verbund'n is", Silke lachte, „wird dir dat Hotel richtig gut gefall'n. Ich sach doch, hier sind alle richtig nett. Manchmal gehn wir sogar nach Feierabend wat zusamm' trinken oder unternehm' wat Schmuckes. Wart ma ab, deine Miesepeterei wird dir schneller vergeh'n, als du dein mickriges Gehalt zähl'n kannst."
Désirée verpasste Silke einen Schlag an den Oberarm. Den hatte sie sich jetzt verdient. Ach, übrigens, da war doch noch was?
„Sag mal, Silke, läuft da was zwischen dir und der Christensen?" Sogleich bekam Silke wieder Farbe.

„Quatsch mit Soße! Wie kommst 'n da drauf? Nee, soviel ich weiß, hat die wat mit uns'rem Facility-Manager am Laufen, Mads. Den lernst bestimmt auch morgen kenn'. Echt schnucklig! Wär ich nich lesbisch, und stünde der nich auf die Chefin, würd ich mir den schnapp'n."
„Klar, der Hausmeister, mehr Klischee geht nicht! Aber gut, wenn du willst, dass ich es selber rausfinde ... ich werde euch die nächsten Wochen im Auge haben, meine Liebe! Gelegenheit dazu habe ich ja jetzt, als deine Lieblingskollegin."
Silke stöhnte.
„Na, dat sind ja rosige Aussicht'n. Sieh bloß zu, dat du nach Hause kommst, Lieblingskollegin! Für heut reicht mir die Zusammenarbeit mit dir. Außerdem muss ich zu mein' Kiddies. Wir geh'n an Strand, denn könn' die Eltern in Ruhe weiter frühstück'n. Tschüß, du Nudel."
Obwohl sie jetzt einen Job an den Hacken hatte, verließ Désirée das Hotel mit einem positiven Gefühl. Silkes Nähe tat ihr gut, da war es egal, ob sie zusammen am Meer saßen oder Dienst am Gast leisteten. Pfeifend trat sie den Heimweg an. Bestimmt hatten Hinnerk und Irma ihr etwas vom Frühstück übrig gelassen. Sie hatte einen Bärenhunger, die Seeluft war wirklich Gift für ihre Hüften.

Mit einem „Bin wieder da!" stolperte sie ins Haus. Und tatsächlich saß man noch einträchtig um den Frühstückstisch. Mehr noch, die Runde hatte sich während ihrer Abwesenheit vergrößert: Kommissar Brenner guckte gespannt von seiner Tasse auf und erhob sich sofort, als Désirée eintrat.
„Brenner!", entfuhr es Désirée. „Herr Kommissar", schob sie schnell hinterher und gab ihm die Hand. „Mit Ihnen habe ich jetzt so gar nicht gerechnet."

„Und trotzdem freuen Sie sich hoffentlich über meinen Besuch?" Erwartungsvoll sah er sie an.
Was sollte sie darauf erwidern?
„Nun ja, sicher ... ich darf aber trotzdem fragen, was Sie zu uns führt?"
Es erschallte ein Lachen aus dem Off.
„Désirée, Dummerchen!", mischte Irma sich ein. „Was glaubst du denn, warum der Kommissar hier ist? Wegen Christoph natürlich!"
„Natürlich", erwiderte Désirée skeptisch. Wenn sie ehrlich war, hatte sie da eine ganz andere Vermutung. Oder was guckte Brenner so, als hätte er heimlich an Silkes Haschkeksen genascht?
„Alles in Ordnung mit Ihnen?", fragte Désirée sicherheitshalber. Das ließ den Kommissar wieder zu sich kommen.
„Natürlich. Ich bin auf der Insel, um Ihnen von unseren Ermittlungen zu berichten. Wir haben extra auf Sie gewartet."
„Ok", versuchte Désirée noch immer zu verstehen, „und Telefon und E-Mail waren keine Option?"
„Also wirklich, Désirée!" Wieder Irma. „Jetzt bedank dich lieber, dass der Herr Brenner extra den weiten Weg auf sich genommen hat. Außerdem", sie versuchte sich an einem geschäftsmäßigen Gesichtsausdruck, „überbringt die Kriminalpolizei ihre Nachrichten an Verwandte von Opfern immer persönlich."
Désirée lachte höhnisch. „Ach, eine Fachfrau. Woher hast du denn dieses Detailwissen aus dem Polizeialltag?"
„Ehrlich, Kindchen. Das sieht man doch in jedem Krimi. Oder hast du schon mal gehört, dass jemand per E-Mail über das Verschwinden eines geliebten Menschen informiert wird?", ließ Irma sich keinesfalls verunsichern. Sie kannte alle Tatort-Kommissare, da machte ihr niemand was vor.

„Das spricht sich ‚I-Mäil' und nicht ‚Ehmaiel'!", korrigierte Désirée ihre Schwiegermutter genervt. „Und dass Christoph verschwunden ist, wurde uns ja bereits in Kiel mitgeteilt. Aber du hast recht." Sie ließ sich auf einen leeren Stuhl fallen. „Entschuldigen Sie, Herr Brenner. Natürlich bin ich Ihnen dankbar, dass sie extra die lange Reise auf sich genommen haben. Wir sind ganz Ohr."
Den letzten Satz sagte sie weit weniger schroff. Sie war unsicher geworden. Sollte Irma doch recht haben, hatte ihnen Brenner etwas Wichtiges mitzuteilen. Womöglich, dass man Christoph gefunden hatte ...
„Nun ja", begann der Beamte mit seinem Bericht, „zunächst einmal muss ich leider mitteilen, dass Ihr Sohn und Lebensgefährte weiterhin nicht ausfindig gemacht werden konnte. Allerdings sind wir uns mittlerweile sicher, dass sein Verschwinden mit dem Immobilienbetrug zusammenhängt."
Hastig versuchte Désirée, dem Kommissar ein Zeichen zu geben. Sie hatte Irma ja noch immer nichts von dem Telefonat in Husum erzählt, diese tappte also noch völlig im Dunkeln, was das Motiv betraf. Vorsichtig linste sie zu Irma rüber. Vielleicht hatte sie Glück und ihre Schwiegermutter hatte nicht richtig zugehört.
„Immobilienbetrug?", stieß die Besagte just in diesem Moment mit schriller Stimme aus und vernichtete damit alle Hoffnungen. Jetzt musste Désirée schnell sein.
„Ach, das habe ich dir ja noch gar nicht erzählt", versuchte sie, das Schlimmste zu verhindern. „Die Polizei hat rausgefunden, dass Christoph da ein paar Fehler in den Kaufverträgen gemacht hat. Sicher ein Versehen. Aber vielleicht ein Motiv für sein Verschwinden."
„Na, ganz so war es ...", versuchte Herr Brenner sie zu korrigieren, verstand aber diesmal Désirées wilde Gestiken und stoppte abrupt mitten im Satz. „Ganz so war es", improvisierte er und fuhr auch sogleich fort:

„Und wir glauben auch zu wissen, dass er nicht verunglückt ist. Darauf weist die intensive, aber ergebnislose Suche hin. Inzwischen ist klar, dass er das Boot nicht ohne Schwimmweste verlassen hat. Es gibt nämlich fundierte Aussagen von Zeuginnen", er ging nicht weiter ins Detail, weil Désirée erneut zu fuchteln begann, „dass alle Westen am Morgen der Abfahrt an Bord waren. Später fehlte allerdings eine. Wäre Herr Wendt aber mit dem Rettungsmittel über Bord gegangen, hätte dieses gefunden werden müssen, besonders, da wir ruhige See hatten die Tage."
Es folgte eine bedeutungsschwere Pause. „Zusammen mit weiteren Indizien erlaubt uns das nur eine mögliche Schlussfolgerung: Herr Wendt ist zwar abgetaucht, aber nicht im Meer. Wusch!" Er ahmte mit seinen Armen ein Eintauchen nach.
„Wusch?", filterte Irma die unwichtigste aller Informationen aus dem Gesagten heraus.
„Na ja, abgetaucht eben", erklärte der Kommissar und versuchte sich erneut an der verunglückten Imitation.
„Herr Kommissar", wurde Irma ärgerlich. „Es ist ja schön und gut, dass Sie mit uns Scharade spielen, und wenn Sie wollen, können wir uns heute Abend gerne auf eine Runde treffen", man merkte, dass sie der Gedanke reizte, „aber in dieser Situation sind Spielchen wohl kaum angebracht. Was ist also mit meinem Sohn, und wo ist die Schwimmweste?"
Désirée riss der Geduldsfaden.
„Scheiße, Irma! Abgetaucht heißt, dass er sich aus dem Staub gemacht hat. Arrivederci und good bye! Die Schwimmweste hat er irgendwo vergraben, versteckt oder bei ‚Ebay' versteigert. Und uns hat er mit seinem ganzen Mist sitzenlassen. Einen tollen Sohn hast du!"
Sie wusste, gleich als sie es ausgesprochen hatte, dass es unfair war, Irma in dieser Situation anzumachen. Aber sie

spürte in sich einen solchen Hass, dass sie nicht anders konnte.
Die Angegangene wirkte in der Tat sehr erschrocken. Trotzdem funktionierten ihre mütterlichen Instinkte weiter einwandfrei.
„So etwas würde mein Junge seiner Mutter niemals antun!", entgegnete sie kläglich.
„Es tut mir leid." Herr Brenner legte ihr tröstend die Hand auf den Arm. „Leider tun Menschen unter Druck die schlimmsten Dinge. Er hat das mit Sicherheit nicht getan, um Ihnen weh zu tun."
Irma wimmerte.
„Pssscht, dat wird schon wieder", sprach auch Hinnerk ihr jetzt gut zu. „Manchmal müss'n wir uns über unsre Kinder wunnern, aber dat", sein warmer Blick traf Désirée, „bleiben immer unsre Kinder. Egal, welchen Bockmist die baun."
Désirée räusperte sich hörbar. Diese ganzen Gefühlsduseleien waren ihr unangenehm.
„Sie haben aber keine Ahnung, wo Christoph sich jetzt aufhält?" Wehe, er hatte sich auf eine pazifische Insel abgesetzt. Das war immer ihr größter Traum gewesen. Vielleicht hatte er seine Gründe gehabt abzuhauen, und sie würde diese irgendwann nachvollziehen können. Nie aber würde sie ihm verzeihen, wenn er jetzt mit einem exotischen Cocktail in der einen und einer exotischen Schönheit an der anderen Hand ihren Traum lebte, während sie ihren Sportwagen gegen ein Monatsticket des öffentlichen Personennahverkehrs tauschen musste.
Doch Brenner verneinte:
„Leider haben wir bisher keine bestätigten Erkenntnisse gewinnen können. Ich glaube allerdings nicht daran, dass er sich mit dem Flieger ins Ausland abgesetzt hat. Wir haben die Passagierlisten ab Hamburg gecheckt, und es gab keine Hinweise auf falsche Identitäten, geschweige denn

auf eine Ausreise unter richtigem Namen. Nein, ich glaube, Herr Wendt versteckt sich irgendwo im Land, wo er sich sicher fühlt. Gegebenenfalls kennt er Menschen, die ihm Unterschlupf gewähren würden?" Erwartungsvoll sah der Kommissar Désirée an, welche aber überfordert mit den Schultern zuckte.
„Wirklich, keine Ahnung! Am ehesten wäre mir da noch Irma eingefallen. Die würde ihren tollen Sohnemann noch in Schutz nehmen, wenn er der meistgesuchte Betrüger Deutschlands wäre. Aber da ich seit seinem Verschwinden das Glück habe, einen Großteil meiner Zeit mit ihr zu verbringen", säuerlich grinste Désirée ihre Schwiegermutter an, „ist diese Spur wohl eine Sackgasse."
Irma stemmte die Hände in die Seiten.
„Wirklich Désirée, das geht zu weit. Hättest du Kinder, wüsstest du, wie sich Mutterliebe anfühlt. Aber wenn mein Bengel was angestellt hat, dann muss er auch dafür geradestehen. Frag ihn mal, wie lange er sein Zimmer hüten musste, als ich ihn mit sechzehn beim Rauchen erwischt habe!"
Beschwichtigend hob Désirée die Arme.
„Ist ja gut, Mutter Löwe. Werde ich tun."
Irma war noch immer aufgebracht.
„Was wirst du tun?"
„Ihn fragen"
„Wen?"
„Na, Christoph. Wie lange er Hausarrest hatte."
„Wie denn, er ist doch weg?" Für ihr dämliches Gesicht hätte Irma den Didi-Hallervorden-Gedächtnispreis verdient.
„Ja, ach!" Désirée stand auf und klatschte direkt vor Irma in die Hände. „Jetzt hast du es also auch gecheckt."
Alle erschraken, als Hinnerk mit seiner Faust auf den Tisch schlug.
„Schluss nu!"

Sofort war Ruhe und alle starrten betreten auf die Tischplatte. Sie hatte einen kleinen Sprung in der Mitte, in der sich noch einige Krümel vom Frühstück versteckten.

„Ich werde Sie jetzt alleine lassen." Brenner erhob sich und ging zur Tür. „Ach, Frau Clausen?"

„Ja?"

„Es wäre nett, wenn Sie heute Abend mit mir essen gehen würden. Dann könnten wir noch einmal die Details durchgehen, und vielleicht stoßen wir auf etwas, das bisher übersehen wurde."

„Ach, dann komme ich besser auch mit?", schaltete Irma sich ein. Brenner sah darüber wenig erfreut aus.

„Äh, nein, vielen Dank für das Angebot, Frau Wendt, aber das wird nicht nötig sein. Frau Clausen ist es ja, die mit Ihrem Sohne Tisch und Bett geteilt hat."

In Désirées Hirn arbeitete es derweil, wie in den Redaktionen der Yellow Press nach Bekanntgabe einer royalen Verlobung oder dem Alkoholabsturz eines B- bis C-Promis. Hilfe! Was wollte dieser Kommissar von ihr?

Als Frau, die man(n) nicht von der Bettkante stoßen würde, hatte sie gelernt, dass das starke Geschlecht selten ohne Hintergedanken nett war. Gab ihr einer ein Bier aus, hielt eine Tür auf oder machte Komplimente für ihre grünen Augen, erwartete er dafür in der Regel mehr als ein „Danke, auf bald!"

Aber was waren die Motive des Kommissars? Im Prinzip gab es genau zwei Möglichkeiten. Er wollte sie kennenlernen, oder sie stand noch immer unter Verdacht. Beides empfand sie als wenig erstrebenswert.

„Leider bin ich heute Abend bereits mit meiner Freundin verabredet", erfand sie schnell eine kleine Notlüge. Mehr oder weniger sicher hielt sie Brenners Blick stand. Als Kommissar konnte er bestimmt leicht erkennen, wenn jemand die Unwahrheit sagte. Hatte sie zu oft geblinzelt?

„Gut, dann eben morgen. Ich rufe Sie an!", wirkte er zwar glücklicherweise überzeugt, aber leider nicht enttäuscht genug, um aufzugeben. Damit war das Problem nur aufgeschoben, nicht aufgehoben.

Auf jeden Fall würde sie gleich eine Nachricht an Silke schicken. Nicht auszudenken, wenn der Kommissar herausfand, dass sie gelogen hatte. Vielleicht würde das seinen Verdacht, sie könnte etwas mit dem Fall zu tun haben, noch bestärken. Oder beschattete er sie sogar? Saß in seiner Wildlederjacke hinter der nächsten Heckenrose? Das könnte nicht nur für den Stoff seiner Jacke, sondern auch für sie böse enden.

„Treffen wir uns heute Abend auf einen Wein in der ‚Badezimmer'?", tippte sie mit schnellen Fingern ein und ging auf „Senden".

„Wat?" Silkes Antwort kam prompt. Scheiß T9!

„‚Badezeit' meine ich!", korrigierte Désirée die Tücken der Technik. „Und lösch die Nachricht, der Kommissar darf sie nicht lesen. Erklär ich dir später."

„Ich frag lieber nich, sonst müsstest mich bestimmt umbring'. Zwanzig Uhr, du bestellst den Tisch", schrieb Silke zurück, und Désirée löschte sofort die Korrespondenz.

Vielleicht hatte sie zu viele schlechte Filme gesehen, aber sie würde nicht den gleichen Fehler machen wie einer dieser drittklassigen Kleinkriminellen aus dem „Großstadtrevier". Sicherheitshalber entfernte sie noch schnell den Akku ihres Gerätes und legte ihn erst nach einer kurzen Pause wieder ein. Das sollte - weibliches Technikverständnis sei Dank – genügen.

„Aber zu Silke komm ich mit, keine Widerrede", sagte Irma. Désirée bekam gleich wieder Schweißausbrüche. Langsam erschöpfte sich ihr Vorrat an Notlügen.

„Das ist doch viel zu spät für dich, Irma. Und abends gibt es auch keine Seniorenteller im Restaurant. Außerdem: Was soll Hinnerk denn den ganzen Abend hier anstellen,

so ganz alleine?", versuchte sie, an Irmas Vernunft zu appellieren, und fing sich dafür einen giftigen Blick ihres Vaters, des Bauernopfers, ein.
Irma überlegte.
„Na gut, dann fahren wir aber zusammen vorher nach Westerland rein, und du besuchst mit mir den Auftritt des Shantychors." Wild fuchtelte sie mit einem Programmheft des Tourismusbüros herum. „Die geben heute ein Konzert in der Kurmuschel."
„Deal", willigte Désirée ein. Hauptsache, sie konnte den Abend mit ihrer Freundin allein genießen. Irma würde sie nach dem Auftritt der maritimen Silberlocken einfach wieder in den Bus setzen.
Diese freute sich wie ein Kind, und Désirée war mit einem Mal ein großes Stück ihres schlechten Gewissens los, das sie seit der Auseinandersetzung eben hatte. Eine Win-win-Siuation, für die Désirée sogar bereit war, harte Holzbänke, vom Winde verwehte Seemannsschnulzen und rhythmisch klatschende Rentner in Kauf zu nehmen.

„Meinst du, ich sollte schon mal klingeln?", fragte Irma zum x-ten Mal aufgeregt, da hatten sie gerade mal Rantum durchquert.
„Nur, wenn du den Rest laufen willst. Sind aber noch einige Kilometer", antwortete Désirée. „Entspann dich, wir verpassen den ZOB schon nicht. Guck lieber aus dem Fenster und genieß die Tour. Du wolltest doch unbedingt Bus fahren."
„Hmmm", nahm Irma den Vorschlag an und sah hinaus. „Schön hier. Reetdachhäuser, wohin das Auge reicht. Das haben wir zu Hause kaum noch. Und da", Irma zeigte zur Haltestelle, die der Bus gerade ansteuert, „eine Schulklasse! Das gibt bestimmt gleich einen tollen Trubel!"
Freute ihre Schwiegermutter sich jetzt wirklich darüber, gleich dem Geräuschpegel von zwei Dutzend Düsenjets

ausgesetzt zu sein? Désirée bekam sofort Kopfschmerzen. Für Kinder hatte sie in etwa soviel übrig wie für die Müllabfuhr. Es war gut, dass es sie gab, aber den Kontakt vermied sie lieber. Beides machte zuviel und zu früh am Morgen Krach, war dreckig und stank erbärmlich.
Schon stürmte die gummibestiefelte Meute den Bus. Wo wollten die denn jetzt noch hin? Gab es nicht schon bald Abendessen im Landschulheim?
„Cedrik-Alexander, nimm bitte deine Füße vom Sitz", versuchte eine der Lehrkräfte Ordnung in das Chaos an Grundschülern zu bringen. Könnte sie vielleicht auch mal das Mädchen zur Raison rufen, das in der Reihe vor Désirée und Irma rücklings auf ihren Knien Platz genommen hatte und die beiden jetzt unverfroren anstarrte? Anstatt etwas zu sagen, machte das Mädchen eine Kaugummiblase und ließ diese lautstark platzen. Kleine Spuckefetzen landeten in Désirées Gesicht.
„Bäh!", beschwerte sich die Getroffene, „haben dir deine Eltern nicht beigebracht, dass man keine Blasen macht?"
„Nöp", antwortete die Göre und versuchte sich gleich an einer zweiten.
Irma kicherte. „Papperlapapp, Kaugummiblasen sind eine hohe Kunst. Ich war damals die Beste meiner Klasse. Genauso wie im Kirschkernweitspucken."
Das schien das Mädchen zu interessieren.
„Echt?"
Irma freute sich über die Aufmerksamkeit.
„Ja, echt. Indianerehrenwort." Ungeschickt kreuzte sie ihre Finger.
„Damals gab es schon Kaugummis?", versetzte die Kleine Irmas Freude einen kleinen Dämpfer.
„Was glaubst du denn, wie alt ich bin?"
Das Mädel überlegte. „Weiß nicht, so hundert vielleicht?"
Wenn Désirée darüber nachdachte, mochte sie Kinder doch ganz gerne.

„Und du so fünfzig", schob das Mädchen ungefragt hinterher und sah Désirée weiter gelangweilt an.
Nein, doch nicht. Sie mochte Kinder doch nicht.
„So, so!" Irma fühlte sich anscheinend herausgefordert „Und du glaubst, eine Hundertjährige würde es schaffen, von hier einen Kaugummi in den Mülleimer da vorne zu spucken?"
Mit großen Augen sah die Kleine Irma an.
„Das schaffst du nicht!"
„Na, das werden wir ja sehen. Hast du denn noch ein Kaugummi für mich?"
Tonlos langte das Mädel in seinen Brustbeutel und reichte Irma das angeforderte Sportgerät.
Désirée ahnte Schlimmes. „Irma, lass das! Sonst kriegen wir noch Ärger mit den Lehrern."
„Ach was, die ollen Pauker", wies Irma den Einwand zurück. „Als wenn die was checken würden." Na toll, jetzt versuchte Irma sich schon an Jugendsprache, um der frechen Göre zu imponieren! Wieso bitte ließ sie sich von jemandem herausfordern, der noch nicht mal ohne Begleitung Achterbahn fahren durfte?
„Irma, bitte", appellierte Désirée noch einmal an die Vernunft ihrer Schwiegermutti, konnte sie aber nicht umstimmen.
„Stör mich nicht!", flüsterte Irma konzentriert. Mit den Augen fixierte sie ihr Ziel, neigte den Kopf leicht zurück, spuckte und … traf mit voller Wucht den Hinterkopf der Lehrerin. Mit der Reaktionsgeschwindigkeit eines Tischtennisprofis schnellte deren Kopf herum.
„Lisa-Marie Wagner!" Jetzt fummelte sie verzweifelt an ihrem Hinterkopf herum, machte es dadurch aber nur schlimmer. Die weiße Masse verteilte sich immer großzügiger im Haar der Lehrkraft. „Das wird dir noch leid tun!" Jetzt versuchte auch die zweite Lehrerin, das Kaugummi zu entfernen.

„Aber ...", begann das Mädchen, wie sie jetzt wussten, hieß sie Lisa-Marie, sich zu rechtfertigen.

„Nichts, aber! Das gibt einen Eintrag ins Klassenbuch und nach unserer Fahrt schreibst du einen vierseitigen Aufsatz über die Tiere des Wattenmeers."

„Aber, die alte Frau hat das Kaugummi gespuckt!"

Hilfesuchend sah Lisa-Marie zwischen Irma und Désirée hin und her, wobei sie bei Irma keinen Erfolg hatte. Die blickte so teilnahmslos aus dem Fenster, als würde sie der ganze Trubel nichts angehen.

„Irma!", versuchte Désirée der Kleinen beizuspringen. Sie konnte Kinder zwar nicht besonders leiden, aber was Irma hier abzog, war schon gemein.

„Pssst! Wird der Lütten schon nicht schaden, etwas über die Natur und das Leben zu lernen", nuschelte Irma.

„Das Leben?", hakte Désirée nach. Was hatte das jetzt mit dem Aufsatz übers Wattenmeer zu tun?

„Jep", jetzt giggelte Irma leise. „Mist bauen kann jeder. Die Kunst ist, sich nicht erwischen zu lassen." Selbstzufrieden und sich offenbar keiner Schuld bewusst, schnalzte sie mit der Zunge und entfernte einen klebengebliebenen Kaugummirest.

„Ich finde es wirklich nicht in Ordnung, dass du jetzt auch noch versuchst, mich anzuschwindeln", reagierte die Lehrerin erwartungsgemäß auf Lisa-Maries Erklärung. Die Ausrede der Schülerin klang auch wirklich zu absurd. Die nette alte Dame in der Sitzreihe hinter ihr hatte wahrscheinlich in ihrem ganzen Leben noch kein Kaugummi gekaut, geschweige denn würde sie ein solches durch den Bus spucken.

„Sechs Seiten Aufsatz und eine Woche Tafeldienst."

Jetzt war die Kleine ruhig. Wenn Blicke töten könnten, hätte Irma nicht mehr viel von dem Kurkonzert am Abend gehabt. So aber blieben das Loch im Haar der Lehrerin und der Knacks in Lisa-Maries Urvertrauen die einzigen Schäden.

Désirée war heilfroh, als sie am ZOB den Bus verlassen und damit aus dem Blickfeld des Mädchens verschwinden konnten. Nach dieser Aktion umgab sie bestimmt so viel schlechtes Karma wie Wasser die Insel.

Irma stob mit forschem Schritt voran. Schnell erreichten sie die Friedrichstraße. Es war brechend voll, und in den Straßencafés und -bars war jeder Tisch besetzt.

„Findet hier heute etwas Besonderes statt?", fragte Irma. Sie kannte solche Menschenaufläufe sonst nur vom Lütjenburger Stadtfest.

„Nein, in der Saison ist es hier immer so voll. Kommen dann noch gutes Wetter und ein nahendes Wochenende hinzu, platzt die Insel aus allen Nähten", antwortete Désirée.

„Wahnsinn!", staunte Irma. „Da hinten gibt es etwas umsonst, wollen wir mal gucken?"

Désirée konnte Irma gerade noch am Arm zurückhalten.

„Auch nicht, Irma. Das ist Gosch, da tummeln sich die Gäste wie die Möwen ums Fischbrötchen. Das macht der Name. Jeder, der schon mal auf Sylt war, muss auch bei Gosch gewesen sein."

Irma war begeistert, davon konnte sie nach ihrer Rückkehr ihren Nachbarinnen berichten. Irma Clausen aus Ostholstein, zu Gast beim schicken, ja was? Fischimbiss? Egal, auf jeden Fall würden alle beeindruckt sein.

„Ui, lass uns hier einkehren", bat sie Désirée aufgeregt. „Wir sollten sowieso einen Happen essen vor dem Konzert." Désirée hatte nichts dagegen, eine Portion Scampis war genau das Richtige für den Abend. Eiweißhaltig und gut zu verstoffwechseln. Das Brot konnte sie ja Irma geben. „Wir müssen nur gucken, ob wir einen Platz …" Sie kam nicht dazu auszusprechen.

Schon steuerte Irma auf einen der langen Tresentische zu und drängte sich zwischen die dort bereits verweilenden Gäste. Sie wackelte zweimal mit dem Po und schon saß sie.

„Hierher, Kindchen!"

Unwillig schlug Désirée den Weg zu ihrer peinlichen Schwiegermutter ein und begrüßte ihre Tischnachbarn mit einem „Entschuldigung!"

„Wo sind denn hier die Kellner?", wollte Irma lautstark wissen.

„Hier ist Selbstbedienung, Irma. Und schrei doch bitte nicht so! Was meinst du, soll ich uns zwei Portionen Scampis holen, dazu Weißwein?"

Irma wirkte richtig erbost.

„Wie meinst du das, Selbstbedienung? Ich denke, das hier ist der beste Laden auf Sylt, wieso sollte ich mir da mein Essen selber holen?"

Gute Frage eigentlich. „Weil das eben so ist", entschloss sich Désirée zu einer pragmatischen Antwort. „Ich habe auch nicht gesagt, dass das der beste Laden ist, sondern lediglich, dass er sehr beliebt ist. Im Grunde ist es aber nur ein gepimpter Fischimbiss, und wenn wir jetzt etwas essen wollen, werde ich mich an den Tresen begeben müssen. Also, was willst du? Die Nudeln sind auch sehr gut."

Irma überlegte. „Ein Matjes-Brötchen reicht mir, danke. Aber nicht so viele Zwiebeln, dann muss ich immer so pupsen."

Das hatte jetzt der ganze Tisch gehört. Ihr Gegenüber prostete ihr mitleidig zu. Bestimmt hatte auch er eine Schwiegermutter.

„Gut." Désirée hielt die Hand auf, woraufhin Irma beherzt zugriff.

„Ja, tschüss Kind, aber so lange bleibst du doch hoffentlich nicht weg. Ich mein, die sollen doch nur einen Hering ins Brötchen legen."

Désirée rollte mit den Augen.

„Nein, Irma. Ich brauche Geld. Du weißt doch, dass ich klamm bin", flüsterte sie, damit keiner etwas davon mitbekam. Man kloppte sich hier nicht nur ums Essen, wie es die Möwen machten, man saß auch dicht an dicht aufgereiht wie die Tiere auf dem Brückengeländer.

„Dass mir das aber nicht zur Gewohnheit wird", meckerte Irma und drückte ihr zehn Euro in die Hand. „Ich bin ja auch kein Goldesel mit der kleinen Rente von meinem Mann."

„Ja, ja", entging Désirée der Diskussion. „Ab morgen habe ich ja einen Job. Dann gebe ich dir deine Fischbrötchen aus." Und dann schob sie sich durch die Menge.

Es gab wohl neben Sylt keinen anderen Ort auf der Welt, an dem man es schaffte, Holzbänke und Minimalstservice als derart schick zu verkaufen.

„What the fuck?" Christoph riss sich sein Cappy tief ins Gesicht und ging hinter einem anderen Gast in Deckung. Gerade hatte er einige Tische weiter Désirée entdeckt, was kaum zu glauben war, und, noch unglaublicher, gleich daneben seine Mutter!

Was zum Teufel machten die beiden hier, noch dazu gemeinsam? Désirée hatte nie großes Interesse an seiner Familie gezeigt, und Christoph war darüber auch nicht besonders böse gewesen. Auch er hatte Besseres zu tun gehabt, als ständig bei seiner Mama auf dem Schoß zu hocken. So lieb sie auch war: Seit dem Tod des Vaters war sie nicht einfacher geworden.

„Warum heiratet ihr nicht?", „Wann kommen endlich Enkelkinder?", „Bist du sicher, dass Désirée die Richtige für dich ist? Die Tochter von Hildburg, das ist eine ganz tolle Frau. Die würde dir den Rücken freihalten, was den Haushalt betrifft, und zu haben ist sie auch noch", waren nur einige ihrer Standardsätze, die Christoph fürchtete wie der Immobilienmakler Kunden mit hohen Ansprüchen und kleinem Budget.

Hatte seine Mutter sich mal gefragt, warum Hildburgs Tochter noch zu haben war? Die Frau war hässlich wie die Nacht, und Gott hatte nicht für sie vorgesehen, das durch Köpfchen wieder auszugleichen. Nein, da war Désirée schon die deutlich bessere Wahl gewesen. Zwar nicht die Fleißigste, aber äußerst repräsentativ und schön anzusehen. Eine Frau, um die man durchaus beneidet wurde.

Auch heute sah sie grandios aus, selbst bei dem Versuch, mit vollem Körpereinsatz einen Platz in der Schlange zu ergattern. Trotzdem hatte sie hier nichts zu suchen! Niemals, hatte sie gesagt, würde sie jemals wieder einen Fuß auf die Insel setzen. Viel zu sehr hatte sie mit den Erinnerungen an ihre Sylter Vergangenheit zu kämpfen gehabt.

Was war also passiert, dass Désirée zurückgekehrt war, noch dazu mit Irma im Schlepptau? Hatte seine Lebenspartnerin a.D. etwa Lunte gerochen und war ihm auf den Spuren? Nicht auszudenken, das konnte seine gesamten Pläne über den Haufen werfen!

Gerade hatte er sich ein wenig eingelebt, eine Haushälfte in Wassernähe bezogen und seine neue Identität soweit verinnerlicht, dass er nicht bei jedem Wort drohte, aufzufliegen. Heute Abend hatte er sogar ein Date mit dem Mädel, das er gestern in der Sansibar kennengelernt hatte. Natalie. Nichts fürs Leben, aber für bestimmte Momente durchaus brauchbar. Und im Gegensatz zu den anderen Frauen, die ihm für ein paar Euro ihre Dienste erwiesen, erwartete sie mit Sicherheit, abgesehen von der ein oder anderen Aufmerksamkeit, keinen finanziellen Ausgleich für nette Stunden.

Vielleicht sollte er doch noch einmal recherchieren. Irgendwas kam ihm nicht ganz geheuer vor, und er würde keinesfalls zulassen, dass Désirée ihm in die Parade fuhr.

Notfalls würde er sich eben etwas einfallen lassen, wie er sie loswerden konnte.

Ohne sich noch einmal umzudrehen, verließ er seinen Platz. Zu seinem neuen Zuhause waren es nur zehn Fußminuten, und da er jetzt Zeit genug hatte, erledigte er vieles per Pedes. Bald erreichte er seinen Hausteil hinter den Dünen und schloss die weiße Pforte hektisch hinter sich, als würde sie ihm Schutz bieten vor allem, was ihn verfolgte.

Der Laptop startete mit einem leisen Surren, parallel dazu summte der Kaffeeautomat. Koffein war unumgänglich, denn Christoph stellte sich auf eine längere Suche ein. Er musste sich dringend auf den neusten Stand bringen, seine Strategie der Verdrängung konnte er mit Désirées Auftauchen nicht länger verfolgen. Auf einem Block machte er sich, ganz die alte Schule, schon einmal Notizen, solange der Rechner noch hochfuhr.

Gab es neue Erkenntnisse zu ihrem Schiffsunglück? Konnte man der Berichterstattung inzwischen entnehmen, welche Vermutung man zum Verbleib von Arno hatte? Äußerte die Kripo Ideen zur Unglücksursache oder hatte gar einen anderen Verdacht? Konnten diese Entwicklungen etwas mit dem Inselbesuch von Désirée und seiner Mutter zu tun haben?

Kaum hatte sich die Suchmaschine geöffnet, gab Christoph den ersten Begriff ein: „Arno Jalowski". Es erschienen etliche Treffer, darunter das Xing-Profil des Gegoogelten und ein Auszug aus einer Gemeindevertretersitzung von Timmendorfer Strand. Das könnte interessant sein. Mit einem Klick öffnete sich das Protokoll, und mit jeder Sekunde, die Christoph das Dokument studierte, wurden seine Augen größer.

Tatsächlich ging es um die Sitzung vom vergangenen Mittwoch, und unter dem Tagesordnungspunkt „Mitteilungen und Anfragen" stand es schwarz auf weiß:

„Bürgermeister Bollensen nimmt Stellung zu den Vorwürfen des Immobilienbetrugs durch die Fa. Wendt/Jalowski. Er zitiert hierzu aus einem Gespräch mit Herrn Jalowski. Dieser bedauert die durch seinen, seit einem Schiffsunglück vermissten, Geschäftspartner ausgelösten Irritationen und hofft auf eine einvernehmliche Lösung mit der Gemeinde. Bürgermeister Bollensen gibt an, die Angelegenheit im zuständigen Fachausschuss beraten zu wollen."
Es dauerte eine Weile, bis die Bedeutung des Geschriebenen zu Christoph durchgedrungen war. Dann landete seine Kaffeetasse mit voller Wucht an der weißen Wohnzimmerwand. Anklagend lief die braune Brühe an der Tapete herunter und bildete auf dem Naturfußboden eine unschöne Pfütze.
Welch perfidem Plan war er da auf den Leim gegangen, und wer war dieser Mensch, der vorgegeben hatte, sein Freund zu sein? Verdammt, er hatte sein Leben aufgegeben, seine Firma verloren, sein Zuhause, seine Frau! Weil Arno Mist gebaut hatte!
Und anstatt selber dafür gerade zu stehen, hatte dieses Arschloch sich Christoph als leichtgläubiges Bauernopfer gesucht und seiner Identität beraubt, während er weiter munter Geschäfte machte.
Purer Hass stieg in Christoph hoch. Er wollte Arno augenblicklich zur Rechenschaft ziehen, doch was sollte er tun? Man würde ihn einbuchten, sobald er aus der Deckung kam ... und Arno sich im Zweifel noch mehr ins Fäustchen lachen über ihn, den gutgläubigen Hornochsen.
Er krallte seine Fingernägel ins Holz der Stuhllehne, bis es knirschte, und wünschte sich zum ersten Mal, seit er nicht mehr am Daumen lutschte, zurück zu seiner Mutter. Sie würde Arno die Ohren so lang ziehen, dass er mehr einem Hasen denn einem Menschen glich. Und auch gleich das Kaffee-Malheur beseitigen, wenn sie schon da war.

„Die Leute laufen mir alle vor der Nase rum!", beschwerte sich Irma lautstark. Sie hatten sich auf ihren Wunsch in der ersten Reihe vor der Musikmuschel platziert.

„Pssst!" Désirée war Irmas Verhalten peinlich. „Das hier ist nun mal die Promenade. Wo sollen die Leute denn sonst langgehen? Wenn dir das nicht passt, setzen wir uns halt weiter nach oben."

„Ach", wirkte Irma pikiert, „jetzt soll ich mich also umsetzen, nur damit die Leute hier langgehen können?"

Désirée stützte den Kopf in ihre Hände. Was machte sie hier eigentlich? Sie saß inmitten einer Horde Rentner, die wahlweise laut plappernd oder griesgrämig dreinschauend darauf warteten, dass ihnen eine Horde ebenfalls nicht mehr ganz taufrischer Leichtmatrosen von Fernweh sang, und hörte sich das Gemecker einer Frau an, mit der sie weder verwandt noch sonderlich gut befreundet war. Hätte Christoph nicht wenigstens Irma mitnehmen können, wenn er sich schon verpieselte? Das war ja, als führe man sein Auto zu Schrott, müsste es aber trotzdem weiter betanken.

Weiter konnte Désirée ihre verzweifelten Gedanken nicht ausführen, denn schon startete die große Show: Gemächlich nahmen die Shanty-Sänger die Stufen zur Bühne und bauten sich in Reih und Glied auf. Der alte Herr neben Désirée musste glatt einen tiefen Zug aus seinem Sauerstoffgerät nehmen, so gespannt war das Publikum auf die folgende Darbietung.

Gerade zog Désirée ihr Handy aus der Tasche, vielleicht konnte sie die Zeit nutzen, um ihre E-Mails zu checken, da nahm mit jugendlichem Schritt ein Nachzügler die Stufen hinauf zu seinen Gesangskollegen. Höchstens vierzig, schätzte Désirée, und in seinem maritimen Outfit ein echtes Leckerchen. Wer war das? Der Zivi, der dafür sorgte,

dass nach dem Auftritt alle Mann wieder heil nach Hause kamen?
Zumindest reihte er sich nun in die Formation ein, der Chorleiter begann mit den Armen zu wedeln, und schon verbreitete das Akkordeon diese kaum zu beschreibende Mischung aus Schwermut und Leichtigkeit, die einen, ob man wollte oder nicht, in ihren Bann zog. Irma war ganz hingerissen und wiegte sich langsam mit geschlossenen Augen zur Musik hin und her. Dann waren die störenden Passanten wohl vergessen. Puh!
Désirée hingegen dachte gar nicht daran, ihre Augen zu schließen. Viel lieber scannte sie das Shanty-Schnittchen da vorne: Groß war er nicht, vielleicht ein wenig größer als sie selber, dafür strahlten seine blauen Augen unter dem strohblonden Haar lebenslustig, und wenn er lachte, bildeten sich kleine Grübchen auf den Wangen. Zu gerne hätte sie hineingekniffen. Gleich jetzt.
Kräftig schüttelte sie den Kopf, um sich die Flausen auszutreiben. Ein seemannslieder-trällernder Sunnyboy war sicher das Letzte, was sie jetzt gebrauchen konnte. Sie suchte Normalität und Sicherheit, und so was fand man bestimmt nicht in, zugegebenermaßen unwiderstehlichen, Grübchen. Eigentlich entsprach der Typ auch überhaupt nicht ihrem Bild von einem Mann … zu unkonventionell, zu bodenständig, und von seinem Musikgeschmack wollte sie gar nicht erst anfangen.
„Wir lagen vor Madagaskar …", summte Irma schief, aber synchron mit dem Chor, „und hatten die Pest an Bord."
„Mit der Irma wird es täglich krasser, und ich glaub, ich werf' sie morgen über Bord", spann Désirée den Text im Gedanken weiter und grinste teuflisch. Makaber, auch nicht ganz ernst gemeint, aber unglaublich wirkungsvoll … schon ging es ihr ein wenig besser.
Sie musste sich einfach einlassen auf diesen Abend, auch wenn es nicht die Art von Freizeitgestaltung war, die sie

normalerweise bevorzugte. Was war schon noch normal in ihrem Leben? Und wo sie schon mal dabei war, die Zügel locker zu lassen, wollte sie auch bei ihrem Beuteschema mal nicht so sein … und schon versank sie wieder in blauen Augen und süßen Grübchen. „Nimm mich mit, Kapitän, auf die Reise!"

Viele Weltumseglungen später beendete der nordische Chor seinen Auftritt, und die Zuschauer stoben auseinander. Ähnlich einer Busreisegruppe am Buffet hatten auch hier alle eine undefinierbare Angst, zu irgendetwas zu spät zu kommen, und so wurde geschubst, gedrängelt und gerempelt. Dabei war es gerade mal viertel vor acht, genug Zeit für die ungeduldigen Silberlocken also, bis zur Ausstrahlung des „Traumschiffes" wieder in der Wohnung zu sein.
Gerade stieß wieder ein aufgeregter älterer Herr mit dicken Brillengläsern auf der Nase Désirée seinen Ellenbogen in die Rippen.
„Aua!", giftete sie, erntete dafür aber lediglich einen rügenden Blick, der wohl weniger ihr persönlich, denn der gesamten ungezogenen Jugend galt, die es wagte, sich der älteren Generation in den Weg zu stellen.
„Komm, Irma", zog Désirée ihre Schwiegermutter aus dem größten Trubel. „Wir warten hier, bis der Schwung sich aufgelöst hat."
„Ach was, Kindchen", reagierte Irma anders als erwartet. „Endlich ist mal was los! Komm, wir gucken, ob wir noch jemanden finden, der mit uns einen Absacker nimmt." Ihre Augen glänzten. Mann, musste diese Frau in den letzten Jahren wenig erlebt haben. Trotzdem, Désirée war jetzt mit Silke verabredet, und sie hatte nicht vor, sich von Irma den Abend versauen zu lassen.
„Tut mir leid, Irma. Ich bin raus. Silke wartet und du weißt ja, wie lange wir uns nicht mehr gesehen haben …"

„Gut", entgegnete Irma trocken, „ich finde sicher auch alleine jemanden. Sitzen ja genug Leute rum in der Einkaufsstraße. Dann grüß schön." Und schon sah Désirée nur noch ihren lockigen Kopf in der Menge untergehen.
Sollte sie hinterher? Ach was, Irma war eine erwachsene Frau und würde schon nicht verschüttgehen. Und wenn, brächte man sie mit hundertprozentiger Sicherheit schnell wieder zurück, soviel war klar.
Jetzt konnte der gemütliche Teil des Abends beginnen. Désirée trat kurz an das weiße Geländer, das die Promenade vom Strand trennte, und atmete tief ein.
Zum Abend hin war die Luft merklich abgekühlt und Feierabendstimmung kam auf. Die Stimmen wurden weniger, die See beruhigte sich, die Sonne verlor an Stärke und der Wind an Kraft. Für Désirée eine magische Zeit, in der die Insel den Trubel des Tages verdaute und alles wieder runterkam.
Langsam fuhr sie mit der Hand über das Holz. An einigen Stellen war Farbe abgesplittert. Die salzige Luft und das raue Klima nagten eben an allem, was sich ihnen in den Weg stellte. Heute aber war wenig zu spüren von den Naturgewalten, die hier manchmal tobten. Und die Ruhe tat Désirée gut, gerade, weil es in ihrem Leben zurzeit so turbulent zuging wie auf Sylt, wenn im Herbst die ersten Stürme kamen.
Unwillig löste sie sich und steuerte auf die „Badezeit" zu. Hoffentlich hatte Silke einen Tisch auf der Veranda ergattert, es war warm genug, um den Abend draußen ausklingen zu lassen. Und tatsächlich entdeckte sie ihre Freundin schon, als sie die Stufen vor dem Restaurant erklomm.
„Huhu, Deetje, hier!", suchte Silke unnötigerweise ihre Aufmerksamkeit und erhaschte damit auch das Interesse der restlichen Gäste.

„Ist ja gut, ich hab dich ja gesehen", begrüßte Désirée sie und lachte. „Musst auch immer im Mittelpunkt stehen, was?"

„Na, verdient hätt ich dat zumindest", grinste Silke zurück und hielt ihr die Karte unter die Nase. „Such dir wat aus, ich sterb vor Hunger."

„So schnell stirbst du nicht", antwortete Désirée ein wenig unüberlegt und merkte erst zu spät, dass Silke das falsch verstehen könnte. Zum Glück reagierte diese trotz ihrer stämmigen Figur wenig empfindlich.

„Und ob", beendet sie die Diskussion. „Und jetzt such' aus, du Hungerhaken."

Skeptisch nahm Désirée die Karte unter die Lupe. Eigentlich hatte sie ja schon bei Gosch gegessen. Aber sie wusste, dass Silke es ihr niemals durchgehen lassen würde, nichts zu bestellen, während sie sündigte. „Dann nehm' ich den Lachs", entschied Désirée und sie bestellten zweimal den Fisch, dazu eine Flasche Weißwein. Immerhin war sie jetzt wieder in Lohn und Brot, das musste doch gefeiert werden.

„Wie warn die Jungs?", eröffnete Silke das Gespräch.

„Welche Jungs?"

„Na, die Shanties."

Désirée lachte. „Jungs ist gut. Sehr bärtige und reife Jungs meinst du wohl."

„Ach, wen juckt schon dat Alter?", konterte Silke. „Die sind alle super drauf. Wenn ich mir hunnert Menschen aussuch'n dürfte, die ich mit auf 'ne einsame Insel nehm' soll, wär'n die definitiv dabei. Im Prinzip is dat ja schon so. Nur ohne dat Einsame." Sie prostete Désirée mit dem gerade servierten Wein zu.

„Also, ich wüsste auch schon, wen ich mit auf eine einsame Insel nehmen würde. Wer war denn bitte diese Sahneschnitte, die da mitgesungen hat? Ich sag dir, würde ich mit dem irgendwo stranden, würde uns nicht langweilig werden."

Désirée setzte ein frivoles Grinsen auf, woraufhin Silke laut in ihr Glas prustete.

„Na, siehste, denn hast Mads ja schon kenn'gelernt. Brauch ich euch ja im Hotel nich mehr bekannt mach'n."

Désirée schoss das Blut in die Wangen.

„Das ist unser Hausmeister? Mach keinen Scheiß!"

„Genau der. Und, wie gesacht, leider vergeben."

„Ich sag ja auch nur, dass der lecker ist. Nicht, dass ich gleich mit ihm ins Bett will. ‚Don't fuck the company'. Weißt du doch."

„Inne Koje nich, nur auf 'ne einsame Insel, ne?", neckte Silke. „Und nee, weiß ich nich. Auf Sylt nimmt man dat mit Liebe am Arbeitsplatz nich so genau, denn wär die Auswahl an potentiellen Partnern ja noch lütter. Als Lesbe hast eh schon schlechte Karten, da darf man nich wählerisch sein." Mit einem Augenzwinkern zeigte sie, dass sie das nicht ganz ernst meinte.

Désirée ging direkt darauf ein:

„Na, wenn du nicht wählerisch wärst, würden wir hier wohl kaum zu zweit sitzen, oder?"

Silke fuhr mit ihrem Finger über den Glasrand. Es quietschte abscheulich. „Ach, wat soll's", wich sie dem Thema aus. „Wenn dat sein soll, soll dat sein, wenn nich, denn nich."

So sah also jemand aus, der das Gegenteil von dem meinte, was er sagte.

„Blödsinn!", befand Désirée. „Ich weiß doch, dass du ein Familienmensch bist. Klar brauchst du jemanden an deiner Seite. Und den wirst du auch finden, das ist so sicher wie das Amen in der Kirche. Gut Ding will eben Weile haben."

Immer noch geknickt sah Silke von ihrem Getränk auf, gewann aber schnell wieder Oberwasser.

„Man wird seh'n. Bis dahin muss ich eb'n mit dir vorlieb nehm'."

„Nein!", Désirée schüttelte vehement den Kopf. „So einen Schweinkram mach ich nicht." Jetzt lachten beide wieder.

„Nee? Du vergisst wohl, dat ich mehr über dich weiß, als dir dat lieb is!"

„Genau. Und du wirst dein Wissen gefälligst mit ins Grab nehmen, sonst landest du da schneller, als es dir lieb ist."

Silke beugte sich vertraulich zu Désirée über den Tisch.

„Ach, nu wird dat intressant. Da steckt wohl tatsächlich 'ne lütte Gaunerin in dir? Oder wat hat dat mit'm geheimnisvoll'n Kommissar auf sich?"

„Mein Gewissen ist so rein wie die Tischtücher im Hotel. Ich hab auch keine Ahnung, warum, aber heute ist der Kommissar hier aufgetaucht, der die Ermittlungen zu Christophs Verschwinden leitet. Angeblich wollte er uns persönlich über die neuesten Erkenntnisse unterrichten, aber irgendwie habe ich das Gefühl, da steckt mehr hinter. Er will unbedingt mit mir alleine essen gehen, und ich konnte gerade noch ein Treffen mit dir vorschieben."

„Wat hat der denn rausgefunden?", hakte Silke interessiert nach.

„Dass Christoph ein Arschloch ist."

„Geht dat 'n büschen genauer?"

„Na, die Polizei ist sich ziemlich sicher, dass der Scheißkerl einfach abgetaucht ist. Wie es aussieht, hat er sich die Kohle aus seinen illegalen Geschäften geschnappt und ist damit über alle Berge. Wo ich bleibe, scheint ihm völlig egal gewesen zu sein." Désirée schwenkte ihr Glas so energisch, dass Silke es ihr vorsichtshalber aus der Hand nahm.

„Nee, ne? Dat is ja wie im Krimi! Und wo soll der hin sein?"

Désirée schnappte sich erneut das Glas und nahm einen großen Schluck. Der Alkohol beruhigte ein wenig.

„Mir kommt es eher vor wie eine Schmierenkomödie ... Keine Ahnung, wo der Kerl abgeblieben ist. Am besten, wo der Pfeffer wächst."
Mitfühlend nahm Silke Désirées Hand.
„Genau. Wer dich nich schätzt, hat dich auch nich verdient. Und wat is mit'm Kommissar? Glaubst du, der steht auf dich?"
„Pah!", Désirée lachte, „wenn es nur das wäre! Nein, ich glaub, der hat mich auf dem Kieker. Aber ich hab mit der Sache nichts zu tun, ich schwöre!" Zur Verdeutlichung streckte sie zwei Finger in die Luft.
„Natürlich nich!", empörte sich Silke. „Als wenn ich dat glaub'n würd."
„Hähäm", räusperte sich in diesem Moment jemand neben ihrem Tisch und Désirée erschrak bis ins Mark. Es war Brenner.
„N'abend, die Damen. Das ist ja ein Zufall."
„Ist es das?", antwortete Désirée skeptisch.
Der Kommissar nahm es ihr anscheinend nicht krumm.
„Sie glauben doch nicht, dass ich Sie beobachte?" Er lachte scheppernd. Die Frauen stimmten zögerlich ein. Glaubten sie das?
„Aber nein", sprach er weiter. „Alles, was ich hier suche, ist ein gutes Essen und ein kühles Bier. Und da habe ich Sie entdeckt und wollte es mir nicht nehmen lassen, wenigstens kurz einen guten Abend zu wünschen. Also, guten Abend. Ich ruf Sie morgen an, Frau Clausen."
Danach ging er wieder an seinen Tisch am anderen Ende der Terrasse.
„Dat war jetzt aber spooky", flüsterte Silke.
„Sag ich doch!", antwortete Désirée eingeschüchtert. „Der führt was im Schilde. Es gibt zig Restaurants auf Sylt, und der treibt sich gerade in dem rum, in dem wir uns treffen. Das ist doch kein Zufall!" Unauffällig drehte sie ihren

Kopf zum Tisch des Kommissars und fing prompt seinen Blick auf. Schnell drehte sie sich wieder um.

„Was mach ich denn jetzt?"

„'Nen kühl'n Kopp bewahrn", riet Silke nüchtern. „Du hast dir nix zu Schulden komm' lass'n. Dat Schlimmste, wat du jetzt tun kannst, is, dich durch Fluchtverhalten verdächtig zu mach'n. Triff dich mit dem und zeig ihm, wer du bist: Deetje Clausen, die schon zwei Wochen flennt, wenn sie 'n Ring aus'm Kaugummiautomaten in den Dünen verliert. Wieso sollte so jemand sein' eignen Mann über Bord gehn lass'n?"

„Das weißt du noch?" Désirée war gerührt. „Er war von Mama und ich war untröstlich."

„Ob ich dat noch weiß?", tat Silke entrüstet. „Tagelang sind wir durch'n Sand gerobbt und hab'n hektoliterweise Sand mit'm Tennisschläger gesiebt. Dat wirst in diesem Leben nich mehr gut machen könn'."

„Stimmt!" Désirée lächelte sanft. „Wie so manch anderes. Aber einen Versuch ist es wert."

Als Désirée am nächsten Morgen um kurz vor halb sechs das Hotel betrat, hatte sie das Gefühl, ein Bein hinterherzuziehen. Noch nie in ihrem Leben war sie derart müde gewesen.

Gestern hatten sie sich noch ganz schön lange verquatscht, und als Désirée schließlich im letzten Bus nach Hörnum gesessen hatte, hatte sie zwar die Lampen an gehabt, die Straßenbeleuchtung war hingegen bereits zur Nachtruhe übergegangen.

„Guten Morgen", wurde sie von ihrer Kollegin, Frau Nebendahl, begrüßt, als sie in die Küche trat. „Fit?"

Désirée machte gute Miene zu bösem Spiel:

„Sicher, guten Morgen, Frau Nebendahl! Womit fangen wir an?"

„Ute", korrigierte diese. „Eingedeckt hat bereits der Spätdienst. Von daher können wir direkt mit den Platten starten. Wir arrangieren zunächst die Dekoration aus grünen Salaten, darauf Wurst, Käse und Fisch, danach wird mit Früchten und Gemüse garniert. Das Auge isst schließlich mit. Anschließend kümmern wir uns um die Salate und richten alles, zusammen mit Tellern, Getränken, Backwaren, Müsli, Joghurt und was man sonst noch so für ein gutes Frühstück benötigt, auf dem Buffet an. Um Rührei, Speck und Würstchen kümmert sich der Koch, der kommt ein bisschen später." Sie schloss ihren Vortrag und drückte Silke sogleich zwei silberne Platten in die Hand. „Und nu los, zieh dich um! Wir müssen uns morgens immer sputen, um alles rechtzeitig arrangiert zu haben.
„Keinen Kaffee vorweg?" Désirée guckte entgeistert. Das waren ja Arbeitsbedingungen wie zu Zeiten der Sklaverei!
Ute lachte. „Schätzchen, du wirst froh sein, wenn du es schaffst, zwischendurch Luft zu holen. Aber nimmt dir ruhig eine Tasse und trink zwischendurch einen Schluck. Nicht, dass du uns hier über der Wurstplatte einschläfst."
Schätzchen? Ute war zwar ein paar Jährchen älter, aber deshalb musste sie ja noch lange nicht mit Désirée reden wie mit einem dummen Azubi!
Fast wollte Désirée protestieren, doch dann besann sie sich eines Besseren. Wenn man es genau nahm, war sie ja wirklich nichts anderes als ein merklich in die Jahre gekommener Lehrling, und solange Ute ihr den Zugang zu Kaffee freihielt, würde Désirée einfach mal etwas tun, was bisher so gar nicht ihre Stärke gewesen war: sich unterordnen und die Klappe halten.

Gefühlte zweihundert Frühstücke später sehnte sie sich nach dem zwar müden, aber bis auf das schleifende Bein unversehrten Zustand am Morgen zurück. Inzwischen spürte sie nämlich sowohl ihre Beine als auch ihre Füße

gar nicht mehr. Wahrscheinlich hatte sie durch das ganze Hin und Her zwischen Küche und Restaurant einmal die Strecke nach Bad Münstereifel zurückgelegt und würde die Haut unter ihren Füßen später in großen Lappen abziehen können.
Umso erstaunlicher war es, dass Ute so gar keine Ermüdungserscheinungen zeigte und wie „Speedy Conzales" weiter in anfänglichem Tempo durch die Räume sauste, dabei immer ein unverwüstliches Service-Lächeln auf den Lippen. So sahen Profis aus!
Désirée war hingegen schon froh, ihre erste Schicht ohne größere Missgeschicke überstanden zu haben. Ihre Bilanz wies lediglich einige Kaffeeflecken auf Tischdecken auf. Weder war ihr etwas zu Bruch gegangen, noch hatte sich ein Gast über ihren Service beschwert. Augenscheinlich zahlten sich ihre praktischen Erfahrungen aus dem „Rauchfang" aus. Besser spät als nie.
Gerade füllte Désirée ein letztes Mal die gekochten Eier auf, da kam Silke in den Saal.
„Na, wie hat sich unser Prinzesschen gemacht?", wendete sie sich anstatt an ihre Freundin an deren Kollegin und bedachte Désirée lediglich mit einem gehauchten Kuss.
Ute reckte zu Désirées heimlicher Freude den Daumen nach oben.
„Durchaus zu gebrauchen, deine Jugendliebe. Da hast du uns eine wirkliche Unterstützung ins Haus gebracht."
Silke grinste breit.
„Siehste, und schon gehörst du zum arbeit'nden Volk. Kein schlechtes Gefühl, ne?"
Nein, das musste Désirée zugeben. So sehr ihre Füße auch brannten und der Schädel brummte, was von dem Vormittag blieb, war ein Gefühl der Zufriedenheit, das sie in dieser Form sonst nur nach intensiven Sporteinheiten erreichte.

„Du sollst denn gleich noch ma zur Chefin", gab Silke ihrer Freundin erst gar keine Gelegenheit zu antworten. „Sicher will sie wiss'n, wie dir der erste Tach gefall'n hat. Ich muss, die Kinderchen wolln wat erleb'n. Wir sehn uns später."
Einige der Ferienkinder schwirrten bereits in sicherem Abstand um ihre Animateurin herum und konnten es gar nicht abwarten, mit Silke den Hörnumer Strand zu erobern. Désirée verstand die Lütten nur zu gut. Kaum etwas war schöner, als Zeit mit Silke zu verbringen.
Auf sie wartete hingegen jetzt erst einmal der Küchendienst mit Bergen von benutztem Geschirr und Speiseresten. Erst pünktlich zu Dienstende wurden sie dem Chaos Herr, und Désirée machte sich auf zum Büro der Direktorin.
Schon wieder spürte sie ihre Nervosität, so dass sie einmal tief durchatmete. Erst dann klopfte sie und drückte die Klinke.
Doch das Bild, das sich ihr bot, ließ sie noch im Türrahmen innehalten. Hätte sie doch bloß gewartet, bis sie hereingebeten wurde!
Nicht genug, dass die Hoteldirektorin in seltsam breitbeiniger Pose mitten in ihrem Büro stand, nein, von hinten hielt sie auch noch ein Désirée nicht gänzlich unbekannter Mann an der Taille fest.
„Oh, Verzeihung!", stammelte Désirée und trat den unverzüglichen Rückzug an. „Ich wusste nicht, dass Sie Besuch haben."
Die beiden Ertappten lösten sich ruckartig aus ihrer Pose, und Frau Christensen rückte ein wenig unbeholfen ihren Blazer zurecht.
„Kein Problem, kommen Sie rein!", versuchte sie nun, die Situation zu überspielen. „Herrn Höltering kennen Sie bereits? Er ist unser Facility-Manager und kümmert sich um alles, was so anfällt. Wenn Sie mal ein Problem im Res-

taurant oder in der Küche haben, sprechen Sie ihn gerne an."

„Désirée Clausen. Ich hab Sie gestern singen hören", stellte Désirée sich sittsam vor und bemerkte, dass ihre Stimme ein wenig zitterte. Die Situation war dermaßen peinlich! Mads hingegen strahlte sie ganz offen an, ihm schien die Lage kein Kopfzerbrechen zu bereiten.

„Silkes Freunde sind auch meine Freunde. Ich hab schon viel von dir gehört. Und hör bloß mit diesem schrecklichen Gesieze auf, das ist eine echte Unart von euch Deutschen. Ich bin Mads. Kurz und knackig."

Na, knackig war er allemal, das war Désirée schon gestern aufgefallen.

„Ihr Deutschen?", fragte sie nach.

„Herr Höltering ist Däne", übernahm Frau Christensen für ihn die Erklärung.

„Ja, aber ich wohne die meiste Zeit des Jahres in meinem VW-Bus auf dem Campingplatz in Westerland. Nur in der Nebensaison bin ich zu Hause in Dänemark", ergänzte Mads. „Kannst mich gern mal da besuchen kommen, ist nett!"

Désirée war verwirrt. Meinte er jetzt, sie sollte ihn auf dem Campingplatz besuchen kommen oder gar in Dänemark? Beides erschien ihr für das erste Aufeinandertreffen unpassend. Insbesondere vor der Geliebten und/oder Chefin, in diesem Fall in Personalunion. Nicht, dass Frau Christensen es jetzt ihr übel nahm, dass dieser Mads scheinbar keine Hemmungen hatte, direkt vor den Augen seiner Freundin zu flirten. Da war man als Frau ganz schnell unten durch!

„Ja, das machen Sie man", vervollständigte Frau Christensen das Chaos in Désirées Kopf. „Wenn sich das Team gut versteht, ist das auch gut für den Betrieb."

Jetzt galoppierten Désirées Gedanken. War das eine Falle? Frau Christensen konnte es doch unmöglich gut finden, wenn Mads und sie sich privat trafen! Es sei denn, sie wollte damit ihr Verhältnis zu einem Angestellten vertuschen oder, und das wäre die schlechtere Alternative, Mads vorschicken, um sie auszuhorchen.

„Jetzt komm ich erstmal an", manövrierte Désirée sich mehr schlecht als recht aus der Situation, „und schau mich im Hotel um. Silke hat mir angeboten, mir das Haus und das Kinderland zu zeigen."

„Dann gehe ich davon aus, dass Ihnen der erste Tag bei uns gut gefallen hat?", hakte Frau Christensen nach.

„Ja, es hat Spaß gemacht", antwortete Désirée und meinte es auch beinahe so.

Frau Christensen nickte zufrieden.

„Na, das hört man doch gerne. Dann möchte ich Sie auch nicht länger aufhalten, damit Sie sich umsehen können. Willkommen im Team!"

Désirée verabschiedete sich und machte sich schnellstmöglich aus dem Staub. Sicher konnten es die beiden kaum erwarten, aus ihren Kleidern zu kommen.

Sie schüttelte sich, um den Gedanken loszuwerden. Sie wollte jetzt zu Silke und ihren kleinen Nervnasen, da erschienen ihr solch schmutzige Gedanken ebenso fehl am Platz wie das flirty Verhalten von Mads gerade eben.

Désirée fand ihre Freundin, umringt von einer Handvoll Ferienkinder, auf der Terrasse vor dem hoteleigenen Hort. Sie kauerten auf einer kleinen hölzernen Sitzgruppe und waren so auf ihre Basteleien konzentriert, dass sie Désirée zunächst gar keine Beachtung schenkten.

„Na, was treibt ihr da Schönes?", begrüßte Désirée das Grüppchen und bekam, neben einer ganzen Reihe zahnloser Strahlemünder, halbfertige Muschelketten präsentiert, die man auch mit ganz viel Goodwill nur hübsch finden konnte, wenn man sein Kind sehr, sehr liebte.

Auch Silke hielt ihr Schmuckstück in die Höhe, das im Gegensatz zu den Basteleien der Kinder durchaus was hermachte.

„Wir basteln heut Modeschmuck aus Muscheln und and'rem Meeresgut", kommentierte sie ihr Werk und legte sich die Kette zur Begutachtung an den Hals.
„Schick?"
„Ja, die ist wirklich schick", zeigte sich Désirée überrascht. Silke hatte einen kleinen Seestern mit Minimuscheln kombiniert, was an dem lilafarbenen Lederband richtig toll aussah.
„Woher kannst du denn so was?"
„Ach", gab sich Silke bescheiden. „Dat hier is doch nur wat Einfaches für die Kiddies. Die aufwendig'n Sach'n mach ich in meiner Bastelstube zu Hause. Da arbeite ich denn auch noch Perlen, Perlmutt und so'n Krams ein."
„Und was machst du dann damit?" Désirée war wirklich verblüfft, sie hatte nicht gewusst, wie kreativ ihre Freundin war. Über das kunstvolle Bauen von Strandlagerfeuern waren ihre gemeinsamen Bastelaktivitäten damals nicht hinausgegangen.
„Na, tragen halt. Oder verschenken. Dir mach ich auch wat Schönes", versprach sie.
„Das wäre toll", freute sich Désirée. „Ich hab übrigens eben Mads kennengelernt. Und du glaubst nicht, wie."
„Erzähl!"
„Die Christensen und er waren gerade bei irgendeinem merkwürdigen Vorspiel, als ich reinkam."
Damit hatte sie Silke. „Nich dein Ernst!"
Tonlos nickte Désirée. Die Erinnerung an die Situation verursachte gleich wieder ein ungutes Gefühl in ihrem Bauch. Auch Silke schien bedröppelt.
„Keine Sorge, meine Liebe. Du hast auch bald wieder Sex", tröstete Désirée, vergaß dabei aber leider, dass sie nicht alleine waren.
„Die Frau hat Sex gesagt!", schrie auch prompt eins der Kinder und brachte damit die anderen Knirpse zum Kichern.

„Wenn du so weiter machst, hab ich bald nich nur kein'
Pieeeeep mehr, sonnern auch kein' Job", zischte Silke und
machte eine rausschmeißende Geste.
„Und nu weiche, Teufel, dich kann man ja nich ma in die
Nähe von Kindern lassen."
Ja, da konnte Silke recht haben. Désirée gab ihr ein Küsschen auf die Wange.
„Dann verabschiedet sich Mephisto jetzt mal in den wohlverdienten Feierabend. Lass und nachher telefonieren."

Kaum hatte Désirée das Hotel verlassen, klingelte ihr Handy. Die Stimme am anderen Ende war ihr wohlbekannt.
„Frau Clausen! Sie haben doch sicher gerade Feierabend.
Wie wäre es mit einem gemeinsamen Snack?", meldete
sich Brenner.
Woher wusste dieser Kerl schon wieder, wann sie Dienstschluss hatte. Das wurde wirklich immer unheimlicher!
„Bin dabei", gab sie sich geschlagen. Sie sah keine Chance, sich der Staatsmacht zu entziehen. Vor allem aber wollte sie sich auf keinen Fall verdächtig machen.
Brenner freute sich:
„Prima! Dann hole ich Sie gleich auf ein Alster in der
Strandbar ab."
Keine zehn Minuten später stand er mit einem ernst-lässigen Blick, wie er nur Kommissaren, Geheimagenten und
James Dean stand, vor der Tür ihres Elternhauses.
„Hallöchen! Bereit?", begrüßte er Désirée, und sie fragte
sich, wie alt jemand sein musste, der „Hallöchen" sagte.
Entweder neun oder neunzig, entschied sie und folgte
Brenner lustlos zu seinem Wagen. Zwar war es völlig irrsinnig, für den kurzen Weg das Auto zu nehmen, aber es
war ihr immer noch lieber, als ein romantisch angehauchter Spaziergang mit dem Beamten.
Keine Minute später fuhren sie auf den kleinen Sandparkplatz direkt am Leuchtturm und stiegen aus.

Der Frühsommer meinte es wirklich gut mit ihnen. Nur feine Schleierwölkchen zogen, getrieben vom sanften Wind, über den blauen Himmel. Viele Urlauber nutzen das schöne Wetter für ein ausgiebiges Sonnenbad am Strand oder einen kleinen Spaziergang auf dem asphaltierten Deichkamm, so dass der Weg zur bretternen Bar gut besucht war.

Soviel Désirée wusste, gehörte die kleine Gaststätte mit angeschlossener Surfschule einem alten Klassenkameraden, Tamme Hansen. Neugierig schaute sie sich um, ob sie ihn entdeckte. Früher war er der Klassenclown gewesen. Nicht gerade groß, Sommersprossen, rote Haare. Trotzdem hatten alle Mädchen für ihn geschwärmt. Humor galt eben schon damals als sexy.

Umso erstaunter war Désirée, als sie plötzlich nicht den Prinz Harry ihrer Schulzeit, sondern Mads vor sich stehen hatte.

Statt seiner Arbeitskleidung trug er einen eng, sehr eng anliegenden Neoprenanzug mit kurzen Beinen. Er hatte O-Beine, das war Désirée bisher gar nicht aufgefallen. Und er schien gerade draußen gewesen zu sein, Wasser tropfte ihm aus nassen Strähnen ins Gesicht und lief an seinen Beinen entlang.

Angestrengt versuchte sie, Mads ins Gesicht zu schauen, und nicht der Versuchung nachzugeben, in aller Ruhe seinen, zugegebenermaßen durchaus sportlichen Körper zu scannen.

„Mads!", rief sie überrascht und etwas zu laut aus. „Mit dir habe ich hier nicht gerechnet."

„Na, das denk ich mir", konterte Mads und die Lachfalten um seine Augen vertieften sich. „Sonst hättest du ja nicht ein Date mit mir ausgeschlagen, um dich hier mit anderen Männern zu treffen." Verstohlen musterte er den Kommissar, was Désirée äußerst unangenehm war. Brenner trug wie immer seine zerschlissene Wildlederjacke. Trotzdem ließ auch dieser es sich nicht nehmen, Mads mit einem skeptischen Blick zu begutachten.

„Mads, das ist Kommissar Brenner aus Kiel", stellte Désirée die beiden vor. „Herr Brenner, das ist Herr Höltering, ein Kollege aus dem Hotel, in dem ich jetzt arbeite."

„Ah ja", löste der Kommissar sich aus seiner Beobachtungshaltung und gab Mads die Hand. „Der Surflehrer. Immer ganz nah am weiblichen Gast." Wenn das ein Scherz gewesen sein sollte, verstand Brenner es prima, es zu verbergen.

„Unser Facility-Manager", korrigierte Désirée aus einem Bedürfnis heraus, Mads vor unberechtigten Vorwürfen in Schutz zu nehmen, lieferte damit aber nur die nächste Steilvorlage.

„Ach, der Hausmeister also. Was das immer soll mit diesen vermeintlich aufwertenden Anglizismen." Brenner schnalzte verächtlich mit der Zunge, bevor er das Thema wechselte. „Sie kennen Frau Clausen also erst seit Kurzem?"

Mads ließ sich zum Glück nicht beirren.

„Ja, wir haben uns gerade erst kennengelernt. Aber ich hoffe sehr, dass wir ganz bald Gelegenheit bekommen, das zu vertiefen." Sein Blick traf Désirée bis ins Mark und jagte ihr einen warmen Schauer durch den Körper.

Auch der Kommissar schien getroffen, wenn auch in ganz anderer Art und Weise.

„Na, dazu gehören immer zwei", fiel er mit einer schnippischen Bemerkung aus seiner coolen Rolle und hakte Désirée ungefragt unter. „Und jetzt entschuldigen Sie uns bitte, auf uns warten kühle Drinks und nette Gespräche." Und schon zog er Désirée in Richtung Strandbar.

Désirée blickte über ihre Schulter und sah, wie Mads verdutzt zurückblieb. Unter ihm hatte sich eine kleine Pfütze aus Meerwasser gebildet. Sie lächelte ihm noch einmal entschuldigend zu, dann passierten sie die Pforte zu dem kleinen Freiluftanbau des Lokals.

Brenner schnappte sich den Platz mit Blick aufs Wasser, so dass für Désirée nur das Panorama der Bretterwand blieb. Nicht gerade charmant, aber weder gehörte es wohl zum Anforderungsprofil eines Kommissars, Gentleman zu sein, noch handelte es sich bei ihrem Treffen um ein Date.

„Da sind wir also", sagte Désirée und hatte das Gefühl, damit bereits sämtlichen Redestoff verbraucht zu haben.

„Von dem Kerl sollten Sie die Finger lassen. Der ist nicht ganz sauber", hielt sich Brenner hingegen nicht mit Smalltalk auf.

Désirée war verwundert:

„Sie kennen Herrn Höltering?"

„Nein", gab der Kriminalbeamte zu, ohne dabei Selbstsicherheit einzubüßen, „aber in meinem Job hat man einen Riecher für so was."

„Na, das erscheint mir jetzt aber doch ein wenig vage", reagierte Désirée schnippisch.

Was sollte das Theater bloß? War Brenner vielleicht eifersüchtig auf Mads? Gut, auch wenn Désirée und Mads abgesehen von ihrem Arbeitgeber nichts verband, gab es dafür in der Tat Gründe genug – neben dem sportlichen Mads wirkte der Kommissar nun mal, Désirée konnte es nicht beschönigen, fad und gewöhnlich wie ungewürzter Kartoffelbrei.

„Sie müssen selber wissen, was Sie tun", beendete Brenner das Thema so abrupt, wie er es begonnen hatte. „Also, was trinken wir?"

„Für mich ein Wasser", bat Désirée. Ihr Mund war nach dem Anblick von Mads ungefähr so trocken wie nach dem Verzehr eines Fischbrötchens, beides nordische Leckerbissen.

„Wasser? Ach was, das ist doch völlig unpassend für diesen Anlass. Wir trinken jetzt einen schönen Weißwein und stoßen auf's ‚Du' an."

Der Kommissar bestellte bei der Bedienung einen Riesling, ohne Désirées Antwort abzuwarten.
„Und was für ein Anlass wäre das?", fragte sie und befürchtete das Schlimmste.
Brenner wollte sie anmachen, da gab es keinen Zweifel mehr. Aber wie sollte sie damit umgehen, ohne ihn zu verärgern? Als Polizeibeamter hatte er Möglichkeiten, die mit einem verletzten männlichen Stolz vielleicht lieber nicht kombiniert werden sollten.
„Na, unser Kennenlernen. Désirée, ich bin extra auf die Insel gekommen, um dich wiederzusehen. Du bist mir nicht mehr aus dem Kopf gegangen, seit du mir in deinen Sportklamotten auf der Yacht über den Weg gelaufen bist. So ängstlich und hilflos wie ein verlassenes Rehkitz."
Wie selbstverständlich legte er seine Hand auf ihre. Schnell zog sie sie weg, das ging ihr hier ganz entschieden zu weit. Vor allem der Vergleich mit phobischem Großwild entsprach so gar nicht ihrem Selbstbild.
„Ich weiß, dass die Umstände, unter denen wir uns kennengelernt haben, nicht ideal sind", räumte Brenner ein und bemühte sich merklich, ihr die Zurückweisung nicht krummzunehmen.
Nicht ideal? Désirée war sprachlos. Ein Body-Mass-Index von achtundzwanzig war nicht ideal. Ein Schluckauf während des Geschlechtsverkehrs. Durchfall auf einem öffentlichen WC. Aber das hier war ja wohl eine andere Dimension!
Der Mann, der ihr da gerade seine Zuneigung beichtete, trug eine Jacke, die „in" gewesen war, als man sie noch mit Schlaghosen kombinierte hatte, seine grauen Haare ließen vermuten, dass er auch ihr Vater hätte sein können, und ganz nebenbei ermittelte er im Vermisstenfall ihres einstmaligen Lebensgefährten. Nicht ideal? Sie leerte ihr Glas auf ex und hoffte auf schnell Wirkung.

„Herr Brenner", vermied sie bewusst, ihn beim Vornamen zu nennen.
„Sag bitte Bernd." Bernd also. Dieses Manko wog sogar noch schwerer als das Ermittlungsding.
„Also, die Sache ist die", setzte Désirée erneut an, geriet dann aber ins Stocken. Nichts, was sie jetzt sagen konnte, würde richtig sein. Oder doch?
„Ich bin einfach noch nicht bereit für etwas Neues."
Bingo! Dagegen konnte der Kommissar nichts einwenden, wenn er nicht total unsensibel rüberkommen wollte.
„Das verstehe ich natürlich", antwortete Brenner erwartungsgemäß.
Er steckte sich eine Zigarette an, und aus lauter Erleichterung, der Situation einigermaßen glimpflich entkommen zu sein, nahm auch Désirée gerne einen der Glimmstängel an, die ihr Begleiter ihr mit gelblichen Nägeln unter die Nase hielt.
Leider währte das gute Gefühl nur wenige Sekunden. Dann zerstörte Brenner im gleichen Atemzug, mit dem er seine Zigarette anzündete, die Hoffnung darauf, dass diese einseitige Romanze doch bitte, bitte beendet sein mochte, bevor sie überhaupt begonnen hatte.
„Aber wir haben ja alle Zeit der Welt."

Christoph hatte die Nacht kein Auge zugemacht. Immer wieder war er die ihm vorliegenden Fakten in Gedanken durchgegangen. Und noch immer blieb nur der Schluss, dass er sich gründlich hatte verarschen lassen.
Er musste unbedingt aus seiner Bude raus, sonst würde ihm der Schädel platzen und seine Unruhe ihn die Wände hochgehen lassen. Also schmiss er sich seine Daunenweste über, überquerte den schmalen, betonierten Weg, der Fußgänger und Radfahrer von Westerland nach Wenning-

stedt führte, und erklomm dann die zahlreichen Stufen des hölzernen Dünenaufgangs.
Oben angekommen, wurde er für seine Mühe belohnt: Die Nordsee lag ihm schier grenzenlos zu Füßen. Sie zeigte sich heute ein wenig rauer als die letzten Tage und warf schäumende Wellen an den von hier oben ebenfalls endlos erscheinenden Strand.
Normalerweise hätte er das Panorama kurz genossen, doch heute stand ihm der Sinn nicht nach Küstenromantik.
Wieso hatte er sich so hinters Licht führen lassen? Er hielt sich eigentlich für durchaus lebensfähig und -erfahren. Warum also war er blindlings in sein Verderben gerannt?
Noch einmal lief der Film der vergangenen Wochen und Monate vor seinen Augen ab, wie er jetzt wusste, ein Thriller mit ihm in der Rolle der ahnungslosen Flachpfeife.
Er war inzwischen am Küstensaum angekommen und trat mit voller Wucht ein Stück Treibholz weg. Es landete fast lautlos in der Brandung.
Er brauchte einen Plan, um herauszufinden, was geschehen war! Unmöglich konnte er einfach so weitermachen, als wüsste er nichts von dem Betrug. Und sollte es wirklich so sein, dass Arno ihn belogen und betrogen hatte, würde er sich rächen!
Inzwischen war es ihm völlig egal, ob er aufzufliegen drohte. Nichts in der Welt konnte ihn davon abhalten, die Wahrheit ans Licht zu bringen! Er würde vielleicht untergehen, aber nicht, ohne auch Arno mit unter Wasser zu ziehen. So, wie es ihr perfider Fluchtplan seinerzeit vorgesehen hatte, nur, dass sie diesmal auf ihre metaphorische Schwimmweste verzichteten.
Aber wie sollte er vorgehen?
Eine besonders hohe Welle schwappte an den Strand, Christoph konnte gerade noch zurückspringen, um ein

paar nasse Füße zu vermeiden. Allerdings geriet er dabei ins Straucheln und fiel rücklings in den Sand. Der Boden war noch kühl und erdete ihn, genau das brauchte er jetzt, um klar zu denken.

Über ihm zogen wilde Wolkenformationen ihre Bahnen und ließen nur ab und zu ein paar Sonnenstrahlen durchblitzen, hinter ihm wich ein Spaziergängerpaar dem Mann aus, der da regungslos und in voller Montur am Strand lag und in die Luft starrte.

In seinem Hirn ratterten die Synapsen, Gedanken zogen so schnell vorüber wie die Wolken am Himmel. Wolken am Himmel. Wolken am Himmel.

Na klar!

Mit einem Sprung war Christoph wieder auf den Beinen und sah sich euphorisch um. An so einem weiten Strand war es gar nicht so leicht, etwas zu finden, das man umarmen konnte.

Die Cloud!

Christoph wusste, dass Arno alle seine Daten dezentral gespeichert hatte, darunter auch sehr sensible Protokolle und Vereinbarungen, die beweisen konnten, dass Arno nicht nur den Kundenbetrug akribisch geplant, sondern sich bereits in der Bauleitplanung überaus engagiert darin gezeigt hatte, das Verfahren mittels großzügiger Zahlungen an Gemeindevertreter und leitende Verwaltungsangestellte zu begünstigen. Damit würde er ihn kriegen!

Ohne sich abzuklopfen, machte er kehrt. Wie eine knusprige Panade überzog der feuchte Sand seine gesamte Rückseite. Aber er hatte keine Zeit für solcherlei Schönheitskorrekturen. Er musste seine Ehre retten, und das gelang nur, indem Arno seine verlor. Auge um Auge, Zahn um Zahn.

※

„Die ist ja auch schön!" Irma war völlig aus dem Häuschen.
Sie hatten sich um Hinnerks Küchentisch versammelt und stöberten in Silkes Schmuckkollektion.
Désirée schmunzelte. Die Stücke, die ihre beste Freundin in ihrer Heimwerkstatt entworfen hatte, waren wirklich toll – einige eher sportlich am Lederband mit großer Muschel oder Seestern im Fokus, andere richtig schick mit in Perlmuttschale eingebetteten Perlen an rotgoldener Kugelkette oder als Statementkette an mehrgliedriger Perlenschnur. Doch eins waren sie eben alle: richtig cool! An Irma wirkten sie daher ein wenig wie Hugo zum Bohneneintopf.
„Was sagst du, Hinnerk?", teilte Irma Désirées Bedenken nicht und präsentierte sich dem alten Fischer mit einer Kette, die ihren kurzen Hals zwischen Doppelkinn und üppigem Brustansatz nur noch erahnen ließ.
„Hmmm", kommentierte Hinnerk. „Bannich viel Schnick-Schnack dran."
„Hinnerk, du Kindskopf", kicherte Irma, „das trägt man doch heute so."
Désirée sah nur eine Chance, Irma davor zu bewahren, den Nachbarn künftig als Tratschobjekt Nummer eins zu dienen.
„Probier doch mal diese hier", reichte sie ihr ein deutlich schlichteres Exemplar, das mit ganz viel Goodwill zumindest in Richtung ihres Typs ging.
„Aber Irma hat recht, Silke. Die Teile sind einfach der Hammer! Warum hast du keinen Shop dafür, die Touris würden dir deinen Schmuck aus den Händen reißen?!"
„Ach", Silke machte eine wegwerfende Bewegung. „Wie soll ich dat denn allns schaff'n neben mei'm Job? Außerdem bastel ich zwar gern, von Zahlen und so'm Kram hab

ich aber null Ahnung." Sie begann damit, die Ketten wieder in ihre Kästchen zu verpacken.

„Na, ich helfe dir!", sagte Désirée, ohne groß nachzudenken. Obwohl sie nicht gerade dafür bekannt war, sparsam zu sein, wusste sie dennoch, mit Zahlen umzugehen. „Du und ich als Betreiberinnen einer kleinen, angesagten Schmuckboutique ... das wär's doch!"

Ihr gefiel der Gedanke, mit Silke ein Geschäft aufzuziehen. „Alles, was wir brauchen, ist ein richtig cooler Name, ein Laden und", sie stockte, „ja, und Kapital."

„Siehste", lachte Silke, „und spätestens daran hapert's bei uns beiden Hübschen. So gern ich uns're Namen auch gemeinsam auf'm Briefpapier geseh'n hätte."

Tja, ohne Kohle konnten sie die Idee wohl gleich wieder verwerfen, wenn sie nicht einen Klapptisch am Hafen zum Verkauf nutzen wollten – und selbst das war im durchbürokratisierten Deutschland bestimmt verboten.

Geknickt half Désirée Silke beim Verstauen. Sie hatte es schon bildlich vor sich gesehen: Silke und sie, lässig mit dem eigenen Schmuck gestylt, im trendigen Ladenlokal. Aus der Traum.

„Also, ich hätte Geld", meldet sich da Irma zu Wort.

Désirée glaubte, sich verhört zu haben.

„Das würdest du tun, Irma? Du bist die tollste Quasi-Schwiegermutti der Welt." Sie war aufgesprungen und umarmte Irma fest.

„Unter einer Bedingung." Irma löste sich aus der Umklammerung. „Ich bin euer dritter Mann." Sie kicherte. „Frau, natürlich. Eure dritte Frau."

Der Blick, den sich Silke und Désirée zuwarfen, schwankte irgendwo zwischen Unglauben und Panik. Denn was es bedeuten würde, Irma als Partnerin zu haben, wussten beide nur zu gut: penetranter Plüsch statt polierter Palettenmöbel, koffeinfreier Kaffee statt karamellisiertem Cappuccino, Schwarzwaldklinik statt Sex and the City.

„Du willst also bei uns mitmachen? So richtig?", fragte Désirée sicherheitshalber und hoffte auf Entwarnung.
Irma nickte euphorisch.
„Na logo, Mädels. Wir wuppen das schon!"
Es klang so lächerlich, wenn Irma sich daran versuchte, hipp zu klingen. Aber sie meinte es ernst, daran zweifelte trotz ihrer Verbalakrobatik keiner im Raum. Silke und Désirée bemühten sich um ein Lächeln, Hinnerk hingegen grinste von einer Backe zur anderen.
„Siehste, Tochter, so wendet sich doch noch allns zum Gut'n."
Wie gerne hätte sie ihm einmal kräftig in die Rippen geboxt, diesem Verräter!"
Dann musste sie sich eben selber helfen.
„Und dein Haus? Was ist mit deinem Leben am Bungsberg?", wollte Désirée wissen.
„Dasselbe könnte ich dich wohl auch fragen", antwortete Irma und stieß Désirée damit auf einen Gedanken, den sie erfolgreich verdrängt hatte. Bisher hatte sie ihre Wohnung in Heikendorf nicht gekündigt. Da sie aber auch nach Irmas großzügiger Finanzspritze nicht in der Lage war, die Miete zu zahlen, war es wohl nur eine Frage der Zeit, bis der Vermieter eine Entscheidung für sie treffen würde.
„Die werde ich auflösen", hörte sie sich sagen, und ihr wurde schmerzlich bewusst, dass sie gerade imstande war, mal so nebenbei einen Schlussstrich untr ihr Leben an der Kieler Förde zu ziehen.
„Und Christoph?", fragte Irma traurig.
„Irma." Désirée legte ihr die Hand auf die Schulter. „Christoph hat sich für ein Leben ohne uns entschieden. Jetzt müssen wir alleine zusehen, wo wir bleiben."
Die alte Dame tat Désirée wirklich leid. Es würde jedem wehtun, so von seinem eigen Fleisch und Blut enttäuscht zu werden.

„Also gut", traf sie eine spontane Entscheidung. Dieses Elend war ja kaum mit anzusehen. „Wenn Silke einverstanden ist, bist du dabei."

Irma, gerade noch in sich zusammen gesunken, wirkte gleich wie ausgewechselt. Spannend zu beobachten, wie schnell sie sich erholte, sobald es nach ihrer Nase ging! Hinter ihrer arglosen Hausmütterchen-Fassade steckte eine kleine listige Natter, das wurde Désirée immer klarer.

„Wenn ihr mich so lieb bittet, werde ich euch natürlich gerne mit Rat und Tat unterstützen."

Désirée schwante Böses. Aber jetzt war es zu spät dafür, Irma rauszukegeln, also konzentrierte sie sich wieder auf das Wesentliche.

„Leider weiß ich aber nicht, wo wir Räumlichkeiten finden sollen. Die Insel ist überschwemmt mit Investoren, und jedes Kellerloch kostet ein Vermögen", schmälerte Désirée die Euphorie.

„Da kann ich euch bei helf'n", warf ihr Vater ein. „Und dat sogar, ohne bei euch mitmach'n zu woll'n."

„Na, da haben wir ja Glück, dann bleibt uns wenigstens das obligatorische Fischernetz unter der Decke erspart. Woran denkst du?" Désirée rückte interessiert näher an ihn heran.

„Unten am Hafen steht seit Jahr'n 'n lütter Pavillon leer. Die Gemeindevertretung kann sich nich einigen, wat damit passier'n soll. Nur, dat der nich an externe Investoren geht, steht fest. Wenn ich 'n gutes Wort für euch einleg und ihr die nötige Knete mitbringt, klappt dat bestimmt mit euerm Klimbimlädchen. Und ich bekomm jeden Tag direkt nach'm Einlaufen frisch'n Tee. Passt." Zufrieden lehnte er sich in seinem Stuhl zurück.

Das ging Désirée jetzt doch ein bisschen zu schnell.

„Das passt gar nicht! Wir wollen angesagten Schmuck verkaufen und keine mit Satin ausgelegten Muscheldosen. Dafür müssen wir in ein richtiges Ladenlokal, doch nicht

183

in so einen alten Schuppen mit Möwenscheiße auf dem Dach!"
Hinnerk knurrte in seinen Bart.
„Ach, Madam möcht dat schick hab'n! Hast du denn schon ma überlecht, wo ihr dat Material herbekommt?"
„Ich kann dir nicht folgen."
„Na, denn frag ma deine Freundin."
Erwartungsvoll sah Désirée Silke an.
„Hinnerk hat recht", stimmte diese Désirées Vater zu. „Ein Teil vom Meeresgut, dat ich verwende, sammelt Hinnerk für mich aus'm Beifang. Dat macht echt Sinn mit'm Hafen, Deetje! Wir produzier'n und verkauf'n da, wo der Schmuck herkommt, quasi fangfrisch. So wat zieht! Und außerdem darfst die Tagesgäste nich vergess'n, die für Ausflugsfahrten an'n Hafen komm' oder um beim Löschen der Kudder zuzuguck'n. In Westerland hab'n wir nur überteuerte Mieten und Billichkonkurrenz."
Irma nickte emsig und stand schwungvoll auf.
„Damit ist es also beschlossen. Dann kümmert ihr euch um den Laden, und ich überleg mir schon mal, wie die Einrichtung aussehen könnte. Hach, ich wollte schon immer ein eigenes Geschäft haben, aber wie hätte ich das neben dem Haushalt schaffen sollen? Mein Mann, Gott hab' ihn selig, wäre ausgeflippt, wenn das Essen abends nicht pünktlich zur Tagesschau auf dem Tisch gestanden hätte. Aber heute sind die Umstände ja völlig andere. Mädels, ich freu mich, das wird ne ganz feine Sache!"
Désirée und Silke hatten keine Gelegenheit, etwas zu erwidern. Irma war schon mit wehenden Fahnen in Richtung Treppe entschwunden. Geschockt schauten sie sich an.
„Dat macht die nich", versuchte Silke die Situation zu beruhigen.
„Doch, dat macht die", lachte Hinnerk. Seine Schadenfreude war ihm deutlich anzumerken.

„Allerdings", pflichtete Désirée ihm bei. Sie war ganz blass um die Nase. „Wir müssen sie stoppen!"

„Ach", wiegelte Silke ab. „Irma krieg'n wir schon eingefang'. Jetzt gibt dat erstma Wichtigeres. Bekomm' wir den Pavillon? Wat brauch'n wir für Lizenzen? Außerdem sollten wir 'n Geschäftsplan und 'ne Kalkulation aufstell'n. Da kommt richtig Arbeit auf uns zu. Stell dir dat nich zu einfach vor, mit dekorativ im Laden steh'n und von Zeit zu Zeit lächeln, is dat nich getan."

„Das weiß ich auch", verteidigte sich Désirée und schnitt Silke eine Grimasse. „Ich bin ja nicht blöd. Darum weiß ich auch, dass wir am besten sofort mit Irma reden sollten. Wenn wir sie nicht gleich zu Anfang einnorden, haben wir am Ende ein Ambiente wie im Wiener Kaffeehaus und obendrein beide einen Nervenzusammenbruch. Die Frau ist unberechenbar!"

Jetzt lachte auch Silke.

„Du übertreibst."

„Wenn du meinst. Aber sag hinterher nicht, ich hätte dich nicht gewarnt."

„Denn mach'n wir dat also?"

„Nur, wenn Irma hoch und heilig verspricht, sich nicht zuviel einzumischen."

„Abgemacht. Wir sprech'n mit ihr."

„Deal."

„Verdammt!" Désirée hielt sich den Fuß, auf den ihr eben eine Großpackung Schinkenwürfel gefallen war. Was war das auch für eine verflixte Kühlraumtür, bei der man beide Hände brauchte, um sie zu öffnen? Praktisch hingegen, dass es sich um Gefrierware handelte, die ihr da den kleinen Zeh zerquetscht hatte, da konnte sie gleich ein wenig kühlen.

„Sieht interessant aus." Gerade, als es sich Désirée kurz mit dem improvisierten Kühlpack an der Wand bequem

gemacht hatte, kam Mads um die Ecke. „Machst du so was öfter?"
Zugegeben, es musste leicht bescheuert wirken, wie sie da unter einer Packung Tiefkühlware saß und schmerzvoll das Gesicht verzog.
„Das Mistding ist mir auf den Fuß gefallen."
Sofort war Mads zur Stelle.
„Lass mal sehen. Als Hausmeister sind Reparaturen mein täglich Brot."
„Das gilt vielleicht für Lampen und Möbel, aber wohl kaum für verunfallte Kolleginnen." Ihr Mund funktionierte noch ganz gut.
„Sagt wer?" Schon hatte Mads ihr den Socken ausgezogen und betastete sanft ihren Fuß.
Hoffentlich klebten keine von diesen ekelhaften Wollmäusen zwischen ihren Zehen, immerhin war sie schon seit Stunden auf den Beinen und hatte bereits zig ihrer zahllosen Runden durchs Restaurant gedreht. Gott, wäre das peinlich! Angespannt versuchte sie, ebenfalls einen Blick auf ihren Fuß zu erhaschen, blieb aber an der Aufschrift „durchzogener Schweinespeck, fein gewürfelt" hängen.
Mads machte sich anscheinend weniger Sorgen um unhygienische Flusenbildung, er massierte einfühlsam weiter. Wäre die Situation nicht so bescheuert gewesen, man hätte sie fast genießen können. Ihr Kollege wusste seine Hände durchaus einzusetzen. Kräftig und doch vorsichtig arbeitete er sich von Zeh zu Zeh und achtete tunlichst darauf, dabei den Blickkontakt nicht abreißen zu lassen.
Das Blau seiner Augen wirkte auf Désirée wie eine Droge, fast vergaß sie, dass sie auf dem Fußboden vor einer Kühlzelle saß und es ihr Arbeitskollege war, der ihr da gerade den Fuß liebkoste. Zu intim, viel zu intim!
„Du kommst also aus Dänemark?", versuchte Désirée ungeschickt, die erotische Spannung aus dem Moment zu nehmen.

„Ja. Dänemark", ließ er sie wortkarg auflaufen.
„Aber findest du, dass das der richtige Moment für Smalltalk ist?"
Désirée wurde heiß und kalt. Wie meinte er denn das jetzt schon wieder?
„Weil ich verletzt bin?", versuchte sie einen Vorstoß.
Mads lächelte geheimnisvoll.
„Ja, genau das meine ich wohl." Dann ließ er ihren Fuß abrupt los und zog ihr den Socken wieder an.
„Alles in Ordnung, du hast dich bestimmt nur erschrocken."
Désirée fühlte sich, als hätten sie gerade die ganze Nacht lang Liebe gemacht. Ohne Pause. Oder den Berlin-Marathon absolviert. Sie war fix und alle. Warum machte dieser Mann sie nur so fertig? Warum wirkte er auf sie wie etwas, das sonst nur die Kombination aus pulsierendem Bass, ausgelassenem Abtanzen und zuviel Sekt auslösen konnte? In ihr wuchs ein unstillbares Bedürfnis.
„Gehst du mit mir eine rauchen?", fragte sie und hätte sich am liebsten auf die Zunge gebissen. Jetzt konnte sie nur hoffen, dass die männliche Unfähigkeit, Kausalzusammenhänge zu erkennen, auch auf Mads zutraf.
„Sorry", hob dieser entschuldigend die Hände, und Désirée dachte schon, sie wäre zu weit gegangen. „Ich rauche nicht."
Betreten schwiegen sie eine Weile.
„Aber wenn du magst, entfache ich dir ein ganz anderes Feuer."
Noch so eine Zweideutigkeit und sie würde augenblicklich durchdrehen. Sie hatte wirklich keine Kraft mehr, darauf etwas zu erwidern, stattdessen sah sie ihn nur mit einer paradoxen Mischung aus Hilflosigkeit und unterdrückter Lust an. Wahrscheinlich glich sie gerade einem ralligen Rüden, dem man eine Boxershorts angezogen hatte.
Zum Glück erlöste Mads sie schnell.

„Komm mich doch auf dem Campingplatz besuchen. Wir machen ein schönes Lagerfeuer, trinken was und grillen 'ne Wurst. Was sagst du?" Bittend sah er sie an.
„Und was ist mit der Christensen?", traute Désirée sich zu fragen. Es war Zeit für Butter bei die Fische.
„Na, was soll mit ihr sein? Sie hat sicher nichts dagegen, wenn sich ihre Mitarbeiter gut verstehen. Hat sie doch sogar gesagt. Also?"
Er wollte also nicht mit der Wahrheit rausrücken. Trotzdem konnte sie nicht anders, als das Angebot anzunehmen. Der Kerl war einfach zu heiß.
„Gut, aber nur wegen des Würstchens", sagte sie zu und wollte, just dass sie es ausgesprochen hatte, am liebsten im Boden versinken. War Mads wirklich der Liebhaber der Christensen, wusste sie schon, über wen man sich morgen im Hotel beömmeln würde. Und das, obwohl sie im Gegensatz zu vielen von ihren Kollegen den Genitiv richtig benutzte. Die Welt war einfach ungerecht.
„Nur wegen des Würstchens", wiederholte sie verzweifelt, als sie sich wieder auf den Weg ins Restaurant machte, und war glatt versucht, sich den Schinkenbeutel noch einmal auf den Fuß zu werfen. Physischer Schmerz würde sie wenigstens ablenken von dem pochenden Schamgefühl, das sie gerade empfand.
Sofort steuerte sie das Kinderland an. Das hier war eine Notsituation, da musste der Koch einen Moment auf seinen Speck warten.
Zum Glück war Silke mit ihrer Meute noch nicht zum Strand aufgebrochen. Stattdessen spielten die Kinder Gummitwist.
Désirée hatte gar nicht gewusst, dass das heute noch ein Thema war. Sie konnte sich zumindest nicht daran erinnern, in den letzten fünfzehn Jahren Kinder mit einem solchen Band, einem Springseil oder beim „Dose-Dose"-Spielen gesehen zu haben. Dabei waren das Equipment

kosten- und die Spielvariationen quasi endlos – ganz im Gegensatz zur gerade aktuellen Version der PlayStation oder der Mitgliedschaft in der Junior-Sparte ihres Golfclubs.

„Teddybär, Teddybär, dreh' dich um. Teddybär, Teddybär, mach' dich krumm. Teddybär, Teddybär, mach' dich klein. Teddybär, Teddybär, hüpf' auf einem Bein", sangen die Kinder und lachten hell, während sie über das Gummi hüpften.

„Silke!", versuchte Désirée, auf sich aufmerksam zu machen, scheiterte aber an der Lautstärke der spielenden Meute.

„SOS!", unternahm sie einen erneuten Versuch und wedelte mit dem Armen, als würde sie gerade mit einem Gummiboot in Seenot sein. Jetzt hatte Silke sie entdeckt und zog sich kurz aus dem Spiel zurück.

„Wat is denn? Wir spiel'n grad …"

„Ja, ja", unterbrach Désirée den Bericht ihrer Freundin. „Aber ich muss unbedingt mit dir sprechen. Ich hab eben Mads getroffen."

„Jo, und? Darum holst mich aus der Arbeit?" Silke wurde ungeduldig.

„Nein, natürlich nicht. Also, erst hat er mir bei meinem Fuß geholfen, da ist mir nämlich ein Kilo Schinken draufgefallen …"

„Schinken?"

„Ja, aber das ist jetzt nicht wichtig. Auf jeden Fall ist es mir heiß und kalt den Rücken runtergelaufen, als er mich berührt hat. Und dann hat er mich zu sich auf den Campingplatz eingeladen, und ich habe zugesagt. Aber nur wegen seines Würstchens." Den letzten Satz flüsterte sie kläglich.

Silke verstand nur Bahnhof.

„Wat soll dat heiß'n, nur wegen sei'm Würstchen?"

Désirée wand sich merklich.

„Naja, er hat mich eingeladen auf Bier und Würstchen, und ich sagte dann ‚Ok, aber nur wegen des Würstchens'." Zerknirscht guckte sie ihre Freundin an. Wenn ihr jetzt jemand Halt geben konnte, dann war es Silke.
Doch die sagte erstmal gar nichts. Dann blähten sich ihre Wangen auf, ihr Kopf wurde rot und es platzte förmlich aus ihr heraus. Sie lachte lauthals, bis ihr Tränen über die Wangen liefen und sie sich ihren Bauch halten musste.
„Deetje, du bist der Knaller!", stöhnte sie, als sie sich langsam wieder gefangen hatte. „Und wat hat er gesacht?"
Wer solche Freunde hatte, brauchte echt keine Feinde mehr.
„Nichts mehr", antwortete Désirée und musste sich zusammennehmen, Silke nicht gerade ganz furchtbar doof zu finden. „Nur so komisch gegrinst."
„Herrlich!", kommentierte Silke und atmete einmal tief durch. „Damit hast mir den Tag gereddet."
„Blöde Kuh!"
„Dat meinst du doch gar nich so. Kriegst auch 'ne Umarmung von mir, denn hast mich wieder lieb", sagte Silke und knuddelte Désirée gegen deren Willen.
„Heißt dat nu zwischen euch geht wat? Und wat is mit der Chefin? Mensch, Deetje, pass bloß auf, dat du dir mit dieser Liebelei nich 'ne Kündigung einfängst."
Désirée hob entschuldigend die Schultern.
„Was soll ich denn machen? Ich hab ihn ja angesprochen auf die Christensen, aber er meinte nur, dass sie bestimmt nichts dagegen hätte." Sie machte eine kurze Pause. „Und er ist doch so furchtbar lecker!" Verzweifelt ließ sie den Kopf an Silkes Schulter sinken. „Du meinst also, er verarscht mich?"
„Hmmm", Silke dachte nach. „Eig'ntlich passt dat so gar nich zu Mads. Ich kenn kaum 'ne ehrlichere Haut als ihn. Der kann wirklich keiner Fliege wat anhab'n. Und warum sollt er dich anbaggern, wenn er gar nix von dir will?"

„Mensch Silke, sei doch nicht so naiv", ging Désirée sie harscher an als beabsichtigt und hob wieder ihren Kopf. „Vielleicht komme ich den beiden gerade recht, um von ihrer Affäre abzulenken. Oder Mads soll etwas über mich herausfinden. Vielleicht, ob ich loyal bin oder so was. Was weiß denn ich. Auf jeden Fall ist es doch seltsam, dass Mads mit mir flirtet, obwohl er doch was mit der Direktorin am Laufen hat. Oder findest du nicht?"
Silke kratzte sich am Kinn.
„Ja, dat is seltsam. Denn pass ma bloß auf, dat du da nich verseh'ntlich in die Schusslinie kommst. Dat is kein Mann wert."
„Sagt die, die auf Frauen steht", konnte Désirée jetzt wieder lachen.
„Sacht die, die auf Frauen steht, der, die auf Würstchen steht", konterte Silke.
Touché.

„Und?", Irma und Silke kamen ihnen schon aufgeregt aus dem Garten entgegen, als sie gerade erst die Einfahrt passierten.
Trotz übersichtlicher Tagesordnung war es später geworden als gedacht. Was hauptsächlich daran lag, dass es sich die Ausschussmitglieder verschiedener Fraktionen nicht hatten nehmen lassen, sich zu jedem Punkt die Köpfe einzuhauen.
Leider hatte man über die Vergabe des Pavillons erst ganz am Schluss beraten, also nach endlosen Diskussionen über das zu bevorzugende Material für den Poller am Strandparkplatz und die Genehmigung eines Neubaus am Ortseingang. Am Ende hatte Désirée nicht mehr gewusst, ob sie darüber lachen oder weinen sollte, mit welch wichtiger Miene und Ausdauer man die bestechenden Eigenschaften von anthrazitfarbenem Stahl vertreten konnte.

„Viel Gesabbel und Selbstdarstellung. Wie immer", fasste Hinnerk den Abend für Irma wenig aussagekräftig zusammen.

„Lasst uns doch einen Absacker im Garten nehmen", schlug Désirée vor. „Dann erzählen wir alles in Ruhe."

Sie gingen gemeinsam ums Haus und setzen sich an den Gartentisch, den Silke und Irma bis eben für eine Partie Karten genutzt hatten. Es hatte sich schon merklich abgekühlt, und Désirée kuschelte sich zu Silke unter eine Wolldecke und schnappte sich deren fast geleertes Weinglas.

Irma rutschte unruhig auf ihrem Stuhl hin und her.

„Jetzt spannt uns doch nicht so auf die Folter", drängelte sie. „Hattet ihr Erfolg?"

„Es muss natürlich noch durch die Gemeindevertretung", warf Désirée Silke und Irma einen Brocken hin und genoss die aufkommende Nervosität der beiden.

„Heißt?", konnte auch Silke es jetzt nicht mehr abwarten.

„Der Ausschuss hat grünes Licht gegeben. Wir haben den Pavillon!" Désirée schrie es fast heraus, sprang auf und umarmte ihre zukünftigen Geschäftspartnerinnen.

Es dauerte eine Weile, bis sich die allgemeine Aufregung gelegt hatte und Hinnerk berichten konnte:

„Erst warn sie sich wieder nich einig, unsre hohen Herren. Aber denn hat Bürgermeister Piet Tommsen all'n ma tüchtig den Kopp gewasch'n. Dat man ‚doch froh sein könne, wenn sich unsere Kinder für den Ort engagieren wollten'. Und dat ‚ein Votum dagegen sei, wie eine Stimme gegen die Identität unsrer Heimat'", zitierte er in hochgestochenem Tonfall und man merkte ihm an, dass er für die akkurate Wortwahl des Gemeindeoberhauptes nicht viel übrig hatte.

„So richtig aufgefahr'n hat er, der olle Piet." Hinnerk lehnte sich zufrieden in seinem Stuhl zurück. „Ich wusst ja, dat der mir keine Bidde abschlag'n kann. Hat mich aber 'ne Buddel Köm gekostet, seine brenn'de Rede." Er zwinkerte

Désirée zu, und sie lächelte sanft zurück. Große Gesten waren was für Festländler.
„Und das feiern wir jetzt!", verkündete Irma und stapfte ins Haus, um einen Sekt zu holen. „Ich als Unternehmerin, dass ich das noch erleben darf."
Misstrauisch beugte sich Désirée zu Silke rüber:
„Du hast doch mit ihr gesprochen?"
Erstaunt schaute Silke sie an.
„Ich? Ich dacht, du wollst dat mach'n!"
Kraftlos sank Désirée zurück in ihren Stuhl. Die Selbstständigkeit stellte sich schon jetzt als aufwendiger heraus, denn angenommen.

Bereits am nächsten Tag hatten sie sich zu einer ersten Besichtigung ihres zukünftigen Verkaufsraumes verabredet.
Désirée und Silke nahmen gemeinsam den kurzen Weg durch den Ort, nachdem sie im Hotel Feierabend gemacht hatten.
Sie waren aufgeregt wie zu Schulzeiten. Damals hatten sie zusammen Pläne geschmiedet für eine Weltumseglung, zu der sie möglichst in den nächsten Sommerferien antreten wollten. An ihrem Lieblingsplatz in den Dünen erstellten sie stundenlang Pläne, was alles eingepackt werden musste, welche Route die beste war und mit welcher Strategie sie ihre Eltern davon überzeugen konnten, dass so ein Unterfangen genau das richtige Abenteuer bedeutete für zwei Mädchen im Alter von immerhin fast zehn Jahren. Irgendetwas hatte sie aber dann schlussendlich von ihrem ausgeklügelten Plan abgelenkt, wenn Désirée sich recht erinnerte, war es die Idee, einen Streichelzoo für Feriengäste zu eröffnen.
Ihre Kreativität hatten sie sich nach all den Jahren erhalten, blieb nur zu hoffen, dass sich das Projekt Schmuckboutique nicht als ebensolches Luftschloss herausstellen

würde wie die gemeinsamen Unterfangen aus Kindertagen.
Als sie den Hafen erreichten, stand die Tür des Pavillons bereits offen. Etliche Male war Désirée zuvor an dem kleinen Gebäude vorbeigelaufen, doch heute betrachtete sie es zum ersten Mal genauer:
Die Holzpaneele hatten schon bessere Tage gesehen, und das Reetdach würde mit Sicherheit erneuert werden müssen, aber insgesamt schien das Häuschen durchaus brauchbar. Weiße Holzfenster mit Sprossen ließen zu allen Seiten einen Blick ins Innere zu.
Gerade, als sie durchs Glas linsen wollten, schoss Irma aus der Tür. Auf dem Kopf trug sie eine Schirmmütze mit dem Aufdruck eines deutschen Automobilherstellers, in der Hand ein Klemmbrett nebst Messband.
„Meine Lieben, schön, dass ihr da seid!", begrüßte sie die Ankömmlinge. „Ich dachte mir, ich nutze den Vormittag schon einmal, um mich um den Laden zu kümmern. Ihr Mädchen habt ja immer so viel im Hotel zu tun."
Während Désirée eine böse Vorahnung überkam, nickte Silke dankbar. Sie hatte noch immer nicht verstanden, dass man bei Irma mit allem rechnen musste.
„Dat is ja lieb von dir, Irma. Hast dir also echt schon Gedank'n über die Gestaltung gemacht? Denn lasst doch ma 'n Blick in den Raum werf'n, damit wir uns abstimm' könn'."
„Ach, papperlapapp, Gedank'n gemacht", wischte Irma Silkes Kommentar lapidar mit einer Handbewegung beiseite. „Wenn wir so anfangen, öffnen wir erst in zehn Jahren. Ich habe mich natürlich schon um alles gekümmert! Malermeister Neubauer kommt morgen und streicht einmal weiß über, und der örtliche Schreiner kümmert sich um die Einbauregale, ganz schick, in Buche. Damit kann man nichts falsch machen."

Stolz tippte sie mit ihrem Kugelschreiber auf die Unterlage und wippte leicht auf den Fußsohlen, bereit, den Dank der Mädchen entgegenzunehmen.
Désirée konnte es einfach nicht fassen.
„Du hast was? Irma, du bist zwar mit im Boot, aber niemand hat gesagt, dass du es steuerst!", fand sie eine, ihrer Meinung nach, äußerst passende Metapher, stieß bei ihrer Schwiegermutti damit aber nur auf Unverständnis. Deren Gesichtsausdruck änderte sich von einer Sekunde auf die andere, das euphorische Grinsen wich dem pikierten Spitzmund, den Désirée schon des öfteren bei ihr ausgelöst hatte.
„Ach, das Fräulein ist nicht zufrieden mit meiner Auswahl? Jetzt sag nicht, ihr hättet die Regale in Kiefer haben wollen. Das ist ja nun wirklich nicht mehr in Mode."
Désirée schnaufte.
„Um ehrlich zu sein, haben wir uns bereits Gedanken gemacht über das Mobiliar. Wir hatten vor, Europaletten an den Wänden zur Präsentation zu nutzen, die wir weißen und mit Regalen in Treibholzoptik ergänzen. Und als Tresen haben wir uns alte, aufgearbeitete Holzfässer vorgestellt. Shabby Chic. Schon mal was davon gehört in deinem Gesangskreis?"
Irma griff sich fassungslos an die Brust.
„Ich soll mein Geld ausgeben für Schrott? Nee, nee, meine Lieben, das könnt ihr euch abschminken. Da kommen solide Regale rein, die nicht aussehen, als hätte man sie vom Sperrmüll geklaut. Was sollen denn unsere Kunden denken? Dass wir uns nichts anderes leisten können? Also, Ideen habt ihr!"
„Darum geht dat jetzt ja auch gar nich primär, Irma", mischte Silke sich ein. Sie wusste aus ihrer Arbeit mit Kindern, wie man einen Streit schlichtete. „Ich denk, wir müss'n uns ab sofort einfach besser abstimm'. Wir find'n mit Sicherheit 'n gemeinsam' Nenner."

Irma schien sich langsam zu beruhigen, doch Désirée war noch immer auf hundertachtzig.
„Aber deine Heimwerkerfuzzis bestellst du schön wieder ab! Mensch Irma, das Ding ist noch nicht mal durch die Gemeindevertretung. Willst du, dass die uns die Boutique dicht machen, bevor wir überhaupt eröffnen können?"
„Gut", lenkte Irma trotzig ein. „Aber dann möchte ich wenigstens schon einmal einen Vorschlag für den Namen machen. Was haltet ihr von ‚Irmas Schmuckstübchen'? ‚Schmuckstübchen am Hafen' ginge auch, das ist dann natürlich ein wenig unpersönlicher."
Silke entfuhr ein Gackern, aber Désirée konnte überhaupt nicht über die Situation lachen. Wütend starrte sie Löcher in das Hafenbecken und versuchte, sich wieder zu beruhigen. Sie brauchten Irma, ohne ihr Geld waren sie aufgeschmissen.
„Bring sie hier weg", zischte sie Silke zu, welche zum Glück sofort reagierte.
„Zeich mir doch ma, wo du dir den Verkaufstres'n gedacht hast, Irma", lotste sie die selbsternannte Innendesignerin in den Pavillon, so dass Désirée Zeit hatte, durchzuatmen.
War es das wert? Ihr Blick schweifte von den Kuttern zu ihrer Linken über den Hafen bis hin zu dem kleinen Muschelimbiss. Ja. Sie wollte das hier. Sich zum ersten Mal in ihrem Leben etwas Eigenes aufbauen, ein Luftschloss verwirklichen mit einem Menschen an der Seite, mit dem sie ihre Zeit lieber verbrachte, als mit sonst irgendwem auf der Welt. Und mit Irma.
Entschlossen folgte sie ihren beiden Geschäftspartnerinnen in das neue Domizil. Das im übrigen nur über ihre Leiche „Schmuckstübchen" heißen würde.
Silke und Irma waren gerade in einer heißen Diskussion darüber, ob es in Zeiten, in denen täglich Abermilliarden Daten übers Netz verschickt wurden, wirklich nötig sein würde, ein Faxgerät zu bestellen.

„Und wie stellst du dir das dann vor, wenn uns jemand eine Bestellung schicken will? Soll er die dann erst mit der Post senden?", argumentierte Irma wenig stichhaltig.

„Äh, Internet?", entgegnete Silke und erntete dafür von Irma nur einen spöttischen Blick.

„Als wenn das Internet Briefe zustellen würde. Ich bin zwar älter als ihr, aber ich weiß schon ganz genau Bescheid über Gockel und den ganzen Kram."

„Google", stöhnte Désirée, „es heißt Google. Und das Internet kann sehr wohl Brief versenden. E-Mails, kennst du doch! Irma, ich schlage vor, um die technischen Details kümmern wir uns. Da hast du nun wirklich keine Ahnung von."

„Und wofür habe ich dann letzten Winter den Computerkurs gemacht?", setzte Irma noch einmal nach.

„Tja, Irma, das frage ich mich ehrlich gesagt auch", beendete Désirée die Diskussion endgültig.

Mit Irma als Geschäftspartner kam man in etwa so gut voran wie zur Ferienzeit auf der A7. Unauffällig nahm Désirée Silke zur Seite, während Irma sich wieder an die Vermessung der Wände machte.

„Sehen wir uns heute Abend? Wir brauchen dringend einen Plan, wie wir Irma sinnvoll beschäftigen können. Die versaut uns das ganze Konzept. Am Ende betreiben wir hier wirklich noch die trutschige Schmuckdiele, die sie sich vorstellt!"

Silke lachte:

„Ach Süße, jetzt komm ma wieder runter. Irma is vielleicht 'n büschen speziell, aber nich die böse Königin. Wir hab'n dat im Griff! Außerdem muss ich heut Abend ran an Schmuck, sonst hab'n wir gar nix, wat wir auf den schnieken Buche-Regalen anbiet'n könn'."

Unglaublich, Silke fand die Situation tatsächlich witzig! Merkte sie denn nicht, wie gefährlich Irma für das Projekt war?

„Du hast von ihrem Apfel genascht!", flüsterte Désirée verschwörerisch, wofür sie von Silke nur ein lapidares „Du spinnst echt, Schneewittchen" erntete.
„Gut, wenn du meinst. Aber ich werde nicht zulassen, dass Irma hier weiter in diesem Maße ihr Unwesen treibt. Ich überleg mir was." Désirée hatte da schon so eine Idee.
„Am besten triffst dich heut Abend mit Mads, denn kommst ma auf andre Gedank'n", schlug Silke vor.
Désirée war unsicher:
„Meinst du? Und wenn er mich wirklich nur verarscht?"
„Find's raus! Wat hast schon noch zu verlier'n?", neckte Silke und erntete dafür einen bösen Blick.
„Ok."
„Echt?"
„Ich rufe ihn an", entgegnete Désirée, noch immer im Flüsterton.
„Wen wollen Sie anrufen, mich? Nicht mehr nötig", erklang hinter ihnen eine wohlbekannte Stimme. Désirée schnellte herum:
„Brenner! Äh, ich meine Bernd …" Es war mehr ein erschrockener Ausruf denn eine Begrüßung.
„Hallo, die Damen", ließ der Überraschungsgast sich davon aber nicht beirren und begrüßte alle mit Handkuss.
„Frau Wendt, Sie sehen wie immer bezaubernd aus", sagte er zu Irma, welche sich verschämt ihre Schirmmütze zurechtrückte.
„Ach, das sagen Sie doch nur so."
Brenner ging nicht weiter darauf ein, sondern wendete sich wieder Désirée und Silke zu.
„Ich wollte nur einmal kurz vorbeischauen und sehen, wie es bei euch läuft." Er vergrub seine Hände in den Taschen und versuchte, besonders lässig zu wirken, was ihm aber in Désirées Augen gründlich misslang. Ein Grashüpfer wurde auch nicht zum Schmetterling, nur weil er besonders hoch sprang.

„Ich hab doch gar nichts von unserem Laden erzählt?", wunderte sich Désirée.
Jetzt setzte Brenner seinen extrem wichtigen Ermittlerblick auf, der keine weiteren Fragen zuließ. Sein Kopf wippte dabei leicht vor und zurück.
„Wie gesagt, ich wollte nur kurz nach dem Rechten schauen. Dann macht mal fleißig weiter, wir sehen uns!"
Schon war er weg und ließ Désirée verunsichert zurück.
„War das jetzt ein Kontrollbesuch? Er konnte doch gar nicht wissen, dass wir hier sind. Mir wird das langsam wirklich unheimlich."
„Keine böse Königin, kein Gargamel. Komm runter, Deetje! Du bist hier auf Sylt und nur, weil immer mehr Leute auf die Idee komm', Inselkrimis zu schreib'n, bist du noch lang nich die Hauptdarstellerin in ei'm von den Schmökern", versuchte Silke, die Ängste ihrer Freundin zu schmälern.
„Bin ich nicht? Wie nennst du denn das, was hier gerade abläuft? Christoph verschwindet spurlos, und der Kerl, der eigentlich seine Energie darauf verwenden sollte, ihn zu finden, wird zu meinem Stalker!", redete sich Désirée in Rage, wurde aber von Irma unterbrochen:
„Ihr Dummerchen. Es ist doch völlig offensichtlich, was hier läuft." Selbstsicher stemmte sie die Hände in ihre ausladenden Hüften.
„Ach ..." Jetzt waren Désirée und Silke wirklich gespannt. Hatten sie etwas so Offensichtliches übersehen?
„Wie sagt man in eurer Generation?", fragte Irma, gab sich die Antwort dann aber selber: „Er steht einfach auf mich!"

Am Nachmittag traf Désirée ihren Vater auf der Bank bei seiner täglichen Pfeife. Obwohl er seine gelben Chucks nur zum Schlafen auszog, und nicht mal dessen war Désirée sich sicher, leuchteten sie satt in der Sonne.
Der Zeitpunkt war ideal. Désirée hatte sich überlegt, ihn darum zu bitten, Babysitter für Irma zu spielen – zumin-

dest solange, bis ihr Unternehmen in geregelten Bahnen lief. Aber sie musste behutsam vorgehen, sonst würde Hinnerk gleich abblocken.

„Na, Vaddern? Wie geiht di dat?", fragte sie daher bewusst beiläufig und setzte sich neben ihn.

Misstrauisch drehte er seinen Kopf.

„Dat Fräulein Hochwohlgeboren schnackt Platt? Wat willste, Tochter?", fiel er nicht eine Sekunde auf Désirées fingierten Smalltalk rein. Er kannte seine Tochter gut, auch wenn sie sich lange nicht gesehen hatten.

„Nichts, was soll ich denn wollen?", schwindelte Désirée und startete spontan ein kleines Ablenkungsmanöver:

„Du hast mir noch nie erzählt, warum du immer dieselben Schuhe trägst."

„Hast nie gefracht."

Désirée unterdrückte ein Stöhnen.

„Aber jetzt frag ich. Sind ja nicht gerade typisch für einen nordfriesischen Brummbart wie dich", liebevoll stieß sie ihren Vater an. Es war ungewohnt, so miteinander umzugehen, und vielleicht war die Berührung ein bisschen zu heftig geraten, aber ihr Vater ließ kurz seine Pfeife sinken und schaute sie abwesend an.

„Hab mein erstes Paar zusamm' mit deiner Mudder gekauft. Damals in England. Wir kannten uns grad ma 'n paar Tage, aber ich wusste gleich, dat dat wat für immer war." Jetzt blickte er traurig rüber zur Insel Föhr, der Heimat seiner großen und einzigen Liebe. „Zumindest bei den Schuh'n hatt ich recht."

Désirée zerriss es fast das Herz, Hinnerk so zu sehen. Er hatte nie vor ihr Gefühle gezeigt, womöglich, um sie als Kind vor dem zu schützen, was kaum zu ertragen war – und sie damit erst recht einsam gemacht. Aber heute und hier wollte und konnte sie ihm nichts vorwerfen, das hatte er einfach nicht verdient.

„Das, was ihr hattet, wird für immer sein", sagte Désirée leise und drückte die Hand ihres Vaters. Das war also das Geheimnis seiner Turnschuhe, schöner hätte die Erklärung dafür nicht sein können.

„Ich möchte auch so welche", beschloss sie spontan. „Ich möchte Mama so nah sein wie du."

Hinnerk nickte kaum wahrnehmbar und wendete sich wieder seiner Pfeife zu.

Unmöglich konnte sie jetzt ihr Anliegen loswerden, sie würden alleine mit Irma fertig werden müssen. Trotzdem war sie glücklich, denn das erste Mal seit langer Zeit fühlte sie sich wieder als Teil einer Familie. Auch wenn diese mit ihr, ihrem Vater und einer Mutter im Himmel personell zugegebenermaßen knapp besetzt war.

„Männo!", Désirée warf auch das letzte Oberteil auf den Stapel auf ihrem Bett. Was trug man zu einem Date, das auf einem Campingplatz stattfand? Mit Sicherheit war sie am Ende entweder over- oder underdressed. Vor allem bei der Mini-Auswahl an Klamotten, die sie mit auf die Insel hatte nehmen können! Weiße Hosen fielen schon mal flach. Da hatte sie dann spätestens nach ein paar Minuten einen dreckigen Mors. Auch kurze Oberteile waren nichts. Nachts fiel das Thermometer noch ganz schön in den Keller, und sie war sowieso eine totale Frostbeule.

Mutlos warf sie sich aufs Bett und kuschelte sich in die Patchwork-Decke ihrer Mutter. Das hatte ihr schon immer geholfen, kleinere und größere Krisen zu überstehen.

„Das sollte gehen", hatte sie eine spontane Eingebung, stand auf und steuerte das Schlafzimmer ihres Vaters an. Aus dem unsortierten Kleiderschrank schnappte sie sich einen blauen Kapuzenpulli und zog ihn über den Kopf. Er war ein wenig groß, aber zur engen Hose sah er ganz passabel aus. Außerdem war ihr Ziel heute ein Ort, an dem

Menschen sich in öffentlichen Räumen trafen, um ihre vom Plastikgartenstuhl mit Muster versehenen Hintern fürs große und kleine Geschäft auf verschmierten Kloschüsseln zu platzieren. Da würde sich mit Sicherheit niemand an einem legeren Oberteil stören.
Mads hatte sofort zugesagt, als sie angerufen hatte. Vielleicht sogar ein wenig zu schnell?
„Ach was!", redete Désirée sich selber gut zu. Sie durfte nicht so skeptisch sein. Silke hatte recht ... was hatte sie, die gleich erneut den Bus nehmen musste, um nach Westerland zu kommen, schon groß zu verlieren?
Gerade noch rechtzeitig erreichte sie die Haltestelle am Hafen. Der Busfahrer öffnete extra für sie noch einmal die Tür.
„Moin!", grüßte er grummelig und fuhr dann so ruckartig an, dass es Désirée in die nächste Bank schleuderte. Doch sie war einfach viel zu nervös, um sich zu ärgern. Ihr letztes Date hatte sie gehabt, da trug man noch Schnullerketten um den Hals und tauschte emsig Oblaten! Danach hatte es immer nur Christoph in ihrem Leben gegeben. Was sagte man bloß an so einem Abend, wie verhielt man sich richtig?
„Willst du mit mir gehen?", war ganz sicher nicht mehr angesagt, aber ihr fiel auch sonst partout nichts ein, was sie sagen könnte, ohne, dass es ihr sofort die Schamesröte ins Gesicht treiben würde.
„Hi, wie geht's?", übte sie leise. Wenigstens der Anfang musste sitzen. Boah, das hörte sich dermaßen null-acht-fuffzehn an! Also anders ...
„Hey, schön dich zu sehen!", probierte sie eine weitere Alternative. Aber sagte man „Hey" eigentlich noch oder war das voll Zweitausend?
„Moin Mads, danke für die Einladung!", unternahm sie einen letzten Versuch und nickte zufrieden. Vielleicht ein bisschen steif, aber zumindest unverfänglich.

„Dat hört sich doch gut an, Mädchen, damit klappt dat bestimmt!" Eine ältere Dame in der Sitzreihe hinter Désirée hatte den Monolog verfolgt und klopfte ihr beruhigend auf die Schulter. „Aber vergesst nich, 'ne Lümmeltüüt zu benutz'n." Wissend zwinkerte sie Désirée zu.

„Äh, danke?", antwortete Désirée irritiert und war froh, dass sie gleich aussteigen musste. Da war man Irma mal einen Moment los, da tauchte gleich die nächste Irre auf.

Auch, als sie schon auf dem Gehweg stand und von dem Bus nur noch das Heck zu erkennen war, versuchte sie noch, den Gedanken an Sex aus ihrem Kopf zu verbannen. „Weg, weg, weg!" Sie war doch sowieso schon nervös genug, da war ein weiterer Ausstoß von Adrenalin wirklich kontraproduktiv.

Hektisch suchte sie in ihrem Blickfeld nach etwas, das sie ablenken konnte. Da, die Dünen, wie schön! Sie würde sich einen Moment darauf konzentrieren, dann kam sie schon wieder runter. Die Gräser bewegten sich leicht im Wind. Hin und her, hin und her. Désirée merkte, dass sie ruhiger wurde.

Mutig setzte sie ihren Weg fort und nahm den asphaltierten Weg zum Parkplatz. Am Bürohäuschen bog sie rechts ab und suchte aufmerksam nach dem mintgrünen Bulli, den Mads ihr vorab beschrieben hatte. Direkt an den Dünen wurde sie schließlich fündig.

Mads stand mit kurzer Hose und einer Kochschürze, die früher einmal seiner Oma gehört haben musste, an einem sehr klapprig wirkenden Grill und rettete gerade gekonnt ein paar Würste vor dem Verkohlen. Als er Désirée sah, erstrahlten seine Augen, die er gerade noch zugekniffen auf den qualmenden Rost gerichtet hatte.

„Die Sonne geht auf!" Er nahm sie freudig in die Arme. So schnell war also der Schritt gemacht vom Arbeitskollegen zum Buddy. Désirée war da eher zurückhaltend. Wobei … woher sollte sie eigentlich wissen, wie sie war bei bisher

nur einer Eroberung in ihrem Leben? Bei der zudem sie diejenige gewesen war, die erobert wurde?
Ihre Gedanken wanderten zu Christoph, und kurz wusste sie nicht, ob es richtig war, was sie hier tat. Immerhin hatte es nie eine Trennung gegeben, und Untreue war für sie immer etwas für Verlierer gewesen. Für solche, die entweder zu feige waren für eine Trennung oder zu wenig Respekt besaßen, vor ihrem Partner und auch vor sich selbst.
„Ach, papperlapapp!", entschied sie entschlossen. Christoph hatte sich ganz bewusst für ein Leben ohne sie entschieden. Sie fallen lassen wie eine heiße Kartoffel. Da hatte Brenner wenig Zweifel dran gelassen. Es gab also keinen Grund, sich zu schämen, schon gar nicht für ein gemeinsames Grillen mit einem Arbeitskollegen. Der zufällig auch noch zum Anbeißen war.
„Hallo Mads, danke für die Einladung!", schaffte Désirée es stockend, ihr zuvor geprobtes Intro abzuspulen, und überreichte ihm eine Flasche Wein, die sie zuvor aus Hinnerks überschaubarem Bestand gemopst hatte.
„Na, ich hab zu danken!", erwiderte Mads und bot ihr den Platz auf einem Sitzkissen an, das er nahe dem Grill auf den Boden gelegte hatte.
Skeptisch betrachtete Désirée die ihr angebotene Sitzmöglichkeit. Anscheinend wollte Mads, dass sie sich den Rücken brach und eine Blasenentzündung einhandelte.
„Hier?", fragte sie vorsichtig nach.
„Such dir einfach einen Platz aus", antwortete Mads, ohne weiter auf sie einzugehen.
Aussuchen? Fragend sah Désirée zwischen den platzierten Kissen hin und her. Eins war bunt kariert, das andere dezent gestreift, beide hatten aber weder Beine noch Lehne. Seufzend ließ sich Désirée sinken. Das würde sie morgen mindestens eine Stunde Yoga kosten, um die Blockaden zu lösen.

„Gießt du ein? Ich hab leider keinen Flaschenöffner, hab den Korken aber reingedrückt." Mads hielt ihr die mitgebrachte Weinflasche entgegen.

„Reingedrückt", wiederholte Désirée tonlos und guckte in den Flaschenhals. Tatsächlich, da trieb der Korken an der Oberfläche. „Aber aus der Flasche trinken müssen wir jetzt nicht, oder?"

„Nicht doch!", antwortete Mads unbekümmert und reichte ihr zwinkernd zwei Saftgläser. „Ich bin doch ein Mann von Welt."

„Aber nicht von dieser", dachte Désirée und versuchte angestrengt, den Korken mit einem Finger zurückzudrängen, damit überhaupt ein Tropfen Wein aus der Flasche kam.

„Würstchen sind auch fertig", verkündete Mads indes und legte jeweils zwei Stück auf unterschiedlich bemusterte Teller. Wohl auch Erbstücke der Oma. „Bitteschön!"

„Danke!", Désirée merkte jetzt, dass sie richtig Hunger hatte. Vor Aufregung war ihr das vorher gar nicht aufgefallen. „Wo ist das Brot? Oder hast du dir etwa die Mühe gemacht, einen Salat vorzubereiten?"

„Nee, da geht das gute Wurstaroma ja unter", lachte Mads. „Aber du kannst Chips haben, wenn du willst."

Wie es schien, gab es auch auf Campingplätzen Junggesellenbuden. Désirée kannte so etwas bisher nur vom Hörensagen, Christoph hatte schon, als sie sich damals kennenlernten, gut ausgestattet gelebt.

„Passt schon", grummelte Désirée resigniert und biss in ihr Würstchen. Grillen ohne Beilagen und verkorkten Wein aus Glashumpen, wo gab es denn so was?

Mads ließ sich schwungvoll neben sie in den Sand plumpsen.

„Jetzt erzähl mal, Kollegin", begann er ohne Umschweife und biss herzhaft in seine Wurst, „was ist das zwischen dir und Inspector Gadget?"

„Nichts", antwortete Désirée. „Oder glaubst du, ich steh auf alternde Beamte?" Sie grinste ihn herausfordernd an.
„Wer weiß", spielte Mads mit, „wenn sie Handschellen und eine Waffe tragen, vielleicht schon."
„Ich steh da mehr auf junge Männer, die in Matrosenanzug Seemannslieder singen", erwiderte Désirée keck, wurde aber gleich wieder unsicher. Welche femme fatale sprach da bloß aus ihr?
Mads legte die Stirn in Falten:
„Willst du etwa etwas gegen meine Shanties sagen?"
„Nein, nein!" Hektisch wedelte Désirée mit den Händen. „Es war wirklich nicht meine Absicht, dich zu beleidigen …"
Jetzt lachte Mads.
„Ach, Désirée, mach dich locker! Das hier ist doch kein Bewerbungsgespräch. Ich möchte einfach einen schönen Abend mit dir verbringen." Er lächelte sie an, und sofort löste sich Désirées Anspannung ein wenig.
„Aber wie es aussieht, werde ich dich unbedingt meinem Chor vorstellen müssen. Dann siehst du mal, was für tolle Jungs das sind, und ich kann ein bisschen mit dir angeben."
„Gern", antwortete Désirée knapp, aber in ihrem Bauch flatterte es ganz gewaltig. Angeben konnte man nur mit seiner Freundin, und dass Mads sie anstelle seiner Verwandtschaft seinem Shanty-Chor vorzustellen gedachte, wollte sie mal galant übersehen. Sicher waren die Männer für ihn auch eine Art Familie … wenn auch eine sehr bärtige.
„Aber wir schweifen ab", lenkte Mads das Gespräch wieder weg von dem beginnenden Flirt, hin zum Ursprung.
Désirée überlegte, wie sie am besten anfangen sollte, und entschloss sich, ganz vorne am Tag von Christophs Unglück anzusetzen.
„Und anstatt hinter Christoph ist Brenner jetzt hauptsächlich hinter mir her", schloss sie kurze Zeit später.

Mads hatte das Essen eingestellt. So eine Story hörte man schließlich nicht jeden Tag.

„Abgefahren", urteilte er. „Und was willst du jetzt tun?"

„Was meinst du genau?" Désirée verstand nicht ganz.

„Na ja", wurde Mads konkreter. „In Sachen Christoph kannst du ja leider nur abwarten", er blickte mitfühlend, „aber wie willst du den aufdringlichen Kommissar wieder loswerden? Kann doch nicht sein, dass der Kerl dich beschattet, anstatt in seinem Fall zu ermitteln."

Désirée seufzte.

„Wie wahr. Aber was soll ich denn machen? Mit netten Worten ist Brenner nicht abzuwimmeln, das hab ich ja schon versucht. Und ich möchte nicht, dass der mir am Ende einen reinwürgt, weil sein Stolz verletzt ist. Das kennt man doch aus Filmen, da wird man ganz schnell selbst zur Verdächtigen."

„Du guckst zu viel Fernsehen", holte Mads sie aus ihren Verschwörungstheorien zurück. „Aber wenn du Angst hast, ihm die Wahrheit zu sagen, bin ich gerne dein Mann."

Wieder verstand Désirée nicht, was Mads ihr sagen wollte.

„Du bist mein Mann?"

„Jep, ich bin dein Mann."

„So im übertragenen Sinne jetzt oder wie?"

„Sowohl als auch." Mads blieb geheimnisvoll.

„Ok, ich geb auf", lachte Désirée. „Ich brauch sofort mehr von dem Wein, sonst kann ich dich unmöglich ertragen."

„Kommt sofort", grinste Mads. „Und weil du das so lieb gesagt hast, kläre ich dich auch auf."

Mit einem lauten Gluckern aus der Weinbuddel schenkte er ihre Gläser ein zweites Mal voll, bevor er zur Erklärung ansetzte.

„Du erzählst deinem stalkenden Kommissar einfach, dass du bereits einen Freund hast. Nämlich mich." Er legte zur Betonung eine Hand auf seinen Brustkorb.

„Du hast 'n Knall", war alles, was Désirée dazu einfiel.

Mads tat entrüstet:
„Wie redest du denn über deinen Liebsten?"
Désirée musste grinsen.
„Und wie erkläre ich ihm, dass ich gesagt hab, dass ich noch nicht bereit bin, für eine neue Beziehung?", wurde sie gleich wieder ernst.
„Und da sag noch einer, Frauen wären kreativ." Mads verdrehte gespielt die Augen. „Sag ihm, wir dürfen uns nicht outen, weil unsere Chefin das nicht gut heißen würde. Damit stellen wir dann auch gleich sicher, dass wir nicht auffliegen. Wenn alles top secret ist, müssen wir niemanden in unseren Plan einweihen, und es kann sich auch keiner verplappern. Absolut wasserdicht."
Zufrieden vertilgte er den Rest seiner Wurst und spülte mit einem Schluck Wein nach.
Da war sie wieder. Frau Christensen. Das große Fragezeichen in ihrem Verhältnis zu Mads. Konnte sie ihr Schicksal wirklich in die Hände von jemandem legen, der solche Geheimnisse vor ihr hatte? Auf der anderen Seite: Was hatte sie schon für eine Wahl, und nur, weil Mads und sie ein Pärchen spielten, hieß das ja noch lange nicht, dass sie auch in echt eins sein mussten.
„Abgemacht!", beschloss Désirée und hielt Mads ihre Hand hin.
„So was besiegelt man anders", sagte dieser. Der folgende Kuss kam für Désirée völlig unerwartet und veränderte alles. Er schmeckte nach salziger Luft, prickelnder Traube und Grillwurst, und sie wollte mehr davon. Mehr, mehr, mehr!
Noch kein Shoppingtrip hatte Désirée jemals ein solches Glücksgefühl beschert wie dieser Abend, im bloßen Sand, bei einfachen Würsten, billigem Wein und in einem undefinierten Raum zwischen gespielter und gelebter Liebe.

Am nächsten Morgen, als ihr kein Fusel mehr die Sinne vernebelte, sah sie alles schon wieder sehr viel klarer.
Was hatte sie sich bloß dabei gedacht? War denn ein Mann zur Zeit, der mit ihr spielte, nicht genug?
Missmutig betrachtete sie ihr Gesicht im Spiegel. Um vier Uhr morgens war es weiß Gott nicht in Höchstform, und sie hatte auch nicht die Energie, es mit einem Lächeln zu verschönern.
Dabei hatte sie heute viel vor. Nach der Arbeit im Hotel wollte sie sich mit Brenner treffen, um ihn in ihre geheime Liebelei mit Mads einzuweihen. Ach, Mads! Schon bei dem Gedanken an ihn fuhr ihr Magen wieder Karussell, was in Verbindung mit dem gestrigen Weinkonsum nicht gerade angenehm war.
Völlig überdreht durch den spontanen Kuss, hatten sie bei einer weiteren Flasche detaillierte Pläne geschmiedet, wie sie den aufdringlichen Kommissar gemeinsam in die Flucht schlagen konnten … und später unterm Sternenhimmel weitere Küsse folgen lassen. Wäre Désirée nicht irgendwann der Hintern eingeschlafen – sie hätte ewig mit Mads so dasitzen können.
Doch jetzt war ein neuer Tag und die Romantik des Abends verflogen. Das zeigte ihr ein erneuter Blick in den Spiegel sehr deutlich.
„Désirée, jetzt reiß dich zusammen!", beschwor sie ihr Spiegelbild, ohne selber genau zu wissen, worauf ihre Worte abzielten. Aber es half ihr, sich wieder darauf zu konzentrieren, was zu tun war. Noch bevor sie sich in die Dusche schleppte, verfasste sie eine kurze Nachricht an Brenner:
„Treffen heute, 14 Uhr, in der Strandbar? D."
Keine Minute später erschien die Antwort auf ihrem Display:
„Gerne, ich freu mich. B."
Nicht nur, dass der Kerl quasi omnipräsent war, er schien auch nicht zu schlafen.

Punkt zwei erreichte Désirée das Strandlokal. Die Tische waren gut besucht, obwohl der Himmel heute in sattem Einheitsgrau für triste Atmosphäre sorgte. Immerhin war es mild, so dass man sich trotzdem gut draußen aufhalten konnte, und wer ein echter Nordseeurlauber war, der sprach sowieso von gutem Wetter, solange es nicht in Strömen regnete.

Brenner wartete bereits an dem Tisch, an dem sie auch beim ersten Treffen gesessen hatten. Als er sie erkannte, zuckten seine Mundwinkel, wie bei einem leichten Spasmus.

„Désirée!", begrüßte er sie, ohne sich aber von seinem Platz zu erheben. „Ich dachte mir, dass du es dir anderes überlegen würdest." Selbstbewusst legte er seine Stirn in Falten und machte wieder auf coolen Macker.

Das hier ging in eine völlig falsche Richtung! Désirée musste gegensteuern, sonst würde Brenner ihr die Demütigung nie verzeihen.

„Bernd", sagte sie ernst und nahm seine Hand. Er sollte das Gefühl haben, dass sie ihn trotz der nun folgenden Abfuhr schätzte.

„Ja, meine Schöne?", wisperte er erwartungsvoll und rückte näher an sie heran. Schnell ließ sie seine Hand wieder los. Ihre Strategie war offensichtlich die falsche, Mäuse wurde man schließlich auch nicht los, indem man ihnen Speck vor die Nase hielt.

„Bernd", setzte sie noch einmal ruppiger an. „Ich muss dir jetzt etwas sagen, das dir nicht gefallen wird."

„Ich weiß, du brauchst noch Zeit", wollte er ihr zuvorkommen.

Aber Désirée schüttelte mit dem Kopf.

„Nein, das ist es nicht." Wie sollte sie bloß anfangen? Die Worte blieben ihr förmlich im Hals stecken.

Genauso, wie sie so ziemlich null Erfahrung im Männerfang hatte, hatte sie auch keine Ahnung, wie man jeman-

den gefühlvoll abservierte. Ging das überhaupt? Oder machte es jeder Versuch, eine Verletzung des Gegenübers zu vermeiden, nur noch schlimmer? Wo waren die Liebesexperten der BRIGITTE mit ihren anmaßenden Ratschlägen, wenn man sie brauchte?
Panik stieg in ihr auf, und sie suchte mit den Augen schon nach dem Fluchtweg, da hörte sie eine Stimme, die ihr sofort einen wohligen Schauer über den Rücken jagte.
„Désirée, Engel. Da bist du ja!" Mads kam strahlend an ihren Tisch und drückte ihr einen zärtlichen Kuss auf die Lippen.
„Entschuldigung!" Kommissar Brenner war erbost aufgesprungen und hatte die Arme vor der Brust gekreuzt. „Würden Sie bitte sofort Ihre dreckigen Griffel von der Dame nehmen?"
„Für nichts auf der Welt", konterte Mads und nahm Désirée schützend in den Arm.
Er war ein grandioser Schauspieler, das durfte Désirée jetzt ein weiteres Mal erleben. Bei dem Gedanken daran, dass auch sie gestern nur Teil einer Inszenierung gewesen war, durchzog ein stechender Schmerz ihre Brust.
„Das war es, was ich dir dringend sagen musste", nutze sie ihre Emotionen, um den ungewollten Verehrer ein für alle mal loszuwerden. „Mads und ich", sie schaute Mads zärtlich an, „wir mögen uns. Sehr."
Das musste Brenner jetzt erst einmal verdauen. Die Furchen seiner Denkerstirn erreichten die Tiefe des Grand Canyon und das Zucken seiner Mundwinkel nahm verstörende Ausmaße an.
„So ist das also!"
„Ich konnte es dir leider nicht sagen. Unsere Chefin schmeißt uns sofort raus, wenn sie davon erfährt! Darum müssen wir unsere Liebe geheimhalten. Es tut mir so leid", setzte Désirée nach und schenkte dem Zurückgewiesenen

ein bedauerndes Lächeln. Auch sie hatte wohl durchaus schauspielerisches Talent.
„So ist das also!", wiederholte Brenner, allerdings zischte er es diesmal wie eine hinterlistige Schlange. „Dann weiß ich ja, was ich zu tun habe." Und ohne ein weiteres Wort zu verlieren, nahm er seine abgewetzte Lederjacke und verließ das Lokal.
Verunsichert sah Désirée Mads an.
„Das sieht nicht gut für uns aus", wagte sie eine Prognose. „Der nimmt uns doch nie ab, dass wir uns nach so kurzer Zeit verliebt haben. Oder noch schlimmer, er nimmt es uns ab und lässt uns dafür bluten."
Mads lachte und streichelte ihr liebevoll über die Stirn.
„Désirée, Sorgenkind! Was soll er denn tun? Uns beim Schuldirektor oder unseren Eltern verpetzen?"
„Ja!", sagte Désirée energisch. Sie konnte es jetzt überhaupt nicht gebrauchen, veralbert zu werden. „Im besten Fall schwärzt er uns bei der Chefin an und ich bin meinen Job los, im schlimmsten Fall bringt er mich hinter Gitter. Oder uns. Das ist in seiner Position überhaupt kein Problem!" Sie war in einen Flüsterton verfallen. Sicher wurden sie bereits abgehört.
„Désirée, du spinnst! Du bist wundervoll, aber du spinnst. Soll er uns doch verpetzen! Frau Christensen ist eine tolle Chefin, sie wird mit Sicherheit ganz cool reagieren."
Désirée hoffte, sich verhört zu haben.
Wenn Mads zu wissen glaubte, dass die Christensen trotz der Affäre mit ihrem Unterstellten nichts gegen das Techtelmechtel zwischen Désirée und Mads haben würde, konnte das nur eins bedeuten: Sie wusste bereits bestens Bescheid. Weil nämlich sie die Frau war, mit der Mads seine Geheimnisse teilte, und Désirée nur das Dummchen vom Festland, gerade gut genug, um den beiden als Alibi zu dienen.

Innerlich sackte Désirée zusammen, aber ihr Körper reagierte mit Flucht. Ohne eine Erklärung oder Verabschiedung verließ auch sie das Lokal. Mads blieb ratlos zurück.

„Jetzt ist dat offiziell!" Schon von Weitem winkte ihnen Silke mit einem weißen Bogen zu.
Désirée und Irma stellten schnell ihren Kaffee zur Seite, den sie sich gerade von dem Imbiss neben ihrem Pavillon geholt hatten, und eilten ihr entgegen.
„Danke, dass du die Behördengänge erledigt hast", sagte Désirée und nahm Silke die Bescheinigung über die Gewerbeanmeldung ab. „Ich brauch nur das Wort ‚Rathaus' zu hören und kriege schon Schnappatmung."
„Du wieder!", erwiderte Silke. „Jetzt lies doch ma! Damit sind nu alle Formalitäten erledicht und wir könn' richtig losleg'n."
Irma riss Désirée mit strahlendem Gesicht den Zettel aus der Hand und las laut vor:
„‚Muschelwerk'." Das war nicht das, was sie erwartet hatte. Ihre prallen Bäckchen, die eben noch rosig getanzt hatten, sackten im Nu nach unten.
„‚Muschelwerk'?", wiederholte sie noch einmal und sah die Mädels fragend an.
„Weißt du, Irma", startete Silke einen Erklärungsversuch. Sie und Désirée hatten hinter Irmas Rücken entschieden, jetzt kam unabwendbar die Stunde der Wahrheit.
„Deetje und ich war'n der Meinung, dat dat wirklich moderner klingt als ‚Schmuckstübchen'."
„So ein Quatsch!", antwortete Irma wenig diplomatisch.
„Woher sollen die Leute denn wissen, dass hier Schmuck verkauft wird? ‚Muschelwerk' ... ihr jungen Leute seid doch nicht ganz klar da oben!" Sie tippte sich mit ihrem wurstigen Zeigefinger gegen die Stirn.
„Wer spinnt?" Unbemerkt war Hinnerk hinzugestoßen.

„Na, Vater, Feierabend?", fragte Désirée und reichte ihm ihren Kaffee.
„Jo. Verdient", antwortete er und nahm die Tasse dankbar entgegen, obwohl es nicht der versprochene Tee war.
„Also, worüber zankt ihr diesma?"
„Gut, dass du da bist, Hinnerk!" Irma hatte die Arme in die Hüften gestemmt und schaute erbost drein. „Du glaubst nicht, wie die Mädchen unser schönes Geschäft nennen wollen."
Hinnerk schmunzelte belustigt. Wenn Irma sich aufregte, sah sie ein bisschen aus wie ein wütender Kugelfisch, und offensichtlich war sie gerade ähnlich giftig.
„Nee, Irma. Erzähl doch ma."
„‚Muschelwerk'!", quiekte Irma.
Hinnerk schlürfte in aller Ruhe seinen Kaffee.
„Is doch gut?", antwortete er dann. Es hörte sich mehr wie eine Frage an.
„Gut?", kreischte Irma jetzt. „Was soll denn daran gut sein? ‚Schmucklädchen'. Das wäre ein eingängiger Name gewesen. ‚Irmas Schmucklädchen'."
„Aber Irma", brummte Hinnerk und legte ihr besänftigend eine Hand auf die Schulter. „Der Name is doch viel zu altbaksch für'n jung' Hüpper wie dich."
Damit hatte Hinnerk genau den richtigen Nerv getroffen. Irma war eitel, auch wenn die Wahl ihrer Kleidung nicht darauf schließen ließ.
„Junger Hüpfer", kicherte sie jetzt. „Ach, Hinnerk, du Charmeur."
Irma brauchte dringend ein Date, fand Désirée. Wie es aussah, bekam die Gute in ihrem Alltag nicht genug Zuspruch, sonst würde sie wohl kaum so auf die Nettigkeiten ihres Vaters anspringen. Désirée nahm sich vor, sich darum zu kümmern. Später, nachdem sie die Gunst der Stunde genutzt hätte.

„Also, du junger Hüpfer", klinkte sie sich wieder in das Gespräch mit ein, „ist es auch dein ‚Muschelwerk'?"
Der Blick, den Irma ihr zuwarf, hatte nichts gemein mit dem netten Lächeln, das Hinnerk gerade noch geerntet hatte. Immerhin streckte sie ihr aber die Hand entgegen.
„Abgemacht. Aber ich suche die Gardinen aus."
Désirée stöhnte laut auf.
„Papa!"
Hinnerks Mundwinkel zuckten.
„Nee, nee, Tochter. Dat is dein Bier."
„Ok." Désirée hielt sich kurz die Hände vor die Augen, um sich zu sammeln.
„Es wird auch keine Vorhänge geben, Irma. Keine Polstermöbel, keinen Teppich, kein Glöckchen an der Tür. Ab sofort hältst du dich raus aus der Einrichtung. Dafür darfst du bei uns mitmischen und läufst nicht Gefahr, den ganzen Tag mit diesem Fischkopp hier", sie deutete auf ihren Vater, „Tee trinken zu müssen. Also, was sagst du?"
Jetzt war sie es, die Irma den Handschlag anbot. Désirée wusste, dass sie hoch pokerte. Aber lieber beendete sie die „Mission Muschel" schon vor dem Start, als dass sie Gefahr liefen, auf dem Planeten Plüsch zu landen.
Irma sah sie mit zusammengekniffenen Augen an.
„Einverstanden", sagte sie dann.
Désirée ließ die Luft entweichen, die sie unbewusst angehalten hatte.
„Danke", sagte sie und meinte es auch so.
„Darauf stoß'n wir nu an, ne?", freute sich auch Silke und lief los, um beim Imbiss ein paar Gläser Sekt zu erstehen.
„Für mich Bier!", rief Hinnerk ihr hinterher. Kurze Zeit später kam Silke mit einem Tablett zurück und drückte den Damen einen Prosecco und Hinnerk sein Beugelbuddelbier in die Hand.
„Auf dat ‚Muschelwerk' und auf uns!", übernahm Silke den Trinkspruch und die Runde ließ ihre Getränke klirren.

„Ende Juli wollen wir eröffnen", verkündete Désirée. Das sind nur noch zwei Wochen. „Irma, wärst du so lieb, die Einladungen zu übernehmen. Du weißt schon, an die üblichen Verdächtigen. Politik, Tourismusvertreter, Presse … und vergiss unsere Nachbarn aus dem Muschelimbiss nicht. Und kümmere dich bitte auch um die Häppchen. Damit kennst du dich von uns allen am besten aus."
„Wird gemacht", bestätigte Irma und stieß noch einmal mit ihren neuen Geschäftspartnerinnen an. „Ihr könnte euch auf mich verlassen."
„Gut", befand Désirée. „Silke und ich wissen sowieso nicht, wo uns der Kopf steht. Die Bauarbeiten müssen laufen wie am Schnürchen, damit wir den Termin einhalten können, ich muss mich noch um den Online-Shop kümmern, und Silke leistet in ihrer Schmuckschmiede Akkordarbeit. Aber wir schaffen das. Tun wir doch, oder?" Unsicher sah sie in die Runde.
„Logo!", gab Silke sich optimistisch. „Wenn nich wir, wer denn?"
„Ach, Silke!" Désirée ließ ihren Kopf an die Schulter der Freundin sinken. „Was würde ich bloß ohne dich tun?"
„Du wärst verlor'n", gab Silke zurück und verzog dabei keine Miene. „Definitiv verlor'n."
„Ha ha!", verteidigte sich Désirée. „So schlimm ist es ja nun auch nicht."
„Ach, und warum verkorkst du immer alles, wenn ich einma nich aufpass'?", fragte Silke mit einem Zwinkern.
Désirée hatte keine Ahnung, wovon ihre Freundin da sprach.
„Bitte?"
„Na, irgendwat musst du ja mit Mads angestellt hab'n, dat der seit Tag'n nur noch rumläuft wie 'n Häufchen Elend!"
Peinlich berührt, packte Désirée Silke am Arm und zog sie an die Hafenkante. Irma und Hinnerk mussten ja nun wirk-

lich nicht alles wissen. Schon gar nicht, wenn es um ihr Liebesleben ging ... das ja im Prinzip nicht mal eins war.

„Spinnst du?", fuhr sie Silke an, noch bevor diese ihre Ausführungen konkretisieren konnte.

„Nee, du spinnst!", konterte Silke. „Mads hat mir erzählt, wie du dich aufgeführt hast. Wie 'ne Irre! Also, dat hat jetzt nich er gesacht, dat is meine Interpretation." Sie schnaufte, um sich ein wenig abzuregen.

„Kannst du mir nu bitte ma erklär'n, warum du den arm' Kerl einfach allein inner Strandbar hock'n lässt, und ihn jetzt behandelst wie Luft, obwohl ihr vorher 'n total schön' Abend hattet? Wat stimmt denn nich mit dir, du Huhn?" Sie kniff Désirée in das Fleisch am Oberarm.

„Aua, lass das!", wehrte sich diese und streichelte lindernd über die malträtierte Stelle.

„Hat er dich also auch geblendet, ja? Tanzen ja alle prima nach der Pfeife des feinen Herrn."

Silke verstand nur Bahnhof.

„Wie geblendet. Womit denn, verdammt?"

„Mensch Silke, Mads hat was mit der Christensen. Das hat er sogar zugegeben. Und mich braucht der nur, damit das nicht auffliegt. Kommt ja nicht so gut, ein Verhältnis zwischen Hausmeister und Direktorin. Da kommt die blöde Désirée gerade recht." Sie tat sich gerade selber furchtbar leid. Ihr Arm tat weh, ihr Herz auch, am schwersten aber wog der verletzte Stolz.

Silke starrte sie nur kopfschüttelnd an.

„Dat hat er also gesacht?", wollte sie wissen.

„Sozusagen, ja."

„Wat heißt ‚sozusagen'?", hakte Silke nach.

Désirée überlegte.

„Er meinte, dass die Christensen bestimmt nichts gegen eine Beziehung zwischen ihm und mir hätte. Verstehst du?"

„Äh, nee?" Das tat Silke tatsächlich nicht.

„Na, wenn Mads und die Christensen eine Affäre haben, sie aber angeblich nichts dagegen hat, wenn Mads und ich uns mögen ..."
„Jo?"
„Dann liegt es doch auf der Hand, dass sie bereits Bescheid wusste ... und ich nur Teil der Fassade bin, die es aufrecht zu erhalten gilt." Missmutig warf Désirée eine Krebsschere, die eine Möwe nach dem Festschmaus an der Pier zurückgelassen hatte, zurück ins Hafenbecken.
Noch immer ruhte Silkes Blick starr auf Désirée.
„Ich bleib dabei, du spinnst total", folgerte sie schließlich.
„Wat geht denn da ob'n bei dir ab?" Mit ihrem Zeigefinger tippte sie gegen Désirées Stirn.
„Ach!", entgegnete diese. „Und was hat das Ganze dann deiner Meinung nach zu bedeuten?"
Silke schwieg einen Moment. Neben ihnen platschte ein Klecks Möwenscheiße auf den Asphalt. Immerhin hatte er Désirée diesmal verfehlt, auch der Zufall hatte wohl inzwischen Mitleid mit ihr.
„Keine Ahnung, Deetje. Aber Mads is 'n Guter, soviel weiß ich immerhin." Jetzt sah sie Désirée direkt in die Augen.
„Und ich bin mir sicher, dat sich dat allns aufklär'n lässt."
Désirée war unentschlossen, ob sie Silkes Hoffnung, die offensichtlich ausschließlich auf ihrem unerschütterlichen Grundvertrauen basierte, teilen wollte.
„Dein Wort in Gottes Ohr. Aber jetzt lass uns über was Erfreuliches reden und die Eröffnung planen. Für die Liebe haben wir sowieso keine Zeit, bevor wir nicht Tag X hinter uns gebracht", sie nickte zu Irma rüber, die wild gestikulierend auf den hilflos wirkenden Hinnerk einredete, „und diese Frau ohne Burnout überstanden haben."
Jetzt winkte Irma ihnen zu, und sie winkten freundlich zurück.

„Dat wird schon!", presste Silke durch das Lächeln hindurch, und es klang eher, als würde sie sich selber Mut zusprechen.

„Ich muss mit dir reden."
Désirée hatte gerade die letzten Tische im Restaurant abgeräumt, da tauchte Mads neben ihr auf. Er sah schlecht aus, als hätte er die letzte Nacht nicht geschlafen.
„Lass gut sein, Mads", antwortete Désirée abweisend und fuhr mit ihrer Arbeit fort. Sie wollte schnell in den Feierabend kommen, um im ‚Muschelwerk' mit anpacken zu können. Und zwischen ihr und Mads war ohnehin alles gesagt.
Er folgte ihr in die Küche.
„Bitte, Désirée. Komm kurz mit mir raus. Ich habe keine Ahnung, was ich falsch gemacht habe, aber ich weiß, dass du mir wichtig bist." Er stockte kurz und schien beinahe den Mut zu verlieren.
„Bitte."
Désirée rang mit sich, konnte es dann aber nicht aushalten, Mads so traurig zu sehen.
„Aber wirklich nur kurz. Ich habe Wichtigeres zu tun."
Gemeinsam verließen sie das Hotel durch die Terrassentüren des Restaurants. Draußen wehte ihnen sofort der salzige Duft der Nordsee um die Nase, und Désirée verschränkte die Arme, um sich warm zu halten. Obwohl die milden Temperaturen die Urlauber bereits wieder in ihre Sockfuß-Sandalen und zu eng sitzenden Shorts trieben, fröstelte sie.
„Du frierst ja", bemerkte Mads und legte ihr seine dünne Softshelljacke über die Schultern. Schweigend nahmen sie den Sandweg Richtung Strand. Désirée bemerkte, wie Mads verzweifelt nach Worten rang, aber sie hatte keine Lust, ihm zu helfen. Dafür hatte er sie zu sehr verletzt und aufs Korn genommen.

„Désirée, ich ...", wollte er gerade einen Versuch starten, mit ihr ins Gespräch zu kommen, da sprang ihnen jemand aus den Dünen, rechts des Weges, entgegen.
Désirée wäre fast das Herz stehengeblieben, und Mads war bereits in Verteidigungsposition gegangen, da erkannten sie Brenner.
Wissend stellte er sich ihnen in den Weg und baute sich wichtig vor ihnen auf.
„Ach, da haben wir ja die Turteltäubchen", begrüßte er sie.
Das war jetzt dermaßen absurd, dass Désirée hämisch auflachte.
„Turteltäubchen. Ja, das sind wir wohl. Bernd, was fällt dir ein, uns hier so zu überfallen?"
Brenner verlagerte unruhig das Gewicht aufs andere Bein.
„Das passiert alles nur zu deinem Schutz, Désirée, nur zu deinem Schutz."
„Ich habe dich nicht gebeten, mich zu schützen. Solltest du nicht lieber auf der Suche nach Christoph sein?", reagierte sie ungehalten. Hatte ihr Brenner anfänglich Angst gemacht, empfand sie ihn nunmehr nur noch als aufdringlich und bemitleidenswert.
„Dann interessiert es dich nicht, dass dein Lover", angeekelt inspizierte er Mads, „nicht der ist, für den er sich ausgibt?"
„Ach Bernd." Désirée war genervt. „Wer soll er denn sonst sein? Eminem?"
„Emi-wer?", hakte der Kommissar nach.
„Ach, vergiss es", winkte Désirée ab. Wie hatte sie glauben können, dass jemand, der eine derart unmodische Jacke trug, einen amerikanischen Rapper kannte.
„Was willst du, Bernd?"
„Dich vor dem Typen da warnen!" Jetzt zeigte er auf Mads. Als hätte Désirée sonst nicht gewusst, wen er meinte. „Er betrügt dich!"
Brenner schaute triumphierend.

Das waren ja sensationelle News, auf die ihr selbsternannter Beschützer da mit seinem kriminalistischen Instinkt gestoßen war. Gleich verkündete er wahrscheinlich noch, dass Abba sich getrennt hatte.

„Das ist nicht wahr. Was erzählen Sie da für einen Scheiß?", meldete sich Mads zu Wort. Sein Gesicht glühte rot vor Zorn.

Man konnte ihm wirklich nicht vorwerfen, nicht in seiner Rolle zu bleiben. Ob ihm schon mal jemand gesagte hatte, wie viel Talent er besaß? Sogar Brenner fiel, trotz seiner beruflich bedingten Menschenkenntnis, auf ihn herein:

„Von wegen. Ich habe Sie beobachtet, Meister! Wie Sie mit Ihrer Chefin im Büro verschwunden sind … und sie ihre Bluse falsch geknöpft hatte, als sie wieder herauskamen. Na, was sagen Sie jetzt?"

Désirée hatte den Kopf in die Hände sinken lassen. Ihr war das alles zuviel.

„Lass gut sein, Mads", sagte sie durch ihre Finger hindurch. Ihre Stimme klang schwach. „Lass gut sein."

Doch Mads dachte nicht daran. Anstatt Brenner zu antworten, wendete er sich Désirée zu und nahm ihre Hände.

„Davon ist nichts wahr, Désirée."

„Ach nein?", Brenner war sofort zur Stelle und zückte sein Handy. „Und was ist das?" Mit schnellen Fingern scrollte er durch eine Fotoreihe. Sie zeigte Mads und die Direktorin vor deren Büro.

„Ja, und?", fragte Mads sauer? „Das ist meine Chefin. Wir arbeiten zusammen."

„Schon", jetzt zoomte der Kommissar in eines der Bilder hinein. „Aber das erklärt wohl kaum die wild zugeknöpfte Bluse." Er hatte seine Beweisführung abgeschlossen und steckte sein Handy wieder ein. Zufrieden sah er Désirée an.

„Ich habe es dir ja gleich gesagt. Der Kerl ist nicht ganz sauber."

„Ach, Bernd." Mehr wusste Désirée nicht zu sagen. Wenn der Kommissar gewusst hätte, wie richtig er lag … und doch so falsch.

Wieder sah Mads Désirée fest an.

„Ehrlich, Désirée, da läuft nichts."

„Ach nein. Und was soll das sonst bitte bedeuten?"

Jetzt huschte Mads ein Lächeln übers Gesicht. Désirée konnte es nicht glauben. Es war schlimm genug, dass Mads sie belogen hatte, und ihr nicht einmal jetzt die Wahrheit sagte. Aber, dass er sie auslachte, war wirklich der Gipfel der Unverschämtheit!

„Ich bringe Annelie Stand Up Paddling bei."

Das war die dümmste Ausrede, die Désirée je gehört hatte, und auch Brenner hatte nur ein lautes „Pah!" dafür über.

„Sicher. So kann man es auch nennen." Wenn nichts mehr half, half eben nur Galgenhumor.

Mads fuhr sich mit einer Hand durch die Haare.

„Nein, wirklich. Du kannst sie fragen. Sie hat wenig Zeit, deshalb haben wir manchmal in ihrem Büro Trockentraining gemacht. Und ja, dafür hat sie ihre Bluse ausgezogen, damit sie nicht knittert. Aber das kann jawohl nicht das Problem sein." Er machte eine kurze Pause, die Désirée für ein ungläubiges Schnaufen nutze. „Immerhin steht sie auf Frauen."

„Wie bitte?" Jetzt hatte Mads Désirées volle Aufmerksamkeit. „Was hat denn Silke jetzt wieder damit zu tun?"

„Nicht Silke", lachte Mads. „Annelie. Sie ist lesbisch. Von daher bekommen Sie für Ihre Ermittlungen leider kein Sternchen, Herr Brenner."

Die Mundwinkel des Kommissars begannen zu zucken, wie immer, wenn er sehr nervös war.

„Lesbisch", sagte er und ließ keinen Zweifel daran, dass er die Behauptung für lächerlich hielt.

„Jup. Seit ihrer Scheidung und dem anschließenden Outing vor fünf Jahren. Sie können sie gerne fragen. Aber posaunen Sie es bitte nicht im Hotel herum, Annelie möchte ihr Privatleben nicht breittreten."
Désirée starrte Mads noch immer ungläubig an. Langsam, ganz langsam sickerte das Gesagte in ihr Hirn.
Stand Up Paddeling.
Lesbisch.
Es gab tatsächlich eine Erklärung. Eine völlig unglaubliche zwar, aber plötzlich ergab alles einen Sinn. Sie hätte schreien wollen vor Glück. Ohne weiter nachzudenken, zog sie Mads an sich heran und küsste ihn.
Das war nicht ganz das, was Brenner erwartet hatte. Aber er hatte seine Munition verschossen, jetzt blieb ihm nur der geordnete Rückzug. Mit finsterer Miene ließ er die beiden alleine.
„Dann haben Sie jetzt ja endlich wieder Zeit für Ihren Vermisstenfall!", rief Mads ihm noch hinterher, bevor er sich wieder Désirée widmete.
„Und was machen wir jetzt mit dem angebrochenen Nachmittag?"
Désirée überlegte. Am liebsten würde sie sich gar nicht bewegen, nur um den perfekten Moment nicht zu zerstören. Wenn es aber sein musste, dann …
„Lass uns ein Eis essen gehen. Das macht man doch so, wenn man sich kennenlernt. Im Hotel war ich eh soweit durch."
Mads Lachfalten zeichneten sich deutlich um Mundwinkel und Augen herum ab.
„Ja, mit vierzehn. Aber warum eigentlich nicht? Teilen wir uns ein Spaghettieis?"
„Niemals werde ich mein Eis teilen. Da komme, wer wolle", lachte Désirée und zog Mads am Arm Richtung Wasser. „Und jetzt komm, sonst mampfen uns die Touris alles weg."

Erst spät am Nachmittag traf Désirée beim Pavillon ein. Im Gegensatz zu ihr, die gerade zwei Stunden faul und hormongeflutet mit Mads über einem Eisbecher gefläzt hatte, wuselten hier alle fleißig. Auch Silke war so in ihre Unterlagen vertieft, dass sie Désirée fast übersah.
„Vorsicht, du Blindfisch!", schimpfte Désirée, als ihre Freundin ihr mit einem leichtem Rums gegen das Schienbein lief. Hektisch sah Silke sie an. Dann aber entspannten sich ihre Züge, und ein Grinsen schlich sich in ihr Gesicht.
„Rote Bäckchen, pralle Lipp'n, leucht'nde Aug'n. Ganz klarer Fall, du bist verknallt!"
Mit dem Kuli in ihrer Hand stupste sie gegen die Nase von Désirée, welche das Schreibgerät barsch wegwischte.
„Lass das, das kitzelt."
„Nu erzähl schon!", gab Silke sich nicht so leicht geschlagen und piekste ihrer Freundin jetzt in den flachen Bauch. Désirée machte einen Satz nach hinten.
„Jetzt hör auf, ich erzähl es ja. Also …"
„Du hast Mads geküsst!" jubelte Silke, ohne Désirée aussprechen zu lassen, und drehte sich schwungvoll einmal um die eigene Achse.
„Ich hab doch gesacht, dat allns nur 'n Missverständnis sein kann. Also, wat wars? Is die Christensen seine Cousine oder wollt er dich nur mit ihr eifersüchtig mach'n?"
Erwartungsvoll hielt sie in der Bewegung inne. Schließlich kam es nicht oft vor, dass das echte Leben dem Drehbuch einer überstrapazierten Daily-Soap glich.
„Er bringt ihr Stand Up Paddling bei. Und im übrigen ist unsere Chefin lesbisch", verkündete Désirée ohne Umschweife. Zu großen Erläuterungen würde die aufgedrehte Silke ihr eh nicht die Möglichkeit lassen.
Aber diese verhielt sich anders als erwartet. Stocksteif stand sie plötzlich da, die Farbe war aus ihrem Gesicht entwichen.
„Lesbisch?", stammelte sie.

„Äh, ja?", antwortete Désirée verunsichert.
Jetzt löste sich Silke aus ihrer Starre. Langsam zog sich der eine Mundwinkel nach oben, dann der andere.
„Lesbisch, also", wiederholte sie zufrieden. Dann drehte sie sich wortlos um und ging zurück an ihre Arbeit.
„Mehr hast du dazu nicht zu sagen?", rief Désirée ihr verblüfft nach. Silke war ja völlig plemplem! Schnell folgte sie ihrer Freundin in den Pavillon.
Hier waren die Arbeiten bereits weit fortgeschritten. Wie es aussah, stand der baldigen Eröffnung nichts im Wege.
„Silke!" Désirée hielt sie an der Schulter fest.
„Hm?", fragte diese nur und schaute überrascht.
„Alles gut bei dir? Hast du etwa getrunken?"
Mit ihrer Hand winkte sie vor Silkes Gesicht herum. Irgendwie musste ihre Freundin doch wieder zu Sinnen kommen.
„Bist bekloppt? Ich trink doch nich ohne dich!" Fröhlich wippte sie in den Kniekehlen.
„Tanzt du jetzt, oder was?" Désirée war völlig irritiert.
„Vielleicht", erwiderte Silke lapidar. „Darf ich denn weitermach'n, Chefin?"
Jetzt reichte es Désirée langsam mit den Sperenzien.
„Silke", sprach sie eindringlich und fixierte sie dabei mit den Augen. „Du sagst mir jetzt sofort, warum du dich aufführst, als hättest du zuviel Prosecco gehabt. Oder ich schmeiß dich ins Hafenbecken."
„Dat traust dich nich", konterte Silke.
„Lege es lieber nicht drauf an", antwortete Désirée. „An der Förde hab ich gelernt, wie man jemanden kielholt. Also?"
„Lesbisch!", quiekte Silke da leise und hüpfte wippend auf und ab. „Annelie ... sie steht auf Frau'n!"
„Ja", gab Désirée zögernd zurück, „das bedeutet es in der Regel. Und?" Sie verstand nur Bahnhof. Dann aber ging ihr ein Licht auf.

Warum war ihr das nicht schon viel früher aufgefallen?
„Na, weil sich dein Universum immer nur um dich gedreht hat", flüsterte das Teufelchen auf der rechten Schulter und das Engelchen auf der linken nickte eifrig. Mit dem Handrücken wischte Désirée sich ihre wenig solidarischen Begleiter von der Schulter.
„Wer hat euch denn gefragt?" Gleichzeitig aber gelobte sie Besserung. Silke sollte nicht glauben, dass sie ihren Pflichten als beste Freundin nicht nachkam. Nicht noch einmal.

Am nächsten Morgen klingelte es Sturm. Désirée hatte heute ihren freien Tag, und Hinnerk war bereits vor Stunden zur Fangfahrt aufgebrochen.
Verschlafen trottete sie in ihrem Morgenmantel über den Flur und traf dort auf die ebenfalls noch gähnende Irma. Sie trug einen Teddybär-Flanell-Overall.
„Was ist denn das?", spottete Désirée. Irmas Geschmack war zwar zuverlässig schlecht, aber dennoch ließ er scheinbar Spielraum für Überraschungen.
„Den hat mir mein verstorbener Mann geschenkt", rechtfertigte sich Irma. „Ich war doch immer sein Teddybär."
„Und so knuddelig", erwiderte Désirée und kniff Irma in beide Bäckchen. Für Sentimentalitäten war sie um diese Uhrzeit wirklich nicht in Stimmung, schon gar nicht, wenn vor dem ersten Kaffee ein überdimensionales Glücksbärchi vor ihr stand.
„Wer mag das sein?", lenkte Irma von ihrem Outfit ab.
„Keine Ahnung", antwortete Désirée. „Aber er oder sie wird es bereuen, uns so früh aus dem Bett geklingelt zu haben."
Gemeinsam gingen sie die Treppe runter und öffneten die Tür.
Es war Brenner.

„Morgen Désirée, guten Morgen, Frau …", er musterte Irma von den Tatzen bis zu der mit Öhrchen besetzten Kapuze, „Wendt." Dabei verzog er keine Miene. Der Mann hatte eben null Humor.

„Herr Brenner", säuselte Irma, bevor Désirée überhaupt einen Ton sagen konnte. „So früh schon Sehnsucht? Also wirklich. Ich weiß, gegen Gefühle kann man nichts machen, aber Sie hätten sich wirklich vorher ankündigen sollen. Wie steh' ich denn jetzt da?"

„Wie ein Bärchen am Bad Hair Day", antwortete Désirée stellvertretend und schob Irma zur Seite.

Brenner wirkte ein wenig unbeholfen. Zum Glück schien er nicht zu verstehen, dass Irma die Gefühle, von denen sie sprach, auf sich bezog. Trotzdem drängte ihn die forsche Art der toughen Dame in die Defensive, und das behagte ihm so gar nicht.

„Ich bin dienstlich hier", sagte er monoton und vermied es tunlichst, Désirée in die Augen zu sehen. „Wir haben Christoph gefunden."

Désirée ließ sich gegen die Wand des schmalen Flures fallen und sank langsam daran herab. Ganz anders Irma, die den Kommissar umarmte und jubelnd an ihm wie ein Flummi auf und ab hüpfte.

Das Ganze wirkte so unwirklich. Da hatte Désirée gerade geglaubt, langsam wieder eine Handbreit Wasser unter dem Kiel zu haben, und jetzt zog einfach jemand den Stöpsel, während vor ihren Augen ein plüschiges Riesenhäschen den Kommissar rammelte.

„Christoph … gefunden?", stammelte Désirée und sah hilflos zu dem ungleichen Pärchen auf.

„So ist es", blieb Brenner geschäftsmäßig und schob die aufgeregte Irma von sich.

„Wo hat er sich denn versteckt, mein Bub?", fragte Irma erwartungsvoll.

Der Kommissar schnaufte einmal verächtlich, bevor er antwortete.

„Ihr Bub, wie Sie ihn nennen, hat sich nicht gerade viel Mühe gegeben bei der Wahl seines Verstecks." Er legte seine Stirn in tiefe Falten. „Strandwai 8".

„Und wo ist dieser Strandwai?", wollte Désirée wissen, obwohl sie sich die Frage schon selber beantworten konnte. „Wai" war Sölring für „Weg", und das sprach man nun mal nur hier.

„In Westerland, Désirée." Jetzt blickte er ihr doch direkt in die Augen. „Während du hier auf Beutezug gegangen bist, war dein Liebster die ganze Zeit nur einen Steinwurf entfernt." Man sah richtig, wie er es genoss, Désirée ihr neues Glück zu verderben. Wie hässlich Missgunst doch Menschen machte …

„Beutezug?", fragte Irma. „Was soll das bedeuten?"

„Nichts, Irma", antwortete Désirée ausweichend und wendete sich wieder an Brenner: „Und, wie geht es jetzt weiter?"

„In Sachen Surffuzzi kann ich dir das wohl kaum beantworten", zischte Brenner scharf. „Aber was Christoph angeht, den fahren wir jetzt besuchen. Gemeinsam. Mal gucken, was er sagt, wenn er euch sieht."

Désirée wurde bei dem Gedanken schwindelig. Das ging ihr alles viel zu schnell! Was, wenn Christoph sie angriff, weil er sich in der Falle sitzen sah? Oder schlimmer noch, wenn er so tat, als hätte sich zwischen ihnen nichts verändert? Dieser Mann hatte sie wissentlich ins Unglück laufen lassen, am liebsten wollte sie ihn nie wiedersehen.

„Ich komme nicht mit", entschied sie knapp.

„Du tust was nicht?" Irma glaubte, sich verhört zu haben. „Dein Mann lebt, Désirée-Schatz. Hast du das verstanden?" Sie schaute Désirée an wie ein begriffsstutziges Kind.

„Christoph ist nicht mein Mann, Irma. Erstens waren wir nie verheiratet, und zweitens würde der eigene Mann es nie zulassen, dass seine Frau vor dem Nichts steht. Nur damit er in Ruhe seinen Betrügereien nachgehen kann." Sie sah Irma durchdringend an. „Das hättest du deinem Mann auch nicht verziehen!"

„Das tut hier nichts zur Sache", unterbrach Brenner sie. „Du kommst mit, Désirée. Das war keine Bitte."

„Du hast mir gar nichts zu sagen", zeterte diese zurück. Langsam fing sie wirklich an, Bernd zu hassen. Warum ließ er sie nicht einfach endlich in Ruhe?

„Ich kann dich auch gerne mitnehmen aufs Revier", sagte er süffisant. „Die Kollegen freuen sich immer über ein bisschen Gesellschaft."

„Gut", gab sich Désirée geschlagen. „Ich komm' mit. Aber ich spiele nicht den Lockvogel."

„Das werden wir sehen", erwiderte der Kommissar, womit bewiesen war, dass Désirée mit ihrer Einschätzung nicht ganz daneben gelegen hatte: Es war nie klug, den Stolz eines Mannes zu verletzen, der eine Knarre trug.

Sollte sie einmal Kinder haben, würde sie ihnen diese Lebensweisheit mit auf den Weg geben. Ihr hingegen blieb jetzt nur, darauf zu hoffen, dass es Brenner tatsächlich auf Christoph abgesehen hatte, und nicht auf sie.

Sie zögerte, stand dann aber vom Boden auf.

„Umziehen dürfen wir uns aber noch? Du willst doch nicht, dass dieser Teddy hier frei rumläuft?"

Brenner nickte nur knapp, und die Frauen gingen nach oben, um sich fertig zu machen.

Keine halbe Stunde später parkten sie auf dem großen Parkplatz hinter dem Westerländer Deich.

„Nicht, dass der Kerl flüchtet, wenn er uns vorfahren sieht", begründete der Kommissar die Wahl und stieg aus dem Wagen.

„Ich zieh schon mal ein Ticket", verkündete Irma und wollte sich schon losmachen in Richtung Automat. Brenner konnte sie gerade noch am Ärmel packen.

„Lassen Sie's gut sein. Wir haben jetzt Wichtigeres zu tun."

„Natürlich, Herr Kommissar!" Irma schlug sich gegen die Stirn. Auch sie hatte noch nie gesehen, dass die Beamten im Krimi erst einen Parkschein zogen, bevor sie Gebäude stürmten.

„Also, was tun wir? Pirschen wir uns von hinten an und umzingeln Christoph?", mischte sich Désirée mit einer nicht ganz ernst gemeinten Bemerkung ein. „Oder warten wir auf Verstärkung?"

„Ich schlage vor, wir klingeln", antwortete Brenner trocken und führte seine beiden Hilfskräfte zu dem Haus, in dem Christoph aufgespürt wurde.

„Woher wissen Sie überhaupt, dass wir ihn hier finden?", fragte Désirée neugierig, während sie versuchte mit dem großen Schritt des Kommissars mitzuhalten.

„Internet", entgegnete dieser lapidar.

„Internet?", hakte Désirée nach. Christoph konnte doch wohl kaum so doof gewesen sein, seine neue Adresse online zu stellen!

„Jep. Dein Lebensgefährte war nämlich so klug, von seinem Heimnetzwerk aus eine Mail mit sensiblen Daten an die Polizei zu versenden. Die sollte eigentlich seinen Komplizen belasten. Da es für uns aber ein Kinderspiel ist, eine IP-Adresse zurückzuverfolgen, hat er uns damit direkt zu sich geführt. Du hast wirklich einen exzellenten Männergeschmack, Désirée. Meinen Glückwunsch dazu!"

Die Stichelei wollte Désirée mal geflissentlich ignorieren. Ganz unrecht hatte Brenner in diesem Fall ja nicht, das war wirklich kein Geniestreich von Christoph gewesen. Gut, Désirée kannte sich auch wenig aus in technischen Dingen, aber sie hatte sich ja auch nicht auf die dunkle Seite begeben. Wer ein Gangster sein wollte, der musste eben auch gewisse Spielregeln einhalten.

„Das passt zu Christoph", sinnierte sie. „Viel vor, aber wenig dahinter."

Irma hatte die ganze Zeit nur stumm zwischen den beiden hin- und hergeschaut. Trotz ihres absolvierten Computerkurses verstand sie kein Wort von dem, was der Polizeibeamte da von sich gab.

„Schluss jetzt mit dem Tüdelüt! Ich will jetzt meinen Sohn sehen", schimpfte sie. „Bestimmt hat er Angst, so ganz alleine."

Skeptisch sah Désirée Irma an.

„Mensch, Irma. Christoph ist doch kein Kind mehr, das sich versteckt hat. Dein Sohn hat krumme Dinger gedreht und macht sich jetzt hier mit dem Gewinn ein schönes Leben!"

„Trotzdem ist er mein Sohn", blieb Irma stur. „Und ich will ihn jetzt sehen."

Mutterliebe schien ein verdammt dickes Band zu sein. Während die Verbindung zwischen ihr und Christoph gerissen war wie eine altersschwache Gitarrensaite unter den Fingern eines wild gewordenen Altrockers, vergötterte Irma ihren Sohn noch immer.

Vielleicht schafften es darum auch so viele Männer nicht, aus dem Schoß ihrer Mutter … wie viel einfacher war es schließlich, sich auf einer Wolke bedingungsloser Liebe auszuruhen, als ständig Arbeit und Mühe investieren zu müssen, um angehimmelt zu werden?

„Gut, wir gehen rein", unterbrach Brenner ihre Gedanken. „Désirée, du klingelst."

„Ich? Wäre es nicht besser, wenn Irma …"

„Keine Widerrede, geh schon", trieb der Kommissar sie an und versetzte ihr einen leichten Schubs.

Vorsichtig ging Désirée zur Pforte und öffnete sie. Auf ihrer Stirn bildeten sich feine Schweißperlen. Christoph

würde ihr doch hoffentlich nichts antun? Sie war ihm schutzlos ausgeliefert, und auf Brenners Hilfe konnte sie auch nicht verlässlich hoffen. Wahrscheinlich wäre es ihm sogar recht, wenn sie die eine oder andere Schramme abbekäme.
Jetzt hatte sie die Tür erreicht.
„G. Bittler", stand in geschwungenen Buchstaben auf dem Schild über der Klingel. Hilfesuchend blickte Désirée über ihre Schulter zu Irma und Brenner, die sich hinter dem Zaun versteckt hielten. Mit einem Kopfnicken suggerierte ihr der Kommissar zu klingeln.
Es läutete schrill, dann hört man Schritte hinter der Tür. Désirée hielt die Luft an.
Als ihr ein Mann öffnete, musste sie zweimal hingucken.
„Christoph?", fragte sie vorsichtig. Ihr Gegenüber schien verunsichert.
„Chrischdoph? Kenne isch nid. Ming Name ess Biddla. Jeorch Biddla." Es klang wie eine unfreiwillig komische Imitation von Rainer Calmund, aber es war doch unverkennbar Christoph, mit dem sie da sprach.
„Georg also, ja?", zischte Désirée jetzt ironisch. „Glaubst du etwa wirklich, dass ich dich nicht erkenne?" Sie sah ihn fassungslos an. Ihre anfängliche Aufregung hatte sich in Ärger gewandelt, Christoph hingegen wurde zusehends nervöser.
„Unjeloje!", wagte er einen weiteren Versuch, Désirée mit seinem schlechten Dialekt in die Irre zu führen, gab dann aber doch auf. Er täuschte links an und flüchtete, rechts an Désirée vorbei, durch den Garten.
Brenner wollte hinterher, wurde aber durch ein unerwartetes Hindernis gestoppt. Irma hatte dem Kommissar ein Bein gestellt, über das dieser im hohen Bogen flog.
„Ach, Irma!", seufzte Désirée, als sie die beiden erreichte. Von Christoph war weit und breit nichts mehr zu sehen.
„Was sollte das?"

„Er ist doch mein Sohn", erklärte Irma kleinlaut.
Der Kommissar rappelte sich mühsam wieder auf.
„Das war Beihilfe zur Flucht. Das kann Sie teuer zu stehen kommen!"
„Das bringt doch jetzt nichts!", beschwichtigte Désirée. „Dass du dich von einer übermütigen Seniorin aufhalten lässt, spricht nicht gerade für dich als Freund und Helfer. Also behalten wir doch lieber für uns, was gerade vorgefallen ist." Sie half Brenner, den Staub von seiner Jacke zu klopfen.
„Irma und ich sind nun mal keine Hilfssheriffs. Ab jetzt halten wir uns aus deiner Arbeit raus", sie strafte Irma nochmals mit einem Blick ab, „und auch du lässt uns gefälligst mit deinen Ermittlungen in Ruhe. Klar?" Désirée war so wütend, dass ihre Nasenlöcher unter dem ausströmenden Atem flatterten. Die Begegnung mit Christoph hatte ihr stark zugesetzt.
„Klar wie Kloßbrühe", bestätigte Irma brav. Das schlechte Gewissen nagte noch zu sehr, als dass sie Widerworte wagte. Brenner tat sich da schon schwerer.
„Désirée, das ist nicht deine Entsch …"
„Ob das klar ist?", schrie Désirée in einer Lautstärke, die sogar das Dünengras erzittern ließ.
„Fürs erste", entgegnete der Kommissar, und seine Zähne knirschten beängstigend.
„Gut", beendete Désirée die Diskussion und merkte, wie ihr Adrenalinpegel langsam wieder auf ein normales Maß zu sinken begann. „Dann trinken wir jetzt einen Schnaps auf den Schrecken. Christoph ist eh über alle Berge."
„Für mich nicht, ich muss noch fahren", traute sich der Kommissar ein Veto, dann traf ihn Désirées irrer Blick, und er korrigierte seine Meinung. „Einer wird schon nicht schaden."

✶

Christoph blieb auch die nächsten Tage wie vom Erdboden verschluckt. Désirée versuchte, nicht zu viel darüber nachzudenken. Erstens hatte sie mit Brenner vereinbart, sich aus den Ermittlungen rauszuhalten, zweitens hatte sie ihre ganze Energie für die Vorbereitungen der „Muschelwerk"-Eröffnung benötigt.
Heute war der große Tag gekommen, und Désirée betete zu Gott, dass alles gut gehen mochte. Sie hatte Irma bei der Organisation große Freiheiten eingeräumt ... vielleicht zuviel für die quirlige alte Dame?
„Ach, Unsinn!", beruhigte Désirée sich selber. Schließlich war sie Zeugin davon geworden, wie Irma sich die letzten Tage ins Zeug gelegt hatte, und die Beköstigung von Gästen war nun wirklich etwas, mit dem Irma sich auskannte. Die Gute hatte auch extra schon vor einer Stunde das Haus verlassen, um ja genug Zeit zu haben, alles herzurichten.
Auch für Désirée wurde es jetzt knapp. Sie klemmte sich noch einen Packen Flyer unter den Arm, der gerade noch rechtzeitig aus der Druckerei gekommen war, und wagte einen letzten kurzen Blick in den Spiegel.
Gut sah sie aus in ihrer neuen Boyfriendhose, die sie extra noch für die Eröffnung in Westerland erstanden hatte. Zusammen mit der Bluse war das Outfit schick und sportlich zugleich, vor allem aber angesagt. Genau das Image wünschte sie sich auch fürs „Muschelwerk".
Beschwingt nahm sie die Stufen hinab zum Hafen. Das Wetter spielte mit, präsentierte sich wolkenfrei und windstill. Das war ein gutes Omen. Jetzt erblickte sie schon den Pavillon. Auch er sah gut aus. Frisch gestrichen und mit neuem Dach, war er zu einer richtigen Perle aufmöbliert worden.
Aber was machte das Feuerwehrauto da? Es war doch hoffentlich nichts passiert? Jetzt entdeckte sie auch Irma, die

in gewohnt eifriger Art und Weise zwischen den bereits aufgebauten Bierzeltgarnituren hin und her lief. Moment. Bierzeltgarnituren?

Désirée beschleunigte ihren Schritt. Das durfte alles nicht wahr sein, es durfte einfach nicht!

„Irma!", rief sie schon von Weitem. „Was ist los, brennt es?"

„Ach was, du Tüdelbüdel", gab Irma Entwarnung, „die Feuerwehr baut nur schnell die Tische und Bänke auf, die wir uns von ihr geliehen haben. Für lau, toll, nicht?"

Désirée hatte den Pavillon jetzt erreicht und nahm Irma zur Seite.

„Irma, was soll das? Und wie siehst du überhaupt aus?" Sie hob den Rock von Irmas ausladendem Dirndl an und versuchte, den Blick von dem prallen Dekolleté zu lösen, das sich ihr präsentierte.

„Was glaubst du, was das hier ist, ein Schützenfest? Mensch Irma, wir eröffnen hier heute einen angesagten Schmuckladen!" Désirée war außer sich, mit so was hatte sie in ihren schlimmsten Träumen nicht gerechnet.

„Warum nicht?", zeigte Irma sich verständnislos. „Schützenfeste sind bei uns im Dorf immer bestens besucht. Im Gegensatz übrigens zum sonntäglichen Gottesdienst, aber das liegt wohl am Bier. Davon habe ich ja zum Glück genügend geordert, also keine Sorge."

„Und Champagner meinst du wohl?", hoffte Désirée auf ein kleines Wunder, aber Irma tippte sich nur empört an die Stirn.

„Champagner! Also, Désirée, wenn du immer so mit dem Geld um dich schmeißt, können wir den Laden gleich wieder schließen."

„Hugo? Prossecco?", gab Désirée die Hoffnung auf ein bisschen Glamour nicht auf.

„Désirée, Kindchen, jetzt komm mal runter. Jeder mag doch Bier. Außerdem passt es vorzüglich zur Erbsensuppe."

„Erbsensuppe?" Jetzt wurde Désirée leicht schummrig vor den Augen.
„Ja, mit extra großen Wurststücken", freute sich Irma aufrichtig, während Désirée um Fassung rang.
Wieso verdammt, wieso hatte sie Irma mitmischen lassen, und das auch noch völlig unbeaufsichtigt? Sie hätte es wirklich besser wissen müssen!
„Und wo ist Silke?", fragte Désirée völlig entkräftet. Sie fühlte sich außer Stande, die Diskussion mit Irma weiterzuführen. Was sollte es auch bringen? Irma würde sowieso nicht verstehen, was sie falsch gemacht hatte, und die Idee von einem hippen Eröffnungsevent konnte sie eh unter einer angestaubten Decke aus traditioneller Feierkultur begraben.
„Die kommt gerade. Wäre schön, wenn ihr mir gleich helfen könntet, Salzstangen in die Gläser zu füllen."
„In Hinnerks gesammelte Senfgläser?", fragte Désirée, was Irma verblüffte.
„Woher weißt du …?"
Désirée machte eine wegwerfende Handbewegung. „Ach, nur so geraten."
Silkes Gesichtsausdruck ließ vermuten, dass sie ebenso wenig begeistert war von Irmas Organisationstalent wie Désirée.
„Cool, wir feiern Oktoberfest!", verfiel sie in Ironie. „Da hat die gute Irma ja ma ganze Arbeit geleistet."
Désirée nickte nur stumm.
„Wir sind am Arsch."
„Jo und nö", antwortete Silke und guckte geheimnisvoll.
„Silke, das ist kein guter Zeitpunkt zum Rätselraten", meckerte Désirée, und ihr Blick ließ keinen Zweifel daran, dass Silke besser mit der Sprache rausrücken sollte.
„Jo, dat hier is 'ne absolute Katastrophe. 'N Attentat auf unsern gut'n Geschmack."
„Soweit klar", bestätigte Désirée. „Und weiter?"

„Na, vielleicht könn' wir einfach so tun, als hätt'n wir die Eröffnung extra so verstaubt geplant. Als dat Gegenteil von unserm angesachten Produkt ... um zu beton', wie cool der Schmuck is, quasi. Hier drauß'n glaubt man, dat gleich der Spielmannzug vorbei kommt, denn geht man in dat ‚Muschelwerk' und trifft plötzlich auf Zeitgeist ... Der denn natürlich so richtig einschlächt!" Silke grinste breit. Sie war mit ihren spontanen Ergüssen sichtlich zufrieden.
Désirée kräuselte die Stirn. „Du spinnst. Aber es ist immerhin eine Chance. Schreib mir auf, was du gerade gesagt hast. Ich will es in meine Rede einbauen, und selber bekomm ich den Stuss bestimmt nicht mehr zusammen."
„Dat wert ich ma als Kompliment für meine Kreativität", sagte Silke und deutete einen Knicks an.
„Du bist die Königin unter den Spinnern", erwiderte Désirée gönnerhaft. „Aber jetzt müssen wir zusehen! Irma wütet gerade im Pavillon. Ich wette, sie schafft es, unseren Zeitgeist in Nullkommanichts in ein anno dazumal zu verwandeln.
Sie beeilten sich, den Laden zu stürmen. Tatsächlich war Irma gerade emsig damit beschäftigt, Luftschlangen über dem angesagten Interieur zu verteilen.
„Macht mit, dann geht es schneller!", wies sie die Mädchen an und teilte großzügig die Papierrollen. Désirée und Silke wechselten einen Blick und verstanden sich blind.
„Irma, du musst mir unbedingt drauß'n mit der Deko helf'n. Die Tische wirk'n bannich trist, da muss Farbe rein. Hier drinnen is dat doch Perlen vor die Säue. Guck dir dat Wetter an, kein Mensch wird im Pavillon sein, und denn hab'n wir dat ganze Zeugs umsonst gekauft."
Irma verstand. Verschwendung war ihr ein Graus, und draußen fehlte wirklich noch ein bisschen Schnickschnack.
„Wird gemacht!", meldete sie sich ab, und Désirée und Silke schlugen hinter ihrem Rücken ein. Die Kuh war erst-

mal vom Eis. Schnell klaubten sie die bereits verteilten Dekoschlangen aus den mit Muschelschmuck besetzten Palettenstreben der Regale und von den zum Kassentresen verarbeiteten Holzfässern.
Jetzt sah es wieder aus wie eine In-Location und nicht mehr so, als würde gleich eine Horde kleiner Piraten einen Kindergeburtstag feiern wollen.
Draußen wurde es plötzlich laut. Eine Salve sonorer Männerstimmen drang zu ihnen herein. Jetzt wurde blechern gelacht und sich zugeprostet.
„Was ist denn da schon wieder los?", fragte Désirée. „Die Gäste kommen doch erst in einer Stunde." Silke zuckte nur die Schultern. „Keine Ahnung, lass gucken!"
Fast schafften sie es nicht aus der Tür, denn davor wimmelte es nur so von bärtigen Männern in Fischerhemden, die sich um den besten Platz an der Zapfanlage zankten.
Désirée setzte ein höfliches Lächeln auf und schob sich zu Irma durch.
„Irma. Was macht denn der Shanty-Chor hier?"
„Na, singen, du Dummchen", antwortete Irma. „Die netten Herren waren alle sofort bereit, bei unserer Eröffnung aufzutreten, ist das nicht nett?"
„Ja, sehr nett." Désirée konnte nichts mehr aus der Fassung bringen. Irgendwie wären Clubhouse-Musik oder Salsaklänge auch skurril rübergekommen zu der Festzeltatmosphäre, die Irma geschaffen hatte. So passte wenigstens alles zusammen.
„Schmeiß drinnen die Loungemusik rein", flüsterte sie Silke zu. Das wird ein geiler Kontrast zwischen der Festwiese hier draußen und dem Beachclub da drinnen."
„Jo, gute Idee!", fand auch Silke. „Kriegen wir noch irgendwo wat Spritziges für den Pavillon her, wat kein' Bierbauch und schlecht'n Atem macht?"
„Ich kenn da jemanden, der mir noch einen Gefallen schuldet", entgegnete Désirée entschlossen und durchsuchte

mit den Augen das blau-weiße Streifenmeer. Schnell wurde sie fündig. Mads war so ziemlich der einzige Shanty-Sänger ohne Gesichtshecke.

„Du hast mir einiges zu erklären, Mister", begrüßte sie ihn ohne Umschweife.

„Désirée!" Mads gab ihr einen kurzen Kuss. Es fühlte sich richtig an. Und gut. Richtig gut. „Schön habt ihr's hier!"

„So richtig schön urig meinst du wohl? Lieb übrigens, dass du und deine Kumpels mitmischen. Das wolltest du mir wann erzählen?" Sie setzte eine strenge Miene auf, im Grunde wusste sie aber, dass sie Mads mit seinen süßen Grübchen nicht lange böse sein konnte.

„Dann wäre ja die ganze schöne Überraschung hin gewesen", erklärte er unschuldig.

„Dafür ist jetzt unsere Eröffnung hin. Silke und ich versuchen gerade, ein Notfallkonzept zu knüpfen, aber im Grunde sind wir geliefert. Schlimmer hätte unser Einstand nicht ausfallen können."

„Ach, Désirée, jetzt entspann dich!", tröstete Mads. „Das wird hier heute bestimmt eine richtig nette Veranstaltung. Mit richtig coolen Jungs." Er zeigte auf seine Chorkameraden, die sich weiter fleißig mit Flüssigbrot für den Auftritt stärkten.

„Ja, nett", stöhnte Désirée. „Mads, ehrlich, wenn wir unser Image noch irgendwie retten wollen, musst du jetzt los düsen und uns Prickelwasser holen. Wir brauchen Prosecco, Rhabarbersaft, Wasser und Eis für unseren Spezial-Hugo." Erwartungsvoll sah sie ihn an. Sie war es gewohnt, den Ton anzugeben. Davon durfte sich auch Mads jetzt ein Bild machen.

„Aye, aye, Sir!", salutierte er, und Désirée hatte das Gefühl, diese Szene schon einmal erlebt zu haben. Richtig, der picklige Junge vom Heikendorfer Hafen! Vielleicht sollte sie mal an ihrem Ton arbeiten ... also später, eventuell?

„Abtreten!", spielte sie mit und verabschiedete Mads mit einem weiteren Kuss. Er schmeckte definitiv nach mehr.
Die Shanties kamen zwischenzeitlich immer stärker in Feierlaune, und Désirée sorgte sich schon um die Biervorräte. Wobei das bei Irmas Gewohnheiten beim Lebensmitteleinkauf heute wahrscheinlich ihre kleinste Sorge sein konnte. Gerade wurden vier randvolle Kanonen mit Erbsensuppe geliefert. Selbst wenn jeder Besucher vier Mägen hätte wie die Kühe auf den Sylter Koppeln ... im Hause Clausen würde es bestimmt nächste Woche noch Reste davon zum Mittag geben.
So langsam trudelten auch die ersten Gäste ein und schauten sich neugierig um.
Piet Tommsen, der Bürgermeister, hatte seine Frau dabei und extra für den Anlass eine Krawatte umgebunden. Sie ging ihm bis zum Hosenbund und passte nicht wirklich zu den kurzen Cargoshorts, die er darunter trug.
„Moin, Deetje!", begrüßte er sie und erntete dafür einen Stupser seiner Liebsten. „Sie heißt doch jetzt ‚Désirée'", wisperte diese und gab ebenfalls freundlich die Hand.
„Ach, lass gut sein, Antje", winkte Désirée ab. „Deetje ist auch ok." Es war das erste Mal, dass sie das sagte, und es fühlte sich gar nicht mal so falsch an.
Gerade wollte sie der Begrüßung noch einen kleinen Klönschnack folgen lassen, da kamen auch schon die nächsten Besucher zur Eröffnung. Neugierige Hörnumer Geschäftsleute, zufällig vorbeispazierende Touristen, die nette Tourismusfachkraft aus dem kleinen Büro oben im Ort sowie einige Gemeindevertreter bummelten gemütlich auf das kleine Festgelände zu. Und auch Frau Christensen schien sich einen Moment vom Hotelgeschäft freigemacht zu haben, und erschien mit einem riesigen Blumenstrauß.
Désirée, Irma und Silke schüttelten Hände, nahmen Glückwünsche entgegen und versuchten angestrengt, in dem ganzen Trubel den Überblick zu behalten. Viele der

Besucher erschienen Désirée gänzlich fremd, seltsamerweise war sie allen bekannt.

„Deetje, mien Deern! Als ich dich dat letzte Ma geseh'n hab, da warst du noch ganz 'n lütten Schieterbüdel", bekam sie gerade von einer älteren Dame in eigentümlich geblümter Bluse zu hören. Zum Glück kam gerade Mads mit seinen Errungenschaften zurück, so dass sie sich geschickt aus der Affäre ziehen konnte.

Auf Irmas Anweisung hin gab der Shantychor jetzt ein Eröffnungsständchen. Das bedeutete für Désirée, dass es gleich Zeit für ihre Rede war. Mist, sie hatte doch noch gar keine Zeit gehabt, sich die passenden Worte zurechtzulegen. Gerade noch schaffte sie es, sich kurz den Spickzettel ihrer Freundin vorzunehmen und sie mit der Hugo-Produktion zu beauftragen, da schmetterte der Chor auch schon die letzte Strophe seines Auftaktliedes:

„Ahoi, Kameraden! Ahoi, ahoi. Leb wohl, kleines Mädel! Leb wohl, leb wohl."

Désirée stimmte in das höfliche Klatschen der Zuhörer ein und ging vor dem Chor in Position. So erhielt sie am besten Gehör.

„Danke, für dieses schöne Intro", sprach sie an den Chor gewandt und dann weiter in Richtung Gäste, „und auch an euch ein riesiges Dankeschön, dass ihr alle euch heute die Zeit genommen habt, mit uns zu feiern."

Désirée sprach schneller, als ihr lieb war, und sie merkte, wie die Aufregung ihr das Blut in den Kopf trieb. Wann hatte sie das letzte Mal vor einer größeren Gruppe gesprochen? Damals in der Schule bei ihrem Referat über Meeresschnecken?

„Mit der Eröffnung unseres ‚Muschelwerks' erfüllen wir, also ich, unsere Künstlerin Silke und Irma, als mehr oder weniger stille Teilhaberin, uns einen Herzenswunsch." In der Menge entbrannte Applaus, Mads steuerte ein begeistertes Pfeifen bei.

„Wir verbinden in unserem Konzept Altbewährtes, natürlich Gewachsenes mit dem modernen Schick des 21. Jahrhunderts. Wir möchten, dass Muscheln und Meer nicht mehr nur kitschige Döschen kleiden, sondern zukünftig in neuem Gewand Frauen schmücken und ihnen Freude bereiten."
Sie machte erneut eine kurze Pause und warf einen prüfenden Blick zu Silke. Ihre Freundin streckte den Daumen nach oben und nickte ihr aufmunternd zu. So schlecht schien ihre Rede also nicht anzukommen.
„Entsprechend wollen wir auch heute mit euch unser Opening begehen. Hier draußen findet ihr das Rustikale als Symbol für unsere natürlichen Rohstoffe aus dem Meer, im Laden trefft ihr auf den Zeitgeist, den wir auch mit unserem Schmuck treffen wollen." Jetzt hielt sie die Luft an. Aber keiner warf sein Bier nach ihr, keiner lachte laut auf. Wie es aussah, hatte sie ihre Worte richtig gewählt und es geschafft, eine plausible Erklärung für das vermeintliche Imagedesaster zu finden.
Der Rest war ein Selbstgänger:
„Der Worte sind genug gesagt, ich wünsche euch jetzt einen schönen Tag und viel Freude bei der Erkundung unseres „Muschel …"
Ein lautes Geheul schnitt ihr das Wort ab. Neugierig drehte die Gesellschaft die Köpfe in Richtung Hafenspitze, wo gerade Brenners Wagen in abenteuerlichem Tempo Kurs auf sie nahm. Auf dem Dach blitzte grell eine blaue Warnleuchte.
Der Wagen stoppte keinen Meter zu früh und touchierte leicht die instabilen Holztische, auf denen die Suppenkanonen Platz gefunden hatten. Das Konstrukt schwankte erst leicht, dann stärker, und brach schließlich formvollendet in sich zusammen. Literweise heiße, grüne Pampe ergoss sich über die Pier und bildete eine unschöne Pfütze.

Entgegen der geschockten Besucher, zeigten sich die Hafenmöwen begeistert von dem unverhofften Festmahl. In Scharen enterten sie den Suppenteppich und zankten sich wild um die extra großen Wurststückchen, auf die Irma so stolz gewesen war.

„Oh nein!", kommentierte diese die Situation fassungslos und schlug sich die Hände vors Gesicht. Jetzt war der Kommissar mit seiner blinden Liebe zu ihr wirklich über das Ziel hinausgeschossen! Bestimmt wäre sie mal einen Kaffee mit ihm trinken gegangen, aber wer so schäbig mit ihrer Hausmannskost umging, der hatte ihre Gesellschaft keinesfalls verdient. Sie raffte ihren Rock und ging auf den Dienstwagen zu, um dem liebestollen Polizeibeamten ordentlich die Leviten zu lesen.

Dieser stieg gerade schwungvoll aus dem Auto und landete direkt in der Suppenlache. Er schimpfte und hüpfte dann ungelenk auf Zehenspitzen zur Hintertür, um sie zu öffnen.

Als ein Mann in Handschallen entstieg, ging ein Raunen durch die Menge.

„Christoph!", rief Irma.

„Christoph!", stöhnte Désirée.

„Christoph!", triumphierte der Kommissar.

Hinnerk, der gerade erst hinzugestoßen war, ergriff das Wort.

„Dat ist also der Klappspaten, der dich erst entführt und denn sitzengelass'n hat", kommentierte er trocken.

„Also Hinnerk, bitte!", echauffierte sich Irma und stellte sich schützend vor ihren Sohn.

„Is doch so!", setzte der Muschelfischer nach. „Dem Bengel gehörn ma or'ntlich die Löffel lang gezog'n, Irma!"

Unentschlossen sah Irma zwischen Hinnerk und ihrem Sohn hin und her.

„Dein Vater wäre sehr enttäuscht von dir", sagte sie schließlich mit leiser Stimme zu Christoph.

„Nicht mehr als von deinem Sauerbraten", gab dieser frech zurück.
Das war zuviel für Irma. Niemand beleidigte ihre Kochkünste, da war Soße dicker als Blut. Ohne eine Miene zu verziehen, verpasste sie ihrem undankbaren Sohnemann eine schallende Ohrfeige. Christoph war kurz erschrocken, fand dann aber wieder zu alter Form zurück.
„Na, Désirée, willst du auch mal?", fragte er seine ehemalige Lebensgefährtin. Seine Augen funkelten angriffslustig.
Désirée hatte das Schauspiel ungläubig verfolgt. Soviel Dreistigkeit war wirklich kaum zu glauben! Aber war ihr dieser Kerl wirklich noch eine emotionale Reaktion wert?
„Ach, weißt du, Christoph", begann sie und fixierte ihn durchdringend. Sie wusste, wie leicht man ihn verunsichern konnte, und tatsächlich knabberte er bereits nervös auf seiner Unterlippe. „Im Prinzip hast du mir ja einen Gefallen getan. Sieh mich an! Ich bin umgeben von Menschen, die mich lieben, anstatt nur sich selbst und das Tamtam, das sie um sich selber machen."
Sie legte ihre Arme um Hinnerk und Irma, und auch Silke reihte sich gerne ein. Zusammen bildeten sie jetzt einen Damm, dem auch das Tief „Christoph" mit all den ausgelösten Wellen nichts anhaben konnte.
„Inselpomeranze bleibt eben Inselpomeranze, da konnte selbst ich nichts machen. Kann ich mir schon vorstellen, dass du dich hier wohlfühlst", entgegnete Christoph und warf einen abfälligen Blick auf die Festzeltkulisse.
„So, nu reicht mir dat", schaltete sich Hinnerk ein. „Nichts inner Birne, aber trotzdem so tun, als wär man der König von Takatuka. Sowat hab'n wir hier gern. Männer ..." Wie auf Befehl lösten sich vier der Shantysänger aus ihrer Formation und packten Christoph an Armen und Beinen.

„Herr Kommissar, würd'n Sie der Landratte hier bidde die Handschellen abnehm'? Ich denk, dat Großmaul hat 'ne Abkühlung verdient", bat Hinnerk höflich und fand Gehör. Christoph zappelte wie wild und schrie wie ein Mädchen, aber es nützte ihm wenig. Unter dem Applaus der Umstehenden landete er im Hafenbecken.

„Und dat nächste Ma holen wir dich Kiel, du Dösbaddel!", warf Hinnerk ihm zusammen mit einem Rettungsring zu.

„Und wir, wir trink'n nu 'n kühles Blondes auf euch", beschloss Hinnerk so unbeeindruckt, als würde er jeden Tag jemanden ins Wasser schmeißen. „Wer so'n großes Ego hat, der kommt auch allein klar."

„Oder einen Hugo!", warf Désirée ein und erntete von ihrem Vater dafür einen angeekelten Blick.

„Gleich fliechst du hinterher, Tochter", drohte er und verfehlte seine Wirkung damit nicht.

„Bier ist gut, so nordisch", befand Désirée und hakte sich bei ihrem Vater unter. Schließlich hatte sie keine wasserfeste Mascara aufgelegt, und daran, was das Salzwasser mit ihren Haaren anstellen würde, wollte sie erst gar nicht denken.

„Aber wo ist eigentlich Silke?" Sie suchte das Gelände mit den Augen ab. Dieses Spektakel konnte ihre Freundin doch unmöglich verpasst haben!

Schließlich fand sie sie, völlig versunken in ein intensives Gespräch mit der Christensen. Die beiden Frauen hatten es sich auf einer der Bierbänke gemütlich gemacht und, wie es schien, alles um sich herum ausgeblendet.

„Na, da woll'n wir ma nich stör'n", brummte Hinnerk. „Wie dat aussieht, hat unsre Kleine da 'n lecker'n Fisch am Haken."

„Recht hast du", stimmte Désirée ihrem Vater voll und ganz zu und ging mit ihm zurück in Richtung Pavillon. Vielleicht entwickelte sich der Tag doch noch zu einem Erfolg … wenn auch eher fürs Herz als für die Kasse.

✶

Am Abend, die letzten Biere waren geleert und die auf die Schnelle als Ersatz georderten Fischbrötchen verzehrt, gesellte sich Désirée zu Hinnerk, der seinen gewohnten Platz auf der Bank eingenommen und die bunt beschuhten Füße auf dem flachen Holzzaun abgelegt hatte.
Auch über dem Wattenmeer war Ruhe eingekehrt. Nur noch die Fähre am Horizont, die die Schwesterinseln mit dem Festland verband und sich auf ihrem Kurs einen Weg durch das größtenteils trocken gefallene Watt bahnte, erinnerte noch an die Geschäftigkeit des Tages.
Désirée setzte sich und legte ihre Füße stolz neben die ihres Vaters.
„Die sind nich gelb, die sind rosa", bemerkte Hinnerk, als er die neuen Chucks entdeckte, die Désirée heimlich online erstanden hatte. Der Postbote hatte sie gebracht, während sie am Hafen feierten, und das Paket, wie auf der Insel üblich, einfach im Schuppen abgelegt.
„Pink", konkretisierte Désirée. „Und Mama würden sie gefallen."
„Dat würd'n sie", bestätigte Hinnerk und nahm abwesend einen Zug aus seiner Pfeife.
„Und, wie geht dat für dich weiter, Tochter?" Man konnte seiner Frage nicht entnehmen, was er sich wünschen würde.
„Ach Papa ...", seufzte Désirée entspannt. „Als wenn es in unserer Hand liegen würde, wie es weitergeht."
Hinnerk schwieg eine Weile. Die Fähre fuhr nun eine scharfe Kurve, um der Fahrrinne zu folgen.
„Du hast Papa gesagt, Deetje-Deern."
„Jo."
„Jo."
Ihre Schuhe leuchteten grell vor dem Wattenmeer, das sich naturgemäß in der Trendfarbe „Matsch" präsentierte. Irgendwo blökte ein Schaf.

„Hat Irma uns gerufen?", blödelte Désirée und war froh über die Ablenkung.

„Bidde, Herr, schenk uns Kraft", schickte Hinnerk ein Stoßgebet zum Himmel. „Diese Frau is wie 'n immer tosender Sturm."

Désirée klopfte ihrem Vater tröstend auf die Schulter.

„Wir verkuppeln sie einfach mit Brenner, der hat genug Zeit, um sich mit jemandem wie Irma zu beschäftigen."

„Könnte funktionier'n", schmunzelte Hinnerk. „Aber nur, wenn nich wieder jemand kapeister geht." Er schaute seine Tochter unsicher an und beide wussten, dass er nicht von Christoph sprach.

Wieder entstand eine ungewohnte Nähe, mit der beide nicht so recht umzugehen wussten.

„Apropos Verschwinden", warf Désirée ein, um die alles übertönende Stille zu brechen. „Ich hab gehört, Irma plant, nächste Woche wieder nach Hause zu fahren. Aber sie hat angedroht, uns regelmäßig besuchen zu kommen."

„Ich spendier sogar dat Ticket", sagte Hinnerk, und beide lachten.

„Also wirklich, Papa!", reagierte Désirée streng. „Das will ich doch machen!" Sie lachten wieder. Dann schwiegen sie.

Es war kein Happy End, wie es in Schnulzenromanen zu Tränen rührt. Für süßen Kitsch war die Luft hier oben zu salzig und das Wetter zu herb. Aber es war ein Anfang … und das war schließlich viel mehr, als es ein Ende hätte sein können.

Ina Sprotte, geboren 1982 als waschechtes Nordlicht, lebt mit ihrer Familie auf der Sonnenseite der Kieler Förde. Zuhause war und ist sie durch ihren Beruf als Betriebswirtin im Schleswig-Holstein-Tourismus aber an beiden Küsten, liebt die Nordebenso wie die Ostsee. Das spürt man auch in ihren Werken: Angenehm bodenständig und mit der nötigen Prise Ironie, machen sie Lust auf den Norden. Bereits ihr Debüt-Roman „Dahinten wird's schon wieder hell!" entwickelte sich zu einem großen Erfolg.